BELLE INFIDÈLE

Romane Lafore est éditrice et traductrice de l'italien. *Belle infidèle* est son premier roman.

ROMANE LAFORE

Belle infidèle

STOCK

ISBN : 978-2-253-10192-5 – 1re publication LGF

À Johann,
et à la mémoire de Benoît Lafore (1957-2000).

D'ailleurs dans son enfance,
pour pouvoir comprendre
et sentir les vers des poètes,
il avait été obligé de les supposer
adressés non à une belle infidèle
mais à un jeune homme.

Marcel PROUST, *Albertine disparue*

I

Passé une certaine heure, je la voyais partout. Trois ans s'étaient écoulés et le rythme d'une démarche dans une rue déserte suffisait encore à me faire tourner la tête ; une mèche échappée d'une capuche, à ce que je l'augmente de toute sa chevelure. Il y avait tant de silhouettes à la nuque souple. Mais c'étaient les foules, les bars bruyants, les masses des terrasses amputant les trottoirs qui m'occasionnaient les plus violents coups au cœur. J'entendais toujours s'élever son timbre parmi les éclats de voix. La nuit flattait mes penchants : à chaque fois que je sortais quelque part, j'avais l'impression d'avoir rendez-vous avec elle. Pour ne rien arranger, je sortais beaucoup. Laura était partout, mais elle n'était jamais là.

Il était 4 heures du matin et ce soir-là encore, je rentrais chez moi ivre. Depuis sept mois, j'étais riche. J'avais acheté un vidéoprojecteur, un service de verres à vin, un MacBook, une grande quantité d'herbe, des enceintes Bluetooth, un aller-retour pour Venise, des plantes vertes, une paire de Church's, une veste en cuir que j'avais déjà éraflée au coude, un abonnement digital à *La Repubblica*, une gamme de soins contre la chute de cheveux, au moins quinze kilos de mozzarella de bufflonne, des bouteilles de bon vin, des livres, un Moleskine grand format qui n'entrait dans aucune poche, des tournées, des dîners, même, pour des amis à qui je reprochais instantanément leur manque de gratitude, un canapé enfin digne de ce nom. Un matin d'avril, dans un cabinet de notaire, j'avais hérité du fruit des sacrifices de ma mère – sa manie de conserver les sachets plastique de nos céréales du petit déjeuner, le Nestlé dessert qu'elle grignotait les soirs d'hiver, sur la nappe cirée de notre pavillon de banlieue, sa buanderie entièrement dédiée au rapiéçage, au bricolage, à l'empilage méthodique de boîtes à chaussures Bata. Toute sa vie, ma mère avait travaillé. Elle aurait pu s'en passer : les revenus de mon père médecin satisfaisaient aux besoins de la famille. Mais ma mère voulait ne dépendre de personne. Et l'impuissance de son mari à l'arracher aux griffes du cancer qui s'était planté au cœur de son intimité – une tumeur à l'utérus aussi grosse qu'une pêche au vin, une masse sombre et dense qui pulsait dans son bas-ventre comme un deuxième cœur – avait sournoisement fini par lui donner raison : on ne pouvait jamais compter sur personne. Pendant vingt-neuf ans, j'avais vu sa prévoyance fournir à mon père, mon frère et moi le plus fédérateur des sujets de plaisanterie. Maintenant qu'elle était morte, nous étions trois hommes incapables de rire ensemble.

Pour autant, nous ne pleurions pas. La mort de

ma mère avait été engloutie par le silence qui avait toujours accompagné, chez nous, les sensations fortes. Silence lorsque la scène explicite d'un film visionné sur notre canapé familial venait titiller nos chairs vierges de garçonnets, silence devant les feux d'artifice du 14 Juillet, silence face à l'arme brandie par un nationaliste corse qui avait menacé mon père à la suite d'un litige de parking, silence devant les copains, les petites copines, les sachets de préservatifs vides et les cendriers pleins, silence autour du suicide d'un cousin dépressif, silence à l'admission de mon frère aîné à Polytechnique, silence quand j'abandonnai ma thèse en littérature comparée pour me mettre à traduire des guides de voyage et des livres de recettes.

J'avais l'habitude de dire que ma famille n'avait de Sauvage que son nom. D'ailleurs, j'ai lu que Sauvage vient de *sylvia*, la forêt. Quand une substance, ou l'une de ces bouffées de lyrisme que me procure l'écoute à grand volume d'un morceau traitant d'amours non partagées, m'entraîne dans une épopée au cœur de moi-même, j'aime me voir comme l'arbrisseau planté à l'orée d'un bois sombre. La forêt se tient derrière moi, tandis que les minces branches qui surmontent mon tronc frêle tentent d'attraper les rayons du soleil. Je n'ai pas peur du vent, de l'automne ni du gel, mais dans mon dos cette armée silencieuse me terrorise. La survenue de l'héritage – j'en parlais comme d'un accident, l'ultime symptôme du cancer de ma mère : elle avait commencé par perdre ses cheveux, puis son utérus et ses ovaires, son estomac n'avait plus été capable d'assimiler les aliments solides, son foie avait cessé de fonctionner, ses entrailles avaient été supplantées par une sonde gastrique, sa voix s'était tue, son pouls s'était arrêté, puis son assurance-vie s'était rompue et la membrane qui la retenait dans la catégorie des propriétaires bailleurs avait cédé –, l'irruption dans ma vie de ces 160 000 euros de patrimoine n'avait nullement endurci mon écorce. J'étais plus démuni que jamais. Julien Sauvage, frissonnant, guettant le soleil. Et le soleil se cachait.

L'odeur de tabac froid me prit aux narines quand je poussai la porte de mon appartement. Sur la table du salon, trônaient une casserole de pâtes durcies et un cendrier plein. J'avais invité Hervé à dîner chez moi puis nous avions poursuivi la nuit ailleurs. Hervé était mon meilleur ami. Il revenait d'un séjour de trois mois à Harvard, où il avait initié aux mystères de la phénoménologie d'attirantes étudiantes à qui son accent français, disait-il, avait le pouvoir d'alourdir les regards et d'empourprer les joues. Hervé avait beaucoup de choses à me raconter. Il était le spécialiste des récits, j'étais celui qui écoutait. Pourtant, il s'intéressait à moi. Rien de ce qui avait compté dans mon existence ne lui était étranger. Il connaissait l'ordre de naissance de mes oncles et tantes, il tenait le journal de mes désillusions sentimentales, depuis trois ans repérait avant moi les filles qui se borneraient à me faire croire qu'elles pourraient remplacer Laura. Combien de fois l'avais-je entendu déclarer : « Laisse tomber, c'est une Pauline, tu vas être amoureux trois soirs et elle va se rendre compte avant toi que c'est un malentendu » ?

Après dîner, nous étions passés dans le Marais prendre un verre chez Salvatore, le propriétaire historique de la librairie italienne de Paris. Ce soir-là, Salvatore était mal luné, et Hervé avait saisi l'occasion pour fortifier son entreprise de sape. Pour lui, Salvatore n'était qu'un velléitaire des années de plomb qui avait profité de l'hospitalité de la France pour asseoir son petit empire de mégalomane alcoolique. Mais là où Hervé voyait de l'esbroufe, je savais que se nichait une sincérité qui faisait de Salvatore l'une des rares personnes dont la fréquentation m'apportait un bien-être dénué d'arrière-pensées. Nous avions enfilé quelques digestifs puis nous avions rejoint les amis intelligents d'Hervé dans un bar de République. Assis face à une bière éventée, j'avais écouté Pablo commenter l'hybris des jeunes djihadistes européens et une thésarde rousse affirmer dans un français bourré d'anglicismes que seule Judith Butler avait écrit des pages épistémologiquement valables sur la jouissance féminine. Quand la bande d'agrégés s'était levée pour remuer sur des tubes de R'n'b, le moment était venu de rentrer. Depuis quelques heures déjà, j'avais recommencé à guetter les femmes qui croisaient ma route. Le souvenir de Laura ne mûrissait plus en moi. Il pourrissait.

J'avais oublié mon portable à la maison, aussi la première chose que je fis en franchissant le seuil fut de me ruer dessus. Aucun texto, nulle notification

Facebook, pas le moindre crush sur Tinder. Mais alors que je balayais l'habituelle moisson de spams, un mail non lu attira mon attention.

Cher Julien Sauvage,

J'ai eu votre contact par une personne qui m'a dit de vous le plus grand bien. J'aimerais que nous nous rencontrions afin que je vous entretienne d'une affaire assez urgente. Pouvez-vous m'appeler demain matin ?

Bien cordialement,

Françoise Rahmy-Cohen

Directrice générale
Éditions Franc-Barbet
15 rue Jacob
75006 Paris
01 76 98 76 25

Le message avait été envoyé à 23 h 17. Françoise Rahmy-Cohen m'avait envoyé un message à 23 h 17. À moi. À moi qui avais adressé au moins dix mails à l'adresse « contact » de sa maison d'édition et autant de propositions par voie postale, à moi qui avais fait le pied de grue à la fin des lectures qu'elle organisait pour ses auteurs dans toutes les libraires de la capitale dans le seul but de lui serrer la main. Et Françoise Rahmy-Cohen voulait me rencontrer.

Assis sur mon canapé, épiant le passage des voitures dans le silence de mon appartement du haut de la rue de Belleville, je m'employai à faire retomber au fond de mon esprit les particules d'excitation que la lecture du mail avait fait virevolter en moi. Je n'avais pas ôté ma veste ni ouvert les fenêtres. Le regard perdu dans le vide, je saisis mon paquet de cigarettes et en allumai une énième. À la fin, je calculai qu'il était près de 5 heures et que le seul moyen de ne pas me révéler à Françoise Rahmy-Cohen sous mon vrai jour, celui d'un bon à rien, d'un branquignol, d'un aspirant écrivain infoutu de rester un quart d'heure face à son texte sans aller cliquer sur la bande-annonce du prochain Marvel, était de programmer mon réveil dans moins de quatre heures. Je me calfeutrai dans ma chambre, me débarrassai de mes vêtements et m'abattis sur mon lit.

II

— *On ne guérit pas de l'amour*, vous dites ? Ah oui… Manuscrit reçu le 12 février 2016. Le voici.

En une révolution experte de son fauteuil à roulettes, la standardiste réapparut après avoir sondé l'étagère qui courait derrière elle, brandissant au bout de son bras une épaisse enveloppe kraft.

— Pouvez-vous signer ici ?

L'homme s'exécuta, attrapa prestement l'enveloppe et enjamba les quelques mètres qui le séparaient de l'entrée en bafouillant un au revoir. La standardiste répondit à son salut le visage baissé et saisit le combiné laissé à plat sur son bureau, « Merci d'avoir patienté. Je vous mets en relation. » Elle pressa quelques touches et prit aussitôt un nouvel appel. « Éditions Franc-Barbet, bonjour ? »

Quelques minutes plus tôt, un autre homme était venu récupérer un manuscrit refusé par le comité de lecture sous son œil indifférent de Parque payée au Smic. Je connaissais l'excitation qui avait embrumé l'esprit de ces hommes ordinaires quand ils avaient cru agrandir leur vie d'un chef-d'œuvre. Cette fièvre logeait en moi depuis trois ans. Pour autant, mon roman n'avançait pas. Le désir que j'avais de l'écrire traversait mes journées et hantait mes nuits, en vain. Sur moi, même ces anonymes au talent contesté avaient l'avantage. D'ailleurs le titre du manuscrit éconduit me plaisait. *On ne guérit pas de l'amour*. C'était mon drame.

Cela faisait déjà un quart d'heure que j'attendais. J'étais arrivé en retard, pourtant. Il y avait d'abord eu cette chaussure droite qui avait disparu des trente mètres carrés de mon appartement, puis j'avais dû remonter quatre à quatre les marches de mon escalier pour récupérer mon portefeuille. Après avoir slalomé rue de Belleville entre les livreurs chinois, j'avais réussi à sauter dans un métro qui s'était immobilisé sans raison entre Rambuteau et Hôtel-de-Ville. Je foulais pour la première fois le sol d'une institution de Saint-Germain-des-Prés et j'empestais la transpiration.

Sur les murs, des portraits d'auteurs au sourire énigmatique côtoyaient les jaquettes encadrées des grands succès de la maison. Derrière une vitrine dédiée aux parutions récentes, j'avisai le dernier roman d'un écrivain de cinq ans de moins que moi qui avait déjà quatre livres à son actif. Affluant par essaims derrière les portes de l'ascenseur, des éditrices déguisées en éditrices – lunettes à montures en écaille et bottines plates – partaient prendre leur pause déjeuner, insensibles à ma présence mâle et à ma veste en cuir.

La standardiste semblait m'avoir oublié. Un sexagénaire en imperméable, quelques cheveux ramenés à l'arrière du crâne comme une brassée d'algues dépliées par le courant, vint s'accouder à l'accueil, les mollets croisés, le poing sur la taille et une chaussure parfaitement cirée pointée vers le sol avec autorité. Il demandait à faire appeler quelqu'un, parlait fort, paraissait désireux d'informer tout le monde qu'il avait ses entrées. Étant le seul individu à occuper les fauteuils en cuir de l'entrée, je fus presque flatté. Je ressemblais peut-être à un jeune auteur prometteur dont le manuscrit avait été remarqué.

À 12 h 51, plus de vingt minutes après l'heure de mon rendez-vous, la standardiste fut remplacée par une consœur. J'hésitai à me lever pour signaler ma présence à la nouvelle mais la précédente lui chuchota quelque chose à l'oreille en me montrant du doigt. Je me calai au fond de mon siège, les mains moites.

Je fus saisi par sa prestance, lorsqu'elle descendit enfin le petit escalier en colimaçon qui atterrissait à l'arrière du standard. Même ses pieds avaient de la prestance. Je vis d'abord se matérialiser une cheville épaisse prolongée d'un escarpin à talon aiguille. C'était elle, forcément. La jambe n'était pas svelte et pourtant elle parvenait à l'engager dans cette descente escarpée avec l'agilité d'un herbivore alpin. Ses hanches chaloupaient dans sa jupe de tailleur noir, un chemisier à imprimé léopard complétait la tenue, et une tignasse frisée s'échappait de son crâne comme le prolongement physique de son intelligence. Elle se dirigea vers moi, la main déjà tendue.

« Pardon de vous avoir fait attendre, j'étais en ligne avec New York pour une affaire sensible. »

Je la suivis à l'étage. Alors que je manquai de trébucher sur une marche, le titre du manuscrit rejeté vint percuter ma conscience. *On ne guérit pas de l'amour.*

Une fois arrivés dans la mansarde encombrée de livres qui lui servait de bureau, Françoise Rahmy-Cohen me désigna l'un des deux fauteuils crapauds et s'assit en face de moi. Aussitôt, elle libéra son pied droit de l'escarpin et, sa jambe passée par-dessus l'autre, tendit ses orteils gainés de nylon.

— Vous devez vous demander pourquoi cet appel si urgent.

— Eh bien, oui, je suis curieux…, commençai-je.

Elle me scruta quelques instants. Ses yeux d'un bleu glacial parvenaient à dire à la fois le mépris et la curiosité. Françoise Rahmy-Cohen semblait en savoir plus sur moi que moi-même. Je souris bêtement, en frottant mes mains contre mes cuisses. Elle se pencha vers le sol et, avec une souplesse qui ne m'étonna pas de la part de cette créature hybride, saisit un volume qui attendait en haut d'une pile. Elle me le tendit. *Rebus*, Agostino Leonelli.

— Vous connaissez ?

— Il me semble avoir déjà entendu ce nom quelque part, mentis-je.

— Le contraire serait étonnant : on ne parle plus que de lui, en Italie. Rodolphe m'avait pourtant assuré que vous étiez fin connaisseur…

Rodolphe Dupire avait été mon conseiller depuis que j'avais quitté l'université et m'étais jeté dans l'arène du droit d'auteur. Conseiller free-lance auprès de plusieurs maisons, il vivotait en apportant des projets hétéroclites et en se faisant payer des déjeuners par des éditeurs qui éprouvaient à son égard plus de pitié que de reconnaissance. Je l'avais rencontré alors qu'il errait sur les bancs de la fac pour parfaire son obsession pour Curzio Malaparte. C'était un original, un quinquagénaire sec au visage sculpté dans l'olivier qui m'avait pris en amitié lorsqu'il avait assisté au fiasco de mon doctorat. À sa façon jamais complètement désintéressée, il avait fait circuler mon CV, m'avait divulgué des secrets du milieu qui me paraissaient déjà éventés autour de cafés dont je réglais toujours l'addition. Mais les combines de Rodolphe étaient souvent dégradantes. Si j'avais su que c'était lui qui allait m'introduire auprès de Françoise Rahmy-Cohen…

— Il se trouve que ce roman est un chef-d'œuvre. Mon grand ami le critique Fiffo m'en a parlé avant même sa sortie. À vrai dire, je l'aurais acheté sans l'avoir lu, mais j'y ai tout de même jeté un coup d'œil, un soir, et Agostino m'a tenue en éveil une grande partie de la nuit, alors que je baragouine l'italien, tout juste. Mais je ne souhaite pas vous en dire plus. *Rebus* (elle prononça le titre à la française, « Rébus ») appartient à ces romans aquatiques, il coule en vous comme une eau de source.

Agostino Leonelli était donc devenu Agostino tout court.

— Je ne vais pas y aller par quatre chemins : je souhaite que ce soit vous qui le traduisiez. Vous avez vos deux parents ?

La formulation me désarçonna plus que la question en elle-même. Françoise Rahmy-Cohen me dévisageait de son regard d'aigle.

— J'ai perdu ma mère il y a un an.

Elle accueillit l'information en cessant de masser son pied déchaussé. Gêné, je détournai les yeux et fixai le faisceau de poussière révélé par un rayon de soleil. Des particules de peau morte, de cheveu, de sciure de papier, des débris d'ADN qui lévitaient dans la pièce et qui me renvoyèrent à la chair de ma mère, à l'odeur aigre-douce qui émanait de son corps à travers sa robe de chambre, aux rognures d'ongles de pied qu'elle oubliait parfois sur le rebord de la baignoire, au son des berceuses qu'elle entonnait le soir et qui me parvenaient étouffées par le molleton de l'oreiller. Je crois que c'est la première fois que j'usais de cet euphémisme : j'ai perdu ma mère.

— Ça tombe bien… Pardonnez ma maladresse : j'entends par là que je crois dans les pouvoirs de l'expérience en traduction. Il faut du coffre pour traduire Agostino. J'ignorais que vous aviez vécu ce deuil… Mes indics omettent toujours le plus important !

Elle partit d'un éclat de rire et j'eus la confirmation que Françoise Rahmy-Cohen n'était pas tout à fait humaine.

— Rodolphe m'a dit que vous traduisiez vite, et bien. Avez-vous du temps en ce moment ? Je veux sortir *Rebus* pour la rentrée. Je crois qu'il peut faire beaucoup, beaucoup de bruit. Ça veut dire qu'il va falloir aller vite. Bien plus vite que la cadence habituelle.

— À vrai dire… À vrai dire, vous me prenez de court.

Françoise Rahmy-Cohen attendait, interdite.

— En d'autres temps, j'aurais dit oui sans hésiter, bien sûr. Et je suis honoré de votre confiance.

J'en avais trop dit pour reculer.

— Mais voilà, j'ai un projet qui m'occupe… Mais j'ai du temps, oui. Du temps, j'en ai. Je n'ai aucune traduction en cours.

J'avais reculé.

— Est-ce que je pourrais éventuellement lire le roman avant de vous donner ma réponse ? osai-je quand même.

— Eh bien oui, lisez-le ! Mais je doute que vous ayez tous les jours l'occasion d'être « occupé » par un projet de cette envergure. Je fais appel à vous car j'ai confiance en Rodolphe et que je souhaite offrir une voix neuve à Agostino, mais beaucoup de mes traducteurs ne demanderaient qu'à vous griller la politesse.

Elle passa une main dans ses boucles et interrompit son poignet sur le trajet du retour : « Mon déjeuner ! Je vais être obligée de vous chasser. Prenez le livre, tout de même. Sait-on jamais… »

Nous nous saluâmes sans façons et le 15 rue Jacob me dégueula sur le trottoir. Mon rendez-vous avec Françoise Rahmy-Cohen n'avait pas duré dix minutes.

Dans la rue, je pris le temps de détailler la couverture de *Rebus.* Une aquarelle aux tons crayeux représentait une terrasse déserte donnant sur un jardin riche en plantes grasses et sur la mer au loin. Quelques objets parsemaient la table. J'enroulai le livre et forçai l'ouverture d'une de mes poches pour l'y fourrer. Le téléphone de Rodolphe était sur répondeur. Je lui laissai un message et m'arrêtai à la guérite d'une crêperie rue des Canettes pour y ingurgiter une jambon-fromage, le pied posé contre un lampadaire. Une question tournoyait dans ma tête, en italien, comme chaque fois qu'un choc me déconnecte de la langue de mes origines : « *E adesso, che cazzo faccio ?* » *Putain, qu'est-ce que je fais, maintenant ?* Je n'avais plus besoin de traduire pour vivre.

Quand j'avais touché l'héritage de ma mère, deux choix s'étaient offerts à moi : placer l'argent quelque part en attendant de trouver le meilleur investissement, ou tout claquer pendant que mon roman, miraculeusement, s'écrirait. Faire honneur aux sacrifices de ma mère, ou mettre un terme à l'existence de traducteur médiocre qui me contraignait depuis trois ans à vivre dans l'attente anxieuse des coups de téléphone (tout était bon à prendre : notes de lecture, traduction de sites internet, mission d'interprétariat sur le stand surchauffé de quelque salon du tourisme, cours particuliers à des fils de diplomates…). J'avais privilégié la vie de rentier, et chaque journée s'évaporait dans la même brume d'oisiveté coupable.

Je décidai de marcher vers la Seine. Nous étions le 23 mars, c'était déjà le printemps. Quand j'arrivai sur le petit pont qui joint l'île de la Cité à l'île Saint-Louis, mon humeur s'était stabilisée autour d'une fréquence qui me semblait celle de la joie. Après des années à rêver de traduire quelque chose de valable, j'avais l'opportunité de m'attaquer à un chef-d'œuvre. J'ôtai ma veste, la fis passer par-dessus mon épaule et pris la direction du Marais.

Les lunettes relevées au milieu du front, les épis de ses cheveux courts et grisonnants trahissant encore les reliefs de l'oreiller, Salvatore lisait derrière le comptoir, grattant d'un index son menton mal rasé. Ses iris semblaient avoir été engloutis sous ses paupières tombantes de vieux bouledogue. Quand il me vit pousser la porte, il laissa tomber son livre et son visage s'éclaira de la lumière qui rendait selon moi son existence si essentielle au fonctionnement du monde : l'azur de ses yeux réapparut entre les plis et sa bouche s'écarta en un large sourire imparfait.

— Oh ! *Bello !* Je savais pas que tu venais à me trouver. Qu'est-ce que tu fous dans le quartier ?

Après trente ans passés en France, Salvatore continuait de faire régner sur la syntaxe française le régime despotique de sa langue de naissance. Avec son regard d'un bleu maritime, sa silhouette trapue et son nez fort, il avait tout du Sicilien. Le reste, la couperose et les dents gâtées, Salvatore le devait à une autre appartenance : celle des amateurs de Ballantine's. Ce jour-là, il portait l'un de ses informes pantalons en velours blanchi aux genoux qu'il devait sans cesse remonter à la taille.

— Je sors d'un rendez-vous complètement fou, commençai-je alors que Salvatore s'extirpait de son tabouret pour venir me donner l'accolade. J'étais chez la big boss des éditions Franc-Barbet, tu sais, Françoise Rahmy-Cohen.

Sans détacher de mon visage son regard perpétuellement mouillé, il tapota à l'aveugle les poches du gilet en polaire sans manches qu'il portait été comme hiver, à la recherche de son paquet de cigarettes.

— *Aspetta, aspetta*… Il faut que je fume un clope pour que tu me racontes ça comme Dieu commande.

Je l'accompagnai sur le seuil et m'allumai une Marlboro.

— Françoise Rahmy-Cohen… L'éditrice de Aldo Vanucci, non ? J'ai dîné avec elle une fois que Aldo était à Paris. *Beh, e quindi ?*

— Elle veut que je traduise le roman d'Agostino Leonelli, *Rebus*. *Ti suona ?*

Au moment où il allait me répondre, un voisin du quartier passa sur le trottoir d'en face et Salvatore échangea avec lui quelques politesses en haussant la voix. Je m'impatientai :

— Alors, tu le connais ?

— Agostino Leonelli, oui que je le connais ! J'ai pas lu son livre mais le représentant m'a fait un sketch que tu sais même pas… Du coup, j'en ai commandé trente. Regarde.

Il m'indiqua la table centrale.

— Là-bas, tout le monde dit que c'est lui qu'il va gagner le Strega, ajouta-t-il.

— Bon, eh ben la Rahmy-Cohen, elle veut que je le traduise. Rodolphe lui a parlé de moi.

— Ah oui, ton vieux facho de Rodolphe… Toujours dans les bons plans.

Salvatore détestait Curzio Malaparte.

— Tu vas accepter ?

— Je ne sais pas encore. Il faudrait d'abord que je

le lise, ce bouquin ! Depuis ce matin, j'ai l'impression d'être le seul connard à être passé à côté. C'est pas Dante, non plus ! Ou si ?

Salvatore laissa échapper un grand rire qui se transforma en quinte de toux. Il m'invita d'un geste à rentrer dans la librairie et, tout en crachant ses poumons, disparut dans l'arrière-boutique. Je devinai qu'il allait abandonner quelques glaires au fond de l'évier.

« Personne dit que c'est Dante, me hurla-t-il depuis la kitchenette, mais c'est un livre qu'il fait parler. Et c'est bien, ça. *Vai, caro, traducilo !* »

Salvatore me rejoignit avec un grand sourire.

— Laura m'a envoyé une gentille carte, l'autre jour. Je sais que tu veux que je te dis rien, alors je te dis rien. Mais tu sais que je pense que tu devrais reprendre contact, comme ça. Les gens meurent pas quand ils s'en vont. Ça suffit avec la mort, là.

Mon cœur arrêta de battre quelques instants puis rattrapa son retard en pompant à toute vitesse dans toutes les directions. Je sentis palpiter des parties oubliées de mon anatomie. Le bout de mon nez, mon gland, l'arrière de mes genoux. J'avais froid et chaud en même temps. Je connaissais ces symptômes. C'étaient les symptômes-Laura. J'allai m'asseoir sur une chaise.

— D'abord, ça, c'est pas rien, Totò. Quand je dis rien, c'est rien, tu m'entends ? Rien du tout. *Nulla. Zero. Proprio niente.*

Salvatore avait repris place à la caisse, il pianotait sur son ordinateur d'un air détaché. J'étendis mes jambes et laissai passer une poignée de secondes.

— Elle vit à Paris ou elle est retournée en Italie ?

— Bah alors ! Il faut savoir.

Le tintement de la porte apporta une bouffée d'oxygène. Salvatore se levait pour accueillir un couple de clients. Je jugeai le moment opportun pour déguerpir. « *Scappo, Totò, ci sentiamo.* »

J'eus à peine le temps d'entendre Salvatore me crier, alors que je refermais la porte derrière moi : « *Non fare lo scemo, Julien, dille di sì alla Rahmy.* »

Ne fais pas le con, Julien, dis-lui oui, à la Rahmy.

III

D'aussi loin qu'il m'en souvienne, j'ai toujours désiré les femmes du Sud. Jessica Canciani, au CP, qui portait une botte en pendentif autour du cou quand d'autres arboraient un dauphin. Laëtitia Pereira, au collège, qui revenait noire de ses étés passés dans le nord du Portugal. Penelope Cruz, Salma Hayek, auxquelles je dédiais des après-midi entiers de branlette. J'étais châtain ; couleur d'yeux indéterminée, entre le gris et le vert, jamais bleu ; peau capricieuse et constellée de grains de beauté qu'il fallait toujours recouvrir d'écran total. J'ai depuis perdu la clarté de mes jeunes années. Mes cheveux (ceux qui résistent) sont d'un brun décidé, ma carnation s'est faite aux séjours forcés au soleil. Quand je pose le pied sur une terre du Sud, quand j'entre en Méditerranée comme on entre en religion, mon pas s'allège.

Sur des routes andalouses ou siciliennes bordées de palmiers, j'envie les bandes de jeunes grandis à l'huile d'olive qui s'affichent en quatre par trois sur des publicités pour bière sans alcool. Je me projette dans chaque appartement de HLM au balcon offert à la circulation : peu importe qu'il soit situé au bord d'une nationale, il suffit pour moi qu'il enfle le bouclier bigarré de ses stores baissés pour que je sois prêt à y emménager. À première vue, les jeunes punks percés qui se hissent à l'arrière du bus pourraient être belges ou berlinois, pourtant quelque chose du Sud s'est accroché à leur acné maltraitée, quelque chose qui les trahit. Les trousseaux de clés qui s'échappent de leurs poches au bout d'une chaîne me propulsent aussitôt dans la fraîcheur d'un hall d'escalier dont le sol vient d'être passé à la serpillière. Le carrelage est en marbre, les sonnettes en laiton étincelant, derrière les portes résonnent le vacarme des téléviseurs, les conversations téléphoniques, le grésillement d'une friture dans la poêle. Ce sont des odeurs, des sons, des couleurs, mais c'est surtout un sentiment que j'ai fait mien, le substrat d'une âme offerte aux quatre vents, une âme qui s'exhibe et se force, qui jouit, bâfre, pleure, crie, prie – une âme qui n'a sans doute rien à voir avec ce que je m'en fais mais qui m'offre le bonheur de la familiarité.

Je suis convaincu que, depuis toujours, l'Italie et Laura vivaient en moi. Tous les étés, évitant soigneusement la dentelle de la côte italienne, mes parents nous traînaient dans des campings sur la Costa del Sol ou dans des auberges du Péloponnèse, mais l'Italie et Laura étaient là, attendant le moment propice pour m'inoculer leur venin. Le pendentif de Jessica, le décolleté de Salma Hayek… Combien me semblèrent faibles ces artifices, le jour où je rencontrai les cernes luisants de Laura. Combien me parut souple l'italien, une fois que j'appris à le glisser tout entier dans ma bouche comme un gros caramel mou, tantôt lourd et plein dans le fond de ma gorge, baignant mes amygdales de voyelles charnues que je n'avais plus peur de faire résonner depuis mes lèvres ouvertes jusqu'au fond de mes entrailles, tantôt taquin quand je le titillais du bout de la langue pour en faire tinter des « r » à peine frottés contre l'arrière de mes incisives, retournant et lustrant sous ma langue autrefois gourde ce bonbon qui en fondant libérait son sucre entre les parois de mes joues et imposait à mon souffle une cadence faite de longues déglutitions et de pics de glycémie, m'obligeant, moi, le fils du silence, à épouser de ma voix le rythme d'une vague marine, suspendu dans les syllabes atones, guettant le moment où, de toute la force de mes poumons, j'allais la projeter dans le fracas d'un accent tonique. J'éprouve toujours un bonheur physique à dire le mot *caffè*.

De ce nectar pourpre et épais qui remontait quotidiennement mes artères pour faire tressauter mon cœur à chaque mesure d'une chanson de Paolo Conte, le roman que je voulais écrire devait parler. « Entre chien et loup », c'était mon titre, la seule chose dont j'étais sûr. Parce que cette heure a toujours été ma préférée ; parce que les plus beaux souvenirs que je garde de Laura font miroiter ses yeux noirs et ses cernes luisants sous l'éclat pastel des lampadaires, le cou enroulé dans une épaisse écharpe, m'attendant sur une place de Rome et remplissant mon cœur d'une félicité qui a la perfection des choses condamnées à disparaître. Et parce que le chien, c'était moi, et le loup, c'était l'autre – ce personnage que j'avais inventé pour donner du ressort à mon histoire, un homme meilleur que moi qui allait me voler Laura.

Le roman devait se passer en Italie, du moins en partie. J'avais rencontré Laura sur une plage, je l'avais aimée sous la canicule, son chignon blondi au soleil, humide et chaud comme un nid d'oiseau. Nous nous étions possédés à Rome, déchirés à Paris. Laura portait toutes les couleurs du Sud. Elle en était le bruit, la profondeur. Elle était impitoyable et versatile. Je l'avais perdue. Mais j'étais incapable de transformer ma douleur en livre. De l'amour, je refusais de guérir.

De retour chez moi, j'étais trop nerveux pour m'atteler à *Rebus*. J'entrepris de nettoyer mon appartement. Musique branchée à fond, je soldai la vaisselle en me concentrant sur les anses des tasses et les replis des casseroles, descendis les poubelles, désinfectai toutes les surfaces de la salle de bains. Je frappai à la fenêtre les coussins de mon canapé et m'aventurai dans la chambre. Je changeai les draps, ramassai les cendriers et les vieilles bouteilles où croupissait une eau aussi riche en microplancton que les mers caraïbes. Envoyé en éclaireur sous mon lit, le balai de l'aspirateur rapporta un sachet de préservatif vide et un vieux tampon hygiénique usagé, gonflé comme une fraise bien mûre : le panorama de ma vie érotique des derniers mois. Du sexe protégé et du sexe un peu sale. La vue du tampon desséché me fit souffrir. Je me rappelai la nuit cannibale qui avait scellé l'une de nos retrouvailles. Nous avions rompu pendant quelques semaines, puis Laura était revenue un soir, auréolée d'électricité statique. À cette époque, elle se tricotait des coiffures qui faisaient courir de grosses tresses à l'arrière de ses tempes : à la fin de la journée, son crâne vibrait des cheveux échappés de leur gangue. Laura avait ses règles, et nous nous étions réveillés le lendemain matin au milieu d'une scène de crime. Je me souviens encore de l'odeur de sang sec qui émanait du bout de mes doigts.

Le ménage avait échoué à m'arracher au passé. J'allai chercher *Rebus* et sans même prendre le temps de ranger l'aspirateur, m'installai sur le canapé. Nulle dédicace, nulle exergue, simplement l'avertissement, coutumier dans ce pays de notaires et d'avocats, précisant que « toute référence à des faits ou des personnes ayant réellement existé serait pure coïncidence ». Le roman commençait d'un coup.

« C'è finalmente la luce. Dopo anni di penombra, dopo un'infanzia di segreti e di seminterrati bui e mal aerati, c'è la luce. »

Il y avait enfin la lumière. Après des années de pénombre, après une enfance de secrets et de rez-de-jardin obscurs et mal aérés, il y avait la lumière.

Il y avait la lumière, mais il y avait aussi ce qui suivait. Le vent dans les oliviers, une maison crayeuse sur la côte adriatique, la voix éraillée d'un piano qu'on effleure après des années de silence. Un volet qui grince, une facture marquée d'un sceau de café. Une bâtisse déserte arrachée à son sommeil pièce après pièce. Un homme venu vider la demeure d'un autre homme qu'il connaissait à peine et qui était son père.

Le fils doit avoir trente-cinq ans. Il a peut-être grandi à Milan, à Turin, ou à Rome. Son ironie décontractée, la facilité avec laquelle il mêle dans un paragraphe les considérations sur la vulgarité d'une publicité de Canale 5 et la nécessité d'un vers de Pétrarque me dit qu'il n'en est pas à son coup d'essai. La maison est sale, très sale. Serpillière grise moisissant au coin d'une pièce, poussière partout. Partout, remplissant les alvéoles des plaquettes d'opiacés vides qui surgissent dans les recoins les plus inattendus de la maison. Partout, et surtout sur la figure de ce père dont le fils n'a thésaurisé que de rares souvenirs mais que tout le village s'évertue à décrire comme héroïque. Nul ne sait à quoi l'homme a succombé. Comment faire le deuil de quelqu'un quand on ne connaît pas les raisons de sa mort ? Un notaire propose un rendez-vous, le fils hérite de quelques dettes. Je n'avais pas eu cette malchance. Depuis sept mois, j'étais riche.

J'avais eu la chance de la suite. Celle qui s'introduit page 47 à scooter, sur un malentendu. Cette chance s'appelle Rachele. C'est une fille, à peine femme. J'avais vécu cette irruption brutale et indiscutable, l'urgence d'une peau, l'éclat non négociable d'un regard. Elle a des yeux vert sale. Rachele et le fils passent des journées dans la maison confinés. Seulement, voilà : elle n'est pas libre. Mais le fils la libère, et il libère autre chose, à la faveur d'une découverte dans le grenier : le secret de son père, écrit entre les pages d'un manuscrit. Et tout se précipite – encore plus d'urgence, encore plus de peau. Des pages et des pages que je tournai à toute vitesse. J'étais broyé par tous ces mots que je comprenais. La passion, la joie, les souvenirs, le terrorisme du passé, l'espoir, ces baises poisseuses qui attachent Rachele au fils – et le fils se met à écrire un roman, le roman de son père, et les Pouilles s'effacent pour laisser place à Rome, et Rachele revient, changée, dotée elle aussi d'un secret. Un secret de quelques millimètres de long, logé sous son nombril. Et le roman tremble en même temps que les vestiges archéologiques de l'Aquila, et l'histoire d'amour se fracasse et s'écroule, et Rachele disparaît, et, à la toute fin, la lumière revient.

Chez moi, la nuit était tombée. Sur le plancher, un paquet de chips éventré, deux pots de yaourt et une canette de bière vide attestaient qu'à un moment, je m'étais levé. J'avais abandonné mon téléphone sur la table. Je me relevai chancelant. Trois notifications, un message d'Hervé, « Kestuf ? ». Rodolphe n'avait pas rappelé.

IV

Je ne savais pas pourquoi Laura m'avait quitté. Nous avions passé les sept années de notre relation à nous disputer puis à nous réconcilier et j'avais cru que cela pouvait durer toute la vie. Au lieu de quoi elle était partie. Comment faire le deuil d'un amour quand on ne connaît pas les raisons de sa mort ?

Allongé dans l'obscurité, le cœur battant, je me retournais dans mon lit. La lecture de *Rebus* paraissait avoir renouvelé la totalité de mon volume sanguin. Un verbe me trottait dans la tête, un verbe italien que j'adorais et que j'étais pourtant incapable de me remémorer. À un moment du livre, Rachele s'était échappée de la salle de bains comme un chat, comme un *gatto*. Elle avait... *sgattato* ? *Sgattoiato* ?

J'étais parfaitement réveillé et mon œil apprivoisé discernait dans le noir les formes des vêtements abandonnés sur la chaise comme des mues de serpent. Je voyais Rachele se faufiler hors de la salle de bains, nue dans la lumière rosée du petit matin, la corolle claire de ses seins pointant sous les mèches de cheveux blonds qui lui tombaient en cascade, et se glisser entre les bras du fils qui l'attendait, contre sa bite encore endolorie par leur dernière étreinte. Il fallait que la sève de *Rebus* se dilue en moi : en me couchant, quelques minutes seulement après avoir refermé le livre, je n'étais ni triste, ni heureux, ni mécontent. J'avais simplement besoin de me réapproprier. Or la nuit resserrait son emprise sur mon appartement, dans la cour aux fenêtres mortes, tout le monde dormait, et j'étais là, mélangeant des images à moi et des mots que je n'avais pas écrits. Rachele croquant à pleines dents dans une pêche, Laura mutique, triturant son pendentif, les maxillaires contractés, les cuisses relevées sous son menton au fond du canapé. Rachele, le coude relevé pour éviter que le jus ne dégouline sur son avant-bras, Rachele les jambes écartées sur l'établi, Laura au lit après l'amour, ses yeux cernés.

Sgattoliare… sgattare… sgattaiare ? Sgattaiolare ! Rachele… non, Laura ! Laura avait *sgattaiolato.* C'était Laura, le félin. Partout où Rachele apparaissait, je voyais se surimprimer Laura. Ma Laura : pas celle dont Salvatore m'avait parlé quelques heures plus tôt et dont je redoutais de savoir de quel côté de la frontière elle vivait, pas celle que j'avais épiée sur Facebook avant qu'elle ne disparaisse du réseau et ne m'épargne dans un geste magnanime ses longues publications altermondialistes et ses photos de nuques ou de paupières closes. La brune Laura qui se substituait à la blonde Rachele menait depuis trois ans en moi une existence répétitive et contrôlée. Depuis trois ans, elle m'attendait sous le lampadaire d'une place romaine, plongée dans la rédaction d'un texto, depuis trois ans, elle relevait la tête et s'exclamait : « *Orsacchiotto*, tu m'as fait peur ! » Depuis trois ans, elle pleurait bruyamment en fourrant ses affaires dans de grands sacs-poubelle avant de monter dans un taxi au pied de notre immeuble du 18e. Depuis trois ans, elle réapparaissait un jour sans prévenir. Depuis trois ans, elle m'aimait, me haïssait, me quittait, revenait. Jusqu'alors, l'écriture du roman m'avait paru le moyen le plus infaillible de couper le mécanisme de cette répétition putride, la répétition de Laura, de couper Laura. Mais *Rebus* venait de lui permettre d'exister sous les traits d'une synonyme.

Le combat contre l'insomnie me semblait perdu d'avance. J'allumai la lampe de chevet, me relevai et me résolus à faire ce que j'avais évité jusqu'alors.

Avec ses épaules larges et ses cheveux bruns en épis, Agostino Leonelli était, hélas, séduisant. Sous la caresse répétée de mon index et de mon majeur, il s'affichait sur Google Images en une succession de poses différentes. De son visage vaguement simiesque se dégageaient une impression de célérité, ainsi qu'une pointe de méchanceté, accentuée par le regard noir qui transperçait l'épaisse paire de lunettes. L'éclat d'une robe jaune attira mon œil : Agostino enlaçant sur une estrade une longue brune aux épaules dénudées, une beauté amaigrie par les trente ans passés, beaucoup de dents pour une seule bouche. Je cliquai sur l'image et fis étape sur un site d'informations littéraires. « *Lo scrittore promettente* » s'était rendu avec sa femme Agnese à la réception d'un prix.

Wikipédia m'apprit qu'Agostino avait huit ans de plus que moi. Il était né à Rome en 1978, d'un père, un certain Claudio Leonelli, dont l'orthographe bleuie invitait à se perdre plus avant dans les ramifications de l'encyclopédie. Je me réservai la curiosité pour plus tard. Cette information – les huit années qui me séparaient de sa gloire – me rasséréna avant que je ne poursuive ma lecture. Leonelli étudiait encore à l'École normale de Pise quand il avait publié un premier recueil de poèmes remarqué. Par la suite, il avait consacré sa thèse – publiée – à l'œuvre du poète Cesare Pavese. La bibliographie qui concluait l'article faisait état de plusieurs autres parutions : un autre recueil de poèmes achevé (je calculai en une fraction de seconde) à la veille de ses vingt-huit ans, un ouvrage collectif, une poignée de nouvelles, un essai sur la poésie de Raymond Carver, et ce premier roman, *Rebus*, dont une perfide notule précisait qu'il était en cours de traduction dans plusieurs pays.

Je remontai jusqu'à la mention du père et me retrouvai en un clic sur le territoire des avocats pénalistes. Issu de la haute bourgeoisie romaine, Claudio Leonelli avait pris part aux affaires les plus retentissantes des dernières décennies. Fils de pauvre, Agostino ne l'était que dans la fiction ; et je me découvris enviant la facilité avec laquelle il avait éviscéré ce corps illustre pour y insuffler son imagination.

Je revins au premier algorithme de recherche, et passai au crible une dizaine de sites, mes yeux rompus à ce genre de traque glissant au-dessus du superflu. À part une recension bourrée de points d'exclamation sur un blog néofasciste, toutes les critiques étaient dithyrambiques. *Rebus*, de l'avis de tous, était un « pur chef-d'œuvre », « porté par un souffle narratif puissant », parcouru de « fulgurances » qui disaient la « beauté simple des choses ». Comme le vocabulaire est pauvre, quand il meuble l'éloge. Les mots étaient écrits en italien mais je n'avais aucune peine à imaginer le sort qui attendrait *Rebus* le jour où – mon cœur se souleva – les critiques français le découvriraient traduit par moi. En serais-je capable ?

Il était près de 2 heures du matin mais mon esprit, pour éviter de soupeser les conséquences de ma décision – accepter l'offre de Françoise Rahmy-Cohen, mettre mon roman en sourdine, renoncer à ma muse pour en capturer une autre, blonde, terrienne et insatiable –, préféra s'engouffrer dans un nouveau tourbillon de vide, comme lors de ces interminables journées de thèse où je passais du salon à la chambre, la bite à vif, évitant l'angoisse de la page blanche au cours de séances de masturbation névrotique. Je poussai mon ordinateur sous le lit et, allongé sur le flanc, consultai la page Facebook d'Agostino à la lueur intime de mon écran de Smartphone. Leonelli et moi avions un ami en commun : Davide Capua, spécialiste de Proust, jeune maître de conférences en littérature française à l'université de la Sapienza, rencontré dix ans plus tôt sur un malentendu – je pensais qu'il avait besoin d'exercer son français au contact d'un étudiant francophone, il pensait que nous partagions le même faible pour le sexe fort.

Je fus tenté d'alpaguer Davide sur le tchat pour l'interroger sur ses liens avec Agostino, mais le courant qui m'avait entraîné dans les profondeurs du net n'était pas encore prêt à me ramener au rivage. Je devais affronter seul l'immensité de Facebook.

En guise de photo de profil, Agostino avait opté pour une image en noir et blanc : une placette pavée traversée en arrière-plan par la silhouette d'une femme que le mouvement floutait. Agostino était de ceux dont les posts, abondamment partagés, likés, commentés, génèrent un micro-événement médiatique. Il s'exprimait sur un roman, sur la dernière exposition au Maxxi de Rome, sur une nouvelle loi dictée par Bruxelles. Je fis défiler ses photos. Toujours ce visage anguleux, toujours cette sévérité derrière le sourire légèrement prognathe. Il me fallait sans cesse cliquer sur « voir plus de commentaires » pour accéder à l'intégralité des réactions suscitées par la photo d'un plateau de fruits de mer, d'un parquet recouvert de livres, d'un magazine ouvert sur une interview, de l'affiche d'un vieux western spaghetti, de statues antiques ébréchées, d'une page de roman, d'un chien.

Agnese, l'épouse, réapparut. Sous son nom de jeune fille : Ferrazzano. Je m'introduisis sur son profil mais n'y trouvai guère d'indices à même de m'informer sur sa personne. Tout juste déduisis-je qu'elle était journaliste. Qu'elle animait des débats et parlait parfois à la radio. Qu'elle aussi faisait des choses. L'activité des autres m'anéantissait. Je me levai et allai chercher au salon mon paquet de feuilles et la boulette de shit que je planquais dans une vieille boîte Lipton.

Je n'avais pas à proprement parler de décision à prendre. Dès que j'avais entendu la proposition de Françoise Rahmy-Cohen, j'avais su que j'allais dire oui. Le livre m'avait bouleversé, mais je l'aurais traduit les yeux fermés. Cette nuit-là, je me vis comme le second rôle d'un film écrit pour un acteur star. Je n'avais jamais été la vedette. La brillante scolarité de mon frère aîné avait torpillé mon enfance, mes deux années de prépa littéraire avaient été un concentré d'humiliations académiques, la rencontre avec Laura n'avait qu'illusoirement rehaussé les couleurs de mon existence. D'ailleurs, Laura m'avait quitté. Défoncé par les premières bouffées du joint, je saisis l'exemplaire de *Pinocchio* qui traînait au pied de mon lit. Ma connaissance de l'italien était la bouée à laquelle je m'accrochais pendant les moments de blues. J'ouvris une page au hasard et me mis à déclamer. Mais l'effet se faisait attendre. Les accents m'échappaient. Ma prononciation s'enrayait. Ces mots appartenaient à Agostino, pas à moi.

Dans un brouillard qui ressemblait à un début de bad trip, je rejetai *Pinocchio* et demandai à Tinder de peupler mon désert érotique. Je m'endormis en faisant glisser sous mon pouce préhenseur les brunes, les métisses et les baigneuses en bikini.

V

Le lendemain matin, je me préparai un petit déjeuner gargantuesque et tentai de rappeler Rodolphe, toujours sur répondeur. Salvatore, lui, décrocha dès la première sonnerie.

— Pas de commentaire sur hier, d'accord ?

— Qu'est-ce qui s'est passé, hier ?

Je connaissais trop bien Salvatore pour penser qu'il faisait semblant d'avoir oublié.

— Bon, je l'ai lu. J'ai lu *Rebus*.

— *Beh ?*

— C'est bien. Je vais dire oui.

Il y eut une pause à l'autre bout du fil, puis Salvatore s'exclama :

— Bien sûr que tu vas dire oui, *scemo* ! Ce roman, il t'appelait que tu le voulais pas.

— … Attends, répète.

— Oh, arrête, tu comprends ce que je dis ! Julien, tu fais le traducteur, c'est ton métier. Agostino, il te mérite. C'est évident.

Je faisais le traducteur, bien sûr. Bien sûr que je faisais le traducteur. Qu'est-ce que j'avais cru ?

— Mais j'ai peur. Je sais pas si je vais y arriver.

J'entrepris de lui résumer l'histoire.

— *Oddio*… le roman dans le roman ! s'écria Salvatore quand je parlai du manuscrit du père. Pourquoi !

— Faut savoir ! Tu disais que c'était un roman important.

— Peut-être, mais ça a cassé les couilles.

— Bref. Du point de vue du style, c'est travaillé mais très pur. Je crois que je n'aurai pas de mal à mettre mes pas dans ses phrases.

À présent, je parlais très fort, et très vite. C'était la première fois que je faisais sortir de mon corps un jugement raisonné sur le livre. J'étais avide d'en parler.

— Il y a des moments lyriques mais je trouve ça assez limpide, *tutto sommato*. C'est le gras qui est dur à traduire…

— *Aspetta, scusa.*

J'entendis la clochette de la librairie, et Salvatore accueillir le client d'un salut bourru qu'il réservait pour les mauvais jours.

— Il y a des moments hyper forts, repris-je quand je le sentis revenu à la conversation. Pendant son séjour dans les Pouilles, le personnage rencontre une petite nana. Maquée avec un tocard. C'est l'autre grande partie du roman, même si elle est plus un moyen qu'une finalité de l'histoire. La vraie histoire, c'est entre le fils et son père.

— La filiation, forcément…

— Donc il rencontre cette fille, Rachele. Et il la

rencontre sur un malentendu. Parce que ce que je ne t'ai pas dit, c'est que le père était un tox.

Salvatore fut emporté par une violente quinte de toux. J'éloignai le téléphone de mon oreille quelques instants.

— Je reprends, dis-je quand il eut fini. En vidant la maison, le fils a découvert plein de plaquettes d'opiacés. Du Tramadol, ça te dit quelque chose ?

— Hum.

— Des antidouleurs qu'il prenait en plus de l'alcool, et des joints.

— Eh, eh, il est pas un rital pour rien !

— Bref, le fils est persuadé, au départ, que la nana est un dealer.

— Hum, hum, fit Salvatore, indifférent.

— Et en parallèle de ça, je te disais, en parallèle de cette histoire qui va se prolonger à Rome, quand le fils sera rentré chez lui, mais je ne vais pas te spoiler…

— Tu vas pas *quoi* ?

— Te *spoiler*. Laisse tomber. En parallèle de la relation avec cette fille, il y a une histoire autour du passé du père, autour de ce manuscrit que le fils a trouvé dans son grenier.

— C'est long, encore ?

— Totò ! C'est toi qui me disais hier que c'était un roman magistral, que je devais y aller sans hésiter !

— J'ai dit ça, moi ?

— Dans ce manuscrit, repris-je, il est question de la lutte armée. Les références politiques, les allusions… J'ai peur de passer à côté. Tu m'aideras ? Tu m'aideras, toi ?

Salvatore était l'homme le plus vulnérable à la flatterie que je connaissais. Sa réponse ce jour-là me stupéfia.

— Écoute, on verra. Peut-être.

— Comment ça, peut-être ?

— C'est ancien, tout ça, Julien.

Je n'avais pas réussi à recomposer entièrement le puzzle de la biographie de Salvatore. Je savais qu'il était né dans la province de Pise, au milieu des années 50, au sein d'une famille de *partigiani* décimée par le fascisme, et que son père était le seul de la fratrie à avoir échappé au peloton d'exécution. Salvatore vouait un culte très ostentatoire à cet homme, qui s'affichait sur le mur derrière la caisse, silhouette balzacienne interceptée à la sortie d'une trattoria, le bras passé par-dessus l'épaule d'un fils encore chevelu et sans couperose. Ouvrier chez Piaggio, il avait élevé ses enfants sous le portrait de Lénine, au grand dam de son épouse, une Sicilienne « grenouille de bénitière ». Mais mon ami était très fier de ses racines insulaires – finalement plus que de sa mère en tant que telle, dont le portrait, lorsque je le réclamais, finissait toujours par s'effacer derrière un condensé de stéréotypes.

Quand Salvatore parlait d'elle, c'était toute la branche sicilienne qu'il invoquait, cette branche qui l'avait vu éclore à Paris, bourgeon de gauchiste réfugié dans le Marais au tout début des années 80 pour devenir propriétaire d'une librairie rue du Roi-de-Sicile. Cette coïncidence le ravissait. J'arrivais toujours à prévoir le moment où la boutade allait sortir. Le scénario ne variait pas : il commençait par inviter les gens à le rejoindre sur le seuil et leur montrait du doigt la plaque accrochée sur le trottoir d'en face. « Qu'est-ce que tu lis, là ? » Une fois obtenue la réponse, il la traduisait, « *Il re di Sicilia !* », puis éclatait de rire en se frappant le torse comme un grand singe possédé : « Le roi de Sicile, c'est moi ! *Hai visto ? Sono io il re ! Chiamami Sua Maestà !* » Il embrayait : « Ma mère, ses parents ils crevaient la faim sous le soleil de Sicile, comme dans *Le Guépard*, tu l'as lu, le *Gattopardo* ? Ils étaient pauvres, très pauvres. Et maintenant qu'eux sont tous morts, que ma pauvre mère elle a même pas pu revenir mourir chez elle, son couillon de fils, il a la librairie rue du Roi-de-Sicile. C'est pas fou, ça ? » C'était à sa mère que Salvatore devait ce prénom chrétien dont il se serait bien passé. Mais qu'il le veuille ou non, ce qualificatif de « sauveur » lui collait à la peau. Lorsque après le départ de Laura j'avais abandonné ma thèse sur la réactualisation du procédé des « belles infidèles » dans les traductions contemporaines – cette traduction libre, fleurie et souvent parcellaire des textes de l'Antiquité, qui aurait permis d'inféoder à la prétendue grandeur de la langue française les prétendues maladresses des langues étrangères –, Salvatore m'avait sauvé.

Je ne savais pas ce qui l'avait conduit à fuir l'Italie. Au pic des confidences, Salvatore glissait qu'il avait été *impegnato*, « engagé ». Tout au plus laissa-t-il entendre un jour qu'il avait rédigé des communiqués, qu'il était *cazzuto per l'ideologia,* « couillu pour l'idéologie ». Beaucoup de choses se chuchotaient à son sujet, comme l'idée selon laquelle il aurait bénéficié de l'asile politique offert par Mitterrand aux terroristes italiens recherchés. Ce qui était sûr, c'est qu'il vint s'installer à Paris, dans un quartier malfamé dont personne n'aurait prédit qu'il se transformerait un jour en magasin géant de glaces au yaourt 0 % et de chaussettes en fil de soie. Il emportait avec lui sa jeune épouse Daniela, rencontrée à Milan (ou était-ce Bologne ?) dans les cercles d'extrême gauche, et compromise d'une manière aussi floue que lui dans la lutte armée. Ils vécurent de peu, puis Daniela toucha un héritage qui leur permit d'acquérir la librairie et un trois pièces juste au-dessus. Treize ans plus tard, Daniela quitta Salvatore pour un prof d'italien qui accepta de la féconder *in extremis*. Mon ami contracta un prêt pour racheter les parts de son ex-femme, la librairie lui revint de droit et continua à représenter le cœur de cet esprit anarchique, contestataire et italien vers lequel convergeaient les *compagni* naufragés des cellules de la rue Saint-Jacques, de Strasbourg-Saint-Denis, de Pantin ou de Ménilmontant.

Quand je fis sa connaissance, Salvatore avait cessé de fréquenter avec autant d'assiduité ses camarades d'exil. Mais il aimait toujours autant ressasser les luttes des autres. Je n'en revenais pas.

— *Ma come, Salvatore ? Non mi vuoi neanche dare una mano ?*

— *Come, come, Julien ?!* Je suis vieux, maintenant, c'est comme si tu demandes à ta *grammaire* de sauter à l'élastique.

Salvatore n'avait jamais franchement essayé de prononcer correctement les nasales françaises.

— Qu'est-ce que tu fabriques ce soir ? Tu veux venir manger à la maison ? Giuseppina fait les gnocchi.

Trois heures plus tard, j'attendais dans le même hall que la veille. Au téléphone, Françoise Rahmy-Cohen, que j'avais informée de ma décision, m'avait prié de venir régler les basses œuvres avec son assistante.

Clara était une jolie apprentie éditrice conforme à mes canons. La boucle brillante, l'œil noisette à peine maquillé, elle m'invita à la suivre dans l'entresol, loin de la mansarde de sa maîtresse. Moulées dans un jean, ses fesses plates me déçurent un peu, mais j'appréciai la forme de la culotte que je surpris sous l'étoffe. Nous passâmes devant ce qui me parut une infinité de bureaux renfermant une infinité de femmes absorbées par leurs écrans d'ordinateurs ou rejetées à l'arrière de leurs fauteuils, un téléphone calé dans la gorge, puis nous rejoignîmes le cagibi de Clara – boîtes de thé et pliages en origami veillant sur un coin du bureau, pot à crayons rempli de toutes les couleurs de l'arc-en-ciel. Le contrat m'attendait, bien à plat face au fauteuil réservé aux visiteurs.

Je pris place. Clara émit une petite toux artificielle qu'elle stoppa avec son poing.

— Oui, donc… Vous me disiez que Françoise vous avait averti des délais assez exceptionnels. Le livre doit sortir pour la rentrée littéraire. J'ai établi un rétroplanning sur le premier office de septembre.

Elle me tendit une feuille A4 imprimée en plusieurs nuances de rouge et de gras. J'y appris que je devais rendre la première version de ma traduction mi-mai. J'avais moins de deux mois devant moi.

— Françoise m'a dit que vous aviez adoré le texte ?

— C'est vrai, répondis-je. Je l'ai lu d'une traite en rentrant chez moi hier soir. Et vous ? Vous lisez l'italien ?

— Oui, c'était ma deuxième langue. J'ai trouvé ça fabuleux. Ce fils qui apprend à connaître le père après sa mort, et qui finit par le trahir… c'est fort, non ?

Nous nous scrutions du regard. La question était : qui allait dégainer le premier.

— L'écriture est singulière…, fis-je pour l'inciter à prendre la main.

— Tout à fait. La description de la maison… magnifique. Et les personnages. Le retournement de situation avec Rachele, c'est top !

— Celui du début ou celui de la fin ?

— Les deux ! s'exclama-t-elle. Mais j'ai beaucoup aimé le premier quiproquo. La scène de rencontre est forte… Non ?

C'était mon tour. J'eus envie de l'impressionner. Je lui exposai que j'avais perçu dans *Rebus* une « dramaturgie de la paternité », parlai de la façon dont tous les pères, dans le roman, n'étaient que des « fantasmes »… ou des « fantômes », précisai-je avec un petit rire travaillé, une polysémie que l'italien « *fantasma* » permettait.

— Oui… Je vois ce que vous voulez dire, coupa Clara trop vite pour avoir eu le temps de voir ce que je voulais dire.

J'eus envie de croire que finalement, l'histoire d'Agostino l'intéressait moins que moi. Je surenchéris, galvanisé par l'idée que peut-être, Clara regardait mes lèvres se mouvoir en les imaginant sur ses clavicules et sur le bout de ses seins.

— J'ai été frappé par la façon dont le fils joue au père avec Rachele… Dans la deuxième partie du roman, il refuse de…

La sonnerie du téléphone vint interrompre mon envolée. Clara s'excusa, décrocha, puis prononça une série de réponses cryptiques ayant trait à des « devis », des papiers « offset », des « confirmations de tirages » et d'autres rétroplannings. Elle glissa quelques « top ». C'était moi qui la jaugeais, à présent, tandis qu'elle se tortillait sur son siège, consciente de mon regard, calant une mèche derrière son oreille, passant une jambe par-dessus sa cuisse.

— Je suis contente que vous soyez enthousiaste, en tout cas, fit-elle après avoir raccroché. Vous voulez qu'on regarde ensemble les termes du contrat ?

Je saisis le document et fis semblant de le lire. J'ai toujours tout signé les yeux fermés.

— Vu l'urgence, nous avons appliqué un tarif

de vingt-quatre euros le feuillet. Mais j'imagine que Françoise vous a déjà prévenu. Cela vous convient ?

Je dépassais rarement les dix-sept euros du feuillet. J'acceptai en omettant cette précision, tout comme j'omis de dire que la seule chose dont Françoise Rahmy-Cohen m'avait prévenu était que je ferais un bon traducteur parce que j'avais perdu ma mère. Diligemment, Clara dressait la liste de mes obligations et de mes avantages – 1 % sur l'édition courante, 0,5 % dans le cas d'une reprise en livre de poche –, et j'étais déjà reparti dans mes fantasmes. J'aimais bien sa bouche, surtout quand elle la balayait furtivement de la pointe de sa langue. J'aimais aussi sa peau, si pure qu'il était impossible d'en distinguer le moindre pore, et cet air bonne élève qu'elle affichait en faisant passer ses ongles parfaitement vernis sur les lignes du contrat. Au-dessus de sa lèvre supérieure, je surpris l'onde dorée d'un duvet décoloré, et, lorsqu'elle tourna une page, un fatras de lettres imprimé sur l'intérieur de son poignet.

— Le livre reçoit un accueil assez dingue en Italie, l'auteur est très pris. Du coup, je crois qu'il n'aura pas trop le temps de parler avec son traducteur… fit-elle en tordant la bouche, comme si elle était désolée de m'annoncer une mauvaise nouvelle.

Pendant les deux minutes qu'elle m'avait accordées au téléphone, Françoise Rahmy-Cohen avait tout de même précisé que l'auteur refusait « par principe » tout contact avec ses traducteurs. Il ne voulait pas courir le risque, avait-elle dit, « d'influencer l'élaboration du texte en langue étrangère ». Une fois de plus, la version de Clara différait de celle de Françoise Rahmy-Cohen. Mais peu m'importait : j'étais ravi de n'avoir aucun compte à rendre à Agostino.

VI

« *Chi è ?* », rugit la voix. L'odeur du *ragù* me cueillit dans le hall d'entrée. Quand on est invité à une soirée chez Salvatore, la fête commence dès l'interphone. Je gravis quatre à quatre les marches qui menaient au deuxième étage.

La porte était entrouverte. Je fonçai directement vers la cuisine, un réduit sur cour digne des romans du XIXe siècle : murs encombrés de casseroles en cuivre, sol en tommettes, table en bois massif. Tout dans cette pièce disait le chaud, le bon, le graisseux. Du haut de son mètre cinquante, Giuseppina était penchée sur sa marmite, une énorme cuillère en bois à la main. Je m'approchai d'elle et l'embrassai sur la joue avant qu'elle ait eu le temps de se retourner. Elle lâcha sa cuillère, s'essuya les mains sur son tablier et me saisit par les épaules pour m'observer à sa guise. « *Julien, sei tu ! Fatti vedere, bello mio.* » Son épaisse chevelure grise et soyeuse, le seul orgueil de sa féminité autrement rêche, était maintenue dans un chignon par une baguette en bois. Aucun maquillage ne venait embellir son teint, sa dentition disait qu'elle avait connu la faim. Giuseppina n'avait que quelques années de plus que Salvatore mais son corps était marqué par la vie de contraintes économiques qu'elle avait menée en Italie avant de rencontrer le quinquagénaire bordélique avec lequel allait s'ouvrir le chapitre le plus apaisé de son existence. Elle avait été communiste, agricultrice, animatrice dans une communauté de désintoxication autogérée, femme de ménage, mère célibataire, cuisinière et, depuis dix ans, comptable et assistante de gestion de la librairie de la rue du Roi-de-Sicile. « *Non dormi bene, vero ?* » constata-t-elle en penchant légèrement le visage.

« Et non qu'il dort pas bien, cet animal ! Il est toujours en train de casser les couilles avec sa révolution ! » En pantoufles, cigarette à la main, Salvatore venait de débarquer dans la cuisine. « *Non ascoltarlo Julien !* » s'exclama Giuseppina en m'attirant à elle dans une étreinte qui sentait bon l'ail frit. Puis, à l'adresse du nouveau venu : « C'est toi le animal ! » Salvatore allait humer le fumet qui s'échappait de la marmite mais Giuseppina extirpa le torchon coincé dans la ceinture de son tablier et fit mine de le fouetter.

— *Aiuto !* Je suis un homme battu, *aiuto* !

— Un homme battu qu'il a toujours faim ! Touche pas toi à mon *sugo* !

« Faim et soif ! Julien, au lieu de tripoter ma femme, sers-nous à boire », fit Salvatore, désignant du menton une bouteille de blanc sur la table. « *Toh* », ajouta-t-il en coinçant sa cigarette au coin des lèvres et en se hissant sur la pointe des pieds pour attraper sur l'étagère trois verres à pied. « Remplis bien. Y a la Vale qui veut faire le *brindisi*. » Valeria était donc là. « Vale ! Viens trinquer à notre jeune arrogant traducteur ! » hurla-t-il par-dessus son épaule, tandis que Giuseppina avait reporté son attention sur sa marmite. Elle ne buvait plus depuis quinze ans.

« *Aspetta, Totò,* répondit une voix depuis le salon. Jason me demande si on peut se garer dans le coin. *Cosa gli dico ?* » Évidemment qu'on ne pouvait pas, pensai-je en levant les yeux au ciel. Depuis que Jason habitait Montreuil, chacun de ses voyages vers la capitale prenait les allures d'un périple. « Tu veux dire quoi ? C'est vendredi. Tous les pédés, ils sont sortis. Il prend le métro et basta. » Chez Salvatore, qui avait plus d'amis homosexuels que pères de famille, « pédé » était le synonyme de bobo, prétentieux, riche et de droite, tous sexes confondus. Je l'avais même entendu traiter de pédé un Smartphone récalcitrant.

« *Maledetto Jason* », grommela-t-il avant de chausser les lunettes qui pendaient à son cou pour étudier la bouteille que j'avais achetée en venant. « Puligny-Montrachet... » Salvatore siffla entre ses dents. « Tu t'es pas foutu de nous, pédé ! »

« Il y a pas de réseau, ici. Quand est-ce que vous allez faire quelque chose pour régler ça ? » Chaque fois que Valeria reprenait contact avec moi, qu'elle entre dans une pièce où je me trouvais, qu'elle me contacte sur Facebook ou qu'elle me passe un coup de fil dans lequel elle commençait invariablement par me dire qu'elle n'avait que quelques secondes à m'accorder alors que c'était toujours elle qui composait mon numéro, elle prenait soin d'afficher un air courroucé. « *Pina, hai chiamato Bouygues ?* », lança-t-elle en évitant ostensiblement mon regard. Alors que Giuseppina se retournait pour répondre, Salvatore la coupa et s'écria, dans une imitation suraiguë : « Je suis pas sa sécrétaire ! » Giuseppina allait s'armer à nouveau de son torchon mais Salvatore fondit sur elle et enfouit son visage dans son cou en grognant. Valeria était obligée de prendre acte de mon existence.

— Ah, ciao, Julien.

À contrecœur, elle me présenta sa joue fardée, sous l'aile de son carré plongeant. Après celle de Laura, l'odeur de Valeria était l'odeur de femme que je connaissais le mieux. J'en identifiai instantanément les strates : l'appel sucré des produits dont elle recouvrait sa peau d'ancienne acnéique, la saveur âcre de ses cheveux brûlés par les crèmes et les défrisages successifs, la pointe d'épice de sa transpiration méditerranéenne.

— *Ciao, Vale. Come stai ?*

— Bien, merci. Juste comme ça, on était quel jour, hier ?

Son anniversaire. *Cazzo*.

— Tu voudrais pas faire comme tout le monde et le mettre sur Facebook ?

— Je trouve moralement répréhensible de souhaiter l'anniversaire de quelqu'un parce qu'un site t'a demandé de le faire.

J'avais rencontré Valeria à la librairie à mon retour d'Italie, avant même d'entrer dans les bonnes grâces de Salvatore. Elle y travaillait pour payer ses études. Elle avait quitté la Sardaigne à la sortie du lycée, échoué de peu au concours de l'agrégation, et s'exprimait dans un français plus sophistiqué que la plupart des Parisiens de notre âge. Valeria était la personne la plus intelligente que je fréquentais, mais rien dans son physique ne le laissait présager : c'était une de ces brunes trapues trop maquillées chez qui la banalité le dispute à la sensualité. Elle avait un nez fort, presque viril, de gros seins, la taille étroite, les chevilles épaisses, et deux mains potelées parfaitement manucurées : seul la sauvait de la laideur l'éclat de ses yeux mordorés. J'étais tellement séduit par son esprit que j'avais cru, un soir, pouvoir faire fi du reste – et surtout de l'amitié. Notre rencontre charnelle fut un échec ; ma lâcheté, un désastre.

— Est-ce que c'est moralement acceptable de te proposer un peu de pinard pour me faire pardonner ? demandai-je en lui tendant un verre.

— Mais oui, répondit-elle. Ça se saurait si j'étais soupe au lait.

Salvatore vint trinquer avec nous.

— Aux trente et un ans de Vale et au traducteur français de Agostino Leonelli, le pédé en vogue du moment ! fit-il en levant son verre avant d'en faire disparaître d'un coup de coude la moitié dans son gosier.

— Agostino Leonelli ! s'écria Valeria. C'est quoi, cette histoire ? Tu vas traduire *Rebus* ?!

J'attendis que l'arôme du touraine ait réveillé chacune de mes papilles avant de répondre. Valeria me fixait, ébahie.

— Eh oui, madame. J'ai pas le droit ?

Elle écarquilla les yeux et s'étouffa presque dans un faux rire.

— Si… Si… Mais il y a une semaine tu me disais que tu ne voulais plus rien faire qu'écrire, et maintenant j'apprends que tu vas traduire le roman le plus significatif de ces dernières années.

Comme je détestais Valeria quand elle choisissait si ostensiblement ses mots.

— Significatif… Tu veux dire qu'il t'a plu, c'est ça ?

— Je ne suis pas sûre que le verbe « plaire » soit adapté. Pour toi, le plaisir est un gage de qualité littéraire ?

— *Dai, Vale, non iniziare…*

— Non mais sérieusement ! *Rebus* n'est pas plaisant, non. Sa lecture est poisseuse, embarrassante. Je n'en suis qu'au début, et j'ai déjà mes réserves. Mais il y a au fond comme… comme un sac de nœuds… tu vois ? Un nid de serpents… Quelque chose qu'on n'est pas sûr de vouloir aller fouiller et qui pourtant nous oblige à continuer.

L'accent moelleux de Valeria arrondissait tous ses concepts sans rien ôter à son éloquence. Elle ne bafouillait jamais. Dans mon dos, Salvatore se resservait de vin en l'écoutant disserter. Je me retournai vers lui pour lui tendre mon verre. Il m'adressa un clin d'œil.

— Ouais, fis-je en trempant mes lèvres. Ça te plaît

parce que ça te plaît pas, donc. Ce qui revient à dire que ça te plaît, non ?

— Oh, mais je te dis ça pour toi, moi ! s'écria-t-elle. Parce que tu as l'air décidé à le traduire. Je prédis que ce sera dur. Tu vas en chier. Et je ne parle pas que des difficultés linguistiques.

— Tu sais tout mieux que tout le monde, pas vrai ?

— *Ragazzi*, s'exclama alors Salvatore en posant ses mains sur nos deux épaules, *non lasciamo che un cazzo di libro ci rovini la serata, per favore !* Surtout si c'est pour qu'il raconte encore les mêmes conneries sur ces *cazzo di anni di piombo*.

J'étais d'accord avec lui. Je n'avais aucune envie qu'un *putain de livre sur ces putains d'années de plomb nous gâche la soirée*, mais mon bonheur était entamé. J'extirpai le paquet de Marlboro de ma poche arrière et allumai une cigarette.

— C'est Vale. Elle casse toujours mes jouets.

Quand j'avais couché avec Valeria, j'avais eu l'impression de commettre un inceste.

— Jason dit qu'il sera là d'ici un quart d'heure, lâcha-t-elle sans relever la tête de son écran, telle une adolescente désinvolte.

— On attend qui encore ? demanda Giuseppina.

— Cette tête de bite de Jason et Marie-Christine, répondit Salvatore.

Je sursautai.

— Sérieusement, tu as invité Marie-Christine ? Putain, Salvatore, t'aurais pu me prévenir…

— Moi je l'aime bien, Marie-Christine, surenchérit Valeria. *Hai fatto bene, Totò.*

Dans sa jeunesse, cette traductrice et féministe grise comme une gomme usée avait contribué à la diffusion des œuvres les plus contestataires de la littérature italienne. Mais son engagement s'était épaissi avec le temps, je la trouvais lourde et dépourvue du moindre humour.

On sonna à la porte. Elle était déjà là. Salvatore alla l'accueillir, talonné par Valeria. Giuseppina me réquisitionna pour râper le parmesan. Les manches relevées au-dessus d'une jatte en terre cuite, j'abandonnai l'effort au premier essoufflement et repliai mon attention sur les tranches de jambon cru posées dans une assiette, sous un couvercle de papier d'aluminium. « *Julien, per favore !* », me réprimanda Giuseppina qui venait d'apporter sur la table un gratin à peine sorti du four.

— Sentez-moi cette odeur ! Peppina, qu'est-ce que tu nous as encore fait là !

Les verres des lunettes de Marie-Christine étaient constamment sales, comme si elle les avait pétris après avoir mangé des frites avec les doigts. Tandis que Salvatore et Valeria allaient et venaient entre la cuisine et le salon pour y dresser la table, la traductrice s'extasia sur chacune des composantes du repas, puis enquêta sur *Rebus*. Salvatore ne pouvait rien garder pour lui. Elle se dit ravie pour moi, je la crus à moitié. Mais elle semblait sincère quand elle s'étonna du rôle joué dans ma providence par Rodolphe Dupire, ce « vieux briscard » qu'elle avait si souvent croisé dans le milieu. Depuis quand pensait-il à autre chose qu'à sa pomme, celui-là ?

Nous fûmes appelés au salon pour y entamer les antipasti. Assis sur un vieux Chesterfield, nous regardions Salvatore gesticuler autour de sa chaîne hi-fi. Il avait voulu nous faire écouter l'album autoproduit d'un ami à lui, sicilien, qui réinterprétait des chansons folkloriques à la guitare électrique. À chaque strophe, il appuyait sur pause pour nous faire deviner la signification des paroles. Seule Marie-Christine semblait amusée par l'exercice. J'alternais rasades de vin et cœurs d'artichauts que j'engloutissais tout ronds. À la quatrième chanson, une énième interruption de la musique fit remonter de la rue des cris. Salvatore se pencha à la fenêtre. Nous avions un invité surprise : Jimmy, voisin antiquaire régulièrement alcoolisé.

Je laissai les effusions pour me réfugier auprès de Giuseppina, qui apportait les dernières touches à son *sugo*. Au moment où la maîtresse de maison allait se résigner à verser les gnocchis dans l'eau bouillante sans attendre Jason, ce dernier sonna à la porte. À point nommé : il était presque 10 heures. Elle couvrit le vacarme du salon d'un impérieux « *Ragazzi, butto gli gnocchi !* » et quelques minutes plus tard, nous étions tous attablés, le cuir de Jimmy crissant à chaque mouvement de fourchette, la charmante tête de bite de Jason irradiée du bonheur simple des anglophones natifs, le guitariste sicilien en repeat sur la chaîne hi-fi, l'ironie suave de Valeria concluant comme un métronome chacune des symphonies de rires que faisaient jaillir autour de la table les anecdotes usées de Salvatore.

Tous les mets étaient délicieux. Alors que j'allais demander un rabiot de gratin de moules, Salvatore m'ordonna d'aller chercher la bouteille hors de prix que j'avais apportée. « Avec la carafe, aussi. Un vin comme ça, il doit respirer. » Je profitai de la cuisine déserte pour faire défiler sans les lire les récentes actualités sur mon téléphone. J'étais rattrapé par mes vieux démons : au milieu de la liesse, je me sentais seul. Combien de soirées avions-nous passées en ces lieux, Laura et moi ? Dans un élan d'auto-apitoiement, je fouillai le dessus du vaisselier à la recherche de la photo encadrée qui y avait trôné pendant plusieurs années. Je savais que Salvatore l'avait cachée mais qu'il aurait été incapable de s'en débarrasser. Entre deux livres de recettes, je la trouvai : Laura et moi enlacés sur le seuil de la librairie, en plein été, elle accrochée de toute la force de ses bras nerveux à mes épaules, une de ses mèches recouvrant en partie mon visage. J'étais raide et mon sourire était timide ; dans sa minuscule robe à fleurs, Laura captait à elle seule toute la lumière. Je replaçai le cadre où je l'avais trouvé et sur un coup de tête, envoyai une demande d'amitié à Clara Brugnard.

Comme prévu, Salvatore fit tout un foin de l'ouverture du Puligny : personne autour de la table ne semblait l'avoir entendu dire que c'était moi qui l'avais acheté. Tandis que, sourcils froncés, lunettes au bout du nez, il s'adonnait à la cérémonie du transvasement, la conversation reprit son cours, ramifiée en trois affluents : Daesh, la radinerie proverbiale du psychanalyste de la porte d'à côté et la période créativement si fertile que traversait Jason, maintenant qu'il s'était mis au vert. Il écrivait une nouvelle par semaine et venait d'achever un recueil de prose poétique.

Depuis huit ans qu'il vivait à Paris, Jason gagnait sa vie en enseignant l'anglais à des cadres de la Défense. Le soir venu, il troquait son costume contre un jean, un bonnet et une paire de Timberland, et il allait lire ses textes sur des scènes ouvertes peuplées d'exilés de Melbourne ou de Chicago. Il avait vécu plusieurs années à Venise et possédait un irréprochable italien du Nord. À l'inverse, son français semblait mystérieusement tiré d'une caricature de Jane Birkin. Depuis que je fréquentais les coulisses de la rue du Roi-de-Sicile, il était là. Nous étions même sans doute amis. Pourtant, j'avais du mal à nous considérer comme appartenant à la même espèce. Valeria, si. Valeria était de la même espèce que moi.

— Je sais pas comment tu fais, avançait cette dernière la bouche encore pleine. Moi c'est quand je suis dans la merde que j'arrive à travailler. Depuis que j'ai une bourse pour ma thèse, j'ai tout simplement arrêté de l'écrire. Et regarde Julien…

— Bon, les choses ont changé, intervins-je en n'essayant pas de modérer mon triomphe. Jason, tu sais que je vais traduire un roman ? Un vrai roman, enfin.

— J'ai cru savoir quand tu avais été dans la cuisine. Agostino *something, right ? What's the title, again... ?*

— *Rebus.* Et je suis assez d'accord avec Vale. Je pense que c'est comme ça que je vais réussir à écrire ce putain de roman. Le mien, j'entends.

Jason ne m'écoutait plus. Il avait déjà dégainé son téléphone pour chercher des informations sur Leonelli.

— Attends..., fit-il en zoomant sur son écran. Je crois j'ai déjà vu quelque part lui. C'est possible il est déjà venu à un *open mic* ? Vale ?

Au moment où il cherchait confirmation auprès de sa voisine, celle-ci sauta de sa chaise pour aller monter le volume de la hi-fi. Le folklore hard-rock du Sicilien avait laissé place à un album de Al Green plus consensuel. Valeria voulait l'écouter à fond. Apparemment, Jimmy aussi. Manquant de renverser la carafe de Puligny, il la rejoignit au centre du salon. Je connaissais par cœur la suite du scénario : Jimmy allait faire danser Vale, Salvatore se précipiterait pour pousser la table basse et monter le son d'un cran encore, Giuseppina se cacherait dans la cuisine pour échapper à l'invitation de son compagnon, lequel la ramènerait triomphalement à bout de bras quelques instants plus tard, puis Jason s'unirait au ballet désarticulé. Et j'allais me retrouver seul à table avec Marie-Christine. Avec un peu de chance, elle sortirait son téléphone pour immortaliser la scène et dès le lendemain matin, sur Facebook, j'aurais la joie de me découvrir identifié sur des photos floues où je semblerais être le seul à m'ennuyer.

Alors que les vins laissaient place à des alcools plus gaillards, mon humeur s'aplanit. Enivré par un morceau des Supertramp, le menton posé dans la paume de ma main, je laissai mon esprit divaguer en regardant le bonheur de ces gens que j'aimais, tout d'un coup, très fort. Valeria déchaussée, ses bas filés aux orteils, plus méridionale que jamais. Jason fiché devant moi, exécutant en ma direction les gestes d'une improbable chorégraphie, Salvatore penché par-dessus mon épaule pour remplir mon verre dès que son niveau lui semblait préoccupant.

Des bribes de *Rebus* remontaient à la surface de ma mémoire, libérant une charge d'espoir et de soif, de faim, de désir, qui m'apportait soudain le monde intensifié. Je connaissais bien cette intensité. Sous le casque de cheveux bruns de Valeria, je voyais d'autres traits se dessiner, un nez mutin, une peau dorée parsemée de taches de rousseur, la blondeur d'une beauté toute fraîche. Les appas de Rachele me rattrapaient : je plissais les yeux et j'imaginais sur Valeria deux longues jambes toutes droites. À travers le regard du fils de *Rebus*, la vie me parut plus grande. Laura m'avait quitté, ma mère était morte, mon père ignorait tout de moi, j'étais libre. Libre à mon tour de m'élancer sur un scooter au cœur des Pouilles rouges, la chaleur brouillant dans une flaque de vapeur les limites de l'asphalte et du ciel à l'endroit où la terre s'arrondit. J'avais des avant-bras forts, moi aussi, moi aussi j'avais hissé des femmes sur des plans de travail. À nouveau, je mélangeais les scènes que j'avais lues avec celles que je voulais écrire : une terrasse aux meubles pâlis par les intempéries, l'empreinte arrondie d'une tasse à café sur un manuscrit qui était peut-être une thèse médiocre en cours d'écriture ou bien le manuscrit d'un père drogué, et, par-dessus la désolation, l'engouement fébrile pour une fille tout juste femme que l'on inondait de mots jaillis en nous avec la précision d'une flèche. La matérialité d'un être – bouche humide, pupilles dilatées scrutées à quelques millimètres de distance au creux d'un oreiller – à qui l'on voulait confier le sens de notre existence.

Après une introduction qui faisait résonner des gouttes de pluie métallique avec des accords de synthétiseur, Grace Jones miaulait à présent sa *Vie en rose*. « *It's him for me and me for him all our lives...* » Là, face à cette bibliothèque dans laquelle j'aurais pu désigner les yeux fermés l'emplacement de l'album de Richard Avedon et la *Storia dell'Arte* en cinq volumes – le V glissé de tout temps entre le II et le III –, au milieu de ces personnes dont la plupart avaient vu descendre sous terre le cercueil de ma mère, je crus toucher la vérité. Valeria ondulait des hanches, Salvatore fredonnait entre ses dents en dansant avec sa cigarette. Elle était là, la vérité. Dans cet interstice qui séparait la fiction de la réalité et que la vie réduite, mutilée, du quotidien nous condamnait à penser infranchissable. Il suffisait d'abaisser un peu ses paupières pour laisser les frontières se brouiller. Tout était vrai. Le sexe de Rachele, les secrets du père. Les anciennes luttes de Salvatore, l'agonie de ma mère, sa main rongée blottie dans ma paume au chevet de son lit d'hôpital. Tout de *Rebus* était vrai et ma vie était un roman. Laura, Rachele, leurs ventres constellés de grains de beauté, cette Grande Ourse qu'elles avaient en commun autour de leur nombril. Et puis les chocs, les fins. Rachele qui débarque à l'improviste avec une nouvelle dont elle ne sait pas si elle est bonne ou mauvaise. Une dalle grise du 13e arrondissement, un jour d'automne, Laura qui m'attend. Achetés chez les frères Tang, les bonbons au lait dont l'un des deux papiers d'emballage est comestible.

Dans ma poche, mon téléphone vibra. Un texto d'Hervé exclusivement composé d'émojis : un verre à pied, une bouteille de champagne, trois tangueras en robe à volants rouge. Au moment où, avec de vrais mots, je lui proposais de nous rejoindre, je réalisai que le texto d'Hervé m'offrait un parfait exemple de rébus. Oui, bien sûr ! L'énigme était partout, pensais-je en allumant la plus satisfaisante cigarette de la soirée. Rodolphe, puis Françoise Rahmy-Cohen, puis Agostino étaient venus à moi pour m'en donner la clé. J'étais complètement bourré.

Quand Hervé sonna à l'interphone, Marie-Christine remettait son manteau et j'étais avachi sur le canapé, à côté de Valeria qui me montrait sur l'écran de son téléphone les célibataires qu'elle hésitait à faire entrer dans son lit. Nous nous transportâmes jusqu'à la cuisine pour assister nos hôtes qui finissaient de remplir le lave-vaisselle et chiper quelques restes du dîner. Assis sur une chaise, les jambes croisées, Jimmy grattait des accords sur la guitare de Salvatore. Valeria l'accompagnait en frappant entre elles deux petites cuillères. Jason et Hervé étaient passés à l'anglais pour commenter des choses que je ne cherchais pas à comprendre mais dont la musicalité me plaisait.

Giuseppina alla se coucher tandis que nous finissions de boire tout ce que nous pouvions encore boire. Jimmy fit tourner un joint de sa culture personnelle, puis Giuseppina réapparut en robe de chambre pour nous rappeler l'heure. Chassés du royaume, nous échouâmes dans un bar ouvert après deux heures où Jason avait ses habitudes. Sur le chemin, je remarquai un rapprochement physique entre Hervé et Valeria. Je n'avais jamais réussi à savoir s'ils avaient déjà couché ensemble. Je les en avais soupçonnés à plusieurs reprises mais les deux avaient toujours nié. Pour préserver la paix de notre amitié, Hervé n'aurait pas eu le moindre scrupule à me mentir, mais j'avais du mal à imaginer Valeria se refusant une telle satisfaction. Jason titubait. Jimmy, qui avait été le premier à proposer de poursuivre la soirée, nous abandonna en nous saluant à peine au coin de la rue du Pont-aux-Choux. Le charme était rompu.

Nous allâmes toutefois commander des mojitos sur le comptoir d'un bar au rideau de fer baissé. Le nez plongé dans son verre, Jason ne s'exprimait plus que par monosyllabes. Du coin de l'œil, j'aperçus Hervé embrasser Valeria dans le cou. Comme je l'avais fait deux jours plus tôt, dans un bar semblable à celui-ci, à l'issue d'une soirée semblable à celle-ci, comme je le faisais depuis des mois – depuis trois ans, en fait –, je décidai qu'il était temps de laisser les autres s'amuser sans moi. Mais la nuit me réservait un ultime réconfort : dans le Uber, je découvris que Clara Brugnard avait accepté mon invitation.

VII

Quand je m'étais embarqué dans cette odyssée expresse – Rome-Bari en quatre heures et à onze dans deux Fiat Punto –, je vivais déjà à Rome depuis quelques semaines. J'avais été retenu pour y passer ma troisième année de licence dans le cadre du programme Erasmus et j'avais convaincu Hervé de m'escorter jusque-là, le temps qu'il m'aide à me dégotter une piaule et quelques assises sociales pour continuer l'année sans lui. À une terrasse de café, mon italien embryonnaire et le bagou d'Hervé nous attachèrent l'amitié d'une bande de Romains de notre âge, si bien que lorsque Hervé dut regagner Paris pour préparer sa rentrée à Normale sup, il me laissait entre les mains de Marco, Ilaria, le gros Tommaso, le petit Tommaso, Vittoria, dite « la Vitto », Beppe, Simone, Giancarlo et les autres membres de cette confrérie qu'aucune hiérarchie ne semblait régir et avec laquelle j'apprenais la définition de la *comitiva* italienne : mutualisation des ex, tutoiement des parents, topless pour toutes les filles. Les parents de Giancarlo étaient originaires des Pouilles et y possédaient une petite maison sur la côte. En un après-midi de canicule tardive, la confrérie décida de reprendre une portion de vacances avant la rentrée universitaire d'octobre et j'acceptai de la suivre.

Nous arrivâmes à Monopoli au coucher du soleil. Comme dans la Grèce de mon enfance, l'eau claire se méritait : à quatre pattes pour atteindre le promontoire rocheux par lequel la crique allait mourir dans l'écume phosphorescente, je m'écorchai les mains et les pieds contre les anfractuosités des pierres volcaniques – et, derrière moi, la terre rouge des Pouilles, les oreilles barbelées des figuiers de Barbarie, le ruban de route côtière qui rendait au crépuscule la chaleur stockée au cours de la journée et que sillonnaient encore quelques touristes à scooter, tongs aux pieds, jambes nues et serviettes de bain battues par le vent en étendard.

La première soirée fut exclusivement consacrée au tirage au sort des couchages. Mais peut-être est-ce moi qui réécris l'histoire. Laura a toujours eu le pouvoir d'affadir les intrigues secondaires. Le lendemain matin, notre équipage prit la route d'un parc naturel. En chemin, nous nous arrêtâmes pour acheter des panini indécents, pain à croûte, fromages gras et juteux d'une blancheur séminale, charcuterie aux arômes d'entrecuisse. J'étirai ma serviette à l'écart du groupe et me précipitai à l'eau. Immergé dans la position de la planche, j'allai offrir mes paupières closes à la lumière du soleil.

Des filles devaient nous rejoindre, une cousine de Giancarlo étudiante à Lecce et quelques copines à elle. J'étais encore dans l'eau quand je vis les filles arriver, une file indienne de silhouettes en micro-short brandissant parasols et matelas pneumatiques qui progressaient sur la plage à une allure d'alpinistes, leurs pieds s'enfonçant dans le sable à chaque pas. Je prolongeai la baignade jusqu'à ce que les filles soient installées.

La vis-je tout de suite, alors que j'ébouriffais à la serviette mes cheveux mouillés ? J'en doute encore. Il y avait trop de beauté dans cette brochette. De loin, je dus être présenté comme l'*amico francese*, car aussitôt une voix monta pour me demander de quel coin je venais, dans ma langue et sans accent. C'était Laura, et je mentirais si je disais que son regard levé vers moi vint frapper de plein fouet mon torse dénudé et m'ôta la respiration. Je remarquai qu'elle était belle mais ma voix ne trembla pas lorsque je lui déclinai mon état civil. En quelques phrases, elle m'informa que sa mère était française et qu'elle avait passé une partie de son adolescence dans le 12e. Je crois que notre échange s'arrêta là. Je m'allongeai sur le sable à la place que je m'étais réservée et sortis de mon sac un roman italien que j'avais commencé dans l'avion et dont je n'avais toujours pas dépassé la trentième page. Les filles décidèrent d'aller se baigner. Je les épiai derrière mon livre. Au moment où elle allait entrer dans l'eau, Laura se retourna vers notre groupe et j'eus la certitude que c'était moi qu'elle cherchait des yeux. Cette fois-ci, mon organisme réagit : j'avais soudain plein de cœurs qui battaient à l'intérieur de moi.

Il y eut beaucoup de ces échanges de regards avant que Laura ne vienne étendre sa serviette à côté de la mienne en la faisant traîner au sol comme une peau d'animal mort. L'incompréhensible roman italien ne devint plus qu'un paravent. Caché derrière, j'observais Laura de retour de la mer se faire dorer dans toutes les positions et lancer à la cantonade des blagues en italien dont le sens m'échappait souvent, de sa voix suave et rocailleuse qu'on aurait dit recouverte d'un voile de lait concentré sucré. Par moments, en plein milieu d'une conversation qu'elle avait pourtant contribué à faire lever, elle m'interpellait dans notre langue sur un sujet qui n'avait rien à voir : ce que je comprenais de ce qui se disait, comment j'avais appris l'italien, si j'aimais les anchois.

Laura était une des seules de la bande à refuser de m'offrir le spectacle de ses seins nus. C'est à peine si je vis ceux des autres. Quand enfin elle se trouva à quelques centimètres de moi, quand enfin notre langue partagée devint le radeau sur lequel nous commençâmes à bâtir un monde clos condamné au naufrage, je m'autorisai à détailler son profil et à en enregistrer le moindre relief. Il me fallut moins d'un après-midi pour connaître par cœur la cartographie de ses grains de beauté, l'implantation de ses cheveux, la texture de nid d'oiseau qu'ils prenaient lorsque, mouillés et relevés en un nœud au-dessus de sa tête, ils séchaient en blondissant au soleil. Je fis la connaissance de ses doigts nerveux aux ongles courts, du duvet qui illuminait ses cuisses, son ventre et ses avant-bras, de la proéminence de ses clavicules semblables à un chemin escarpé à flanc de montagne en travers duquel aurait été jetée la corde métallique qui soutenait sa petite branche de laurier en pierres vertes. Je ne sais plus si j'appris ce jour-là qu'elle avait passé à Bari les plus beaux moments de son existence, avant que la mère ne plie bagage pour aller emménager dans un HLM à quelques encablures de la porte Dorée. Je ne sais plus si elle me confia déjà que c'était pour se rapprocher du puissant halo de son père qu'elle faisait la serveuse dans un attrape-touristes de Rome. Je me dis souvent que la toute première impression qu'on a d'un être dont on deviendra proche, aussi fugace soit-elle, finit toujours par ressurgir des flots de l'habitude. Ce jour-là, ce 18 septembre 2006 où je tombai amoureux pour la première fois, Laura ne me parut ni paumée ni vulnérable. Toute sa personne exsudait l'aplomb et l'arrogance. À peine une semaine plus tard, cette première impression me stupéfia quand elle me revint à l'esprit. J'avais eu le temps d'apercevoir l'étendue de sa fragilité et je ris de ma méprise originelle. C'était moi, pensais-je, le chêne qui l'abritait sous son feuillage solide. Pourtant, sept ans plus tard, cet aplomb que j'avais perçu sur une plage des Pouilles, cette arrogance guidèrent Laura hors de ma vie et lui firent signer des mails d'adieu d'une froideur débarrassée de tout affect.

Mais rien n'était encore froid, alors. De retour à la villa, où Laura et ses amies nous avaient accompagnés après la plage pour faire chanter les douches et embuer les miroirs, abandonnant sur la faïence les rasoirs, les brosses de poche et les sticks de déodorant avec lesquels elles croyaient pouvoir dompter la floraison de leur corps, je n'ai pas peur de dire, même, que je brûlais. Les objets se liguèrent contre moi. Je me prenais les coins de tables, m'éclaboussais le visage en ouvrant trop vite une canette de bière. Autour d'une table à rallonges chargée de mets auxquels je touchai à peine, le français ne me permit plus d'avoir Laura rien que pour moi. Ses regards s'éparpillaient comme une nuée de papillons voraces.

Je fis cette nuit-là la première insomnie de ma vie. Les filles étaient restées coucher chez Giancarlo. Laura dormait si près de moi que j'avais l'impression d'entendre sa respiration. En revenant des toilettes, je m'arrêtai un instant au-dessus du clic-clac qu'elle partageait avec la cousine pour mettre à l'épreuve la profondeur de son sommeil. Laura n'ouvrit pas les yeux.

Je dus attendre le lendemain, la dernière soirée du séjour, pour pouvoir toucher Laura, un pied nu qui grimpa progressivement le long de ma chaise pour venir se poser près de ma cuisse, si près que la peur n'eut pas le temps de retenir mes doigts. Son corps entier ne m'appartint qu'à Rome. Mais peut-être devrais-je le dire dans l'autre sens : je croyais posséder Laura mais c'était elle qui me possédait, infusant aux semaines puis aux mois qui composèrent notre année romaine l'adrénaline de ses angoisses et de ses oscillations. Chez Laura, le bonheur lui-même était une source de souffrance. Nous nous fîmes autant de mal que de bien pendant un an, puis deux, puis trois, quatre, cinq, six, sept. Sept années qui ne s'apparentèrent jamais à une relation avec un début et une fin. Sept années émaillées de longues disparitions et de subits black-out, sept années nomades qui traversèrent parfois de mornes plages mais ne virent jamais s'assécher sous leur passage le courant d'intensité qui continua de rouler sous la couche de l'ennui, de l'abstinence, du doute.

C'est ce que j'avais cru jusqu'au bout, en tout cas.

Comme il m'est douloureux, encore, de penser à tout ça.

VIII

Douloureux, le premier jour de traduction de *Rebus* ne le fut pas. Je mis mon téléphone en mode avion et parvins à le garder sourd et muet presque deux heures d'affilée. Ni Twitter, ni le site de *L'Équipe*, ni même la tentation de connaître le dénouement de la soirée de la veille ne me détournèrent de l'exercice prolifique et salubre que représente toujours pour moi un début de traduction. Les premières phrases du roman coulaient sous les touches de mon clavier. Ce n'était pas moi qui progressais à pas mesurés et précis dans la dense forêt de l'histoire, le chemin se déroulait sous mes doigts sans effort.

J'avais lu le livre en entier ; je savais où l'auteur voulait en venir. Pour l'instant, le fils traquait la mémoire de son père dans les empreintes des tasses de café, dans le fond poisseux des bouteilles d'alcool fort qui attendaient en vain le retour de leur propriétaire à côté de l'évier, sur la terrasse, au pied du lit. Il était arrivé trop tard pour assister à la crémation. On l'avait prévenu le jour même. Ça l'arrangeait. Il n'avait pas vu son père depuis douze ans, sa mère refusait jusqu'à entendre prononcer son prénom, dans les albums photos, son visage était découpé. Même ses plus anciens amis, que le fils voyait parfois quand ils étaient de passage à Rome, avaient renoncé à s'enquérir de son sort. Dans cette maison décrépite, le père s'était construit une vie d'ermite où le fils se plaisait à penser qu'il avait expié ses fautes.

J'aimais la façon dont Agostino contournait le cœur de l'histoire. Sous sa plume, sous notre plume, les objets jaillissaient dans le silence de la campagne. Il y avait autant de non-dits que de dits. Le père avait été un salaud, soit. Mais dans ces premières pages, Agostino privilégiait à la narration la peinture d'une nature de fin d'été qui portait dans chacune de ses fibres la mélancolie. Ce scénario n'avait rien de singulier. Peu m'importait : je n'ai jamais été scandalisé par la redite. J'apprécie les archétypes, les situations initiales qui me donnent l'impression de pousser en plein hiver la porte d'un pavillon chauffé. J'étais chez moi dans les premières pages de *Rebus*.

J'étais vraiment chez moi : il avait fallu que je me mette à traduire le texte pour que surgisse l'évidence de certaines similitudes. Je comprenais maintenant ce qu'avait insinué Françoise Rahmy-Cohen. Agostino avait écrit un roman à la mesure de mon deuil. Ma mère n'était pas partie en laissant derrière elle un désert insubmersible. Ses appels hebdomadaires, le dimanche à la même heure, soulignaient davantage nos silences que notre besoin de parler. J'avais vécu mes premières émotions d'adulte dans une langue qu'elle ne comprenait pas, malgré ses tentatives renouvelées à chaque sortie d'un film italien pour aimer une culture qu'elle limitait à une élégance, à une exigence esthétique. Nous n'étions d'ailleurs jamais allés en Italie ensemble, la visite que mes parents avaient prévu de me faire lors de mon année Erasmus ayant été annulée à la suite des premiers examens alarmants. La pensée des avantages matériels auxquels sa disparition m'avait permis d'accéder me semblait parfois plus douloureuse que le spectacle de son agonie. Il m'arrivait même de me formuler ce dilemme tordu : serais-je prêt à sauver ma mère, s'il fallait pour cela que je reprenne mes traductions de mercenaire ? J'aurais voulu pleurer. J'aurais voulu, comme mon frère, avoir une petite fille à qui j'aurais donné en deuxième prénom celui de ma mère.

Agostino n'avait pas perdu son père, je l'avais lu deux jours plus tôt. L'idée faillit me meurtrir : il avait mis des mots sur une réalité qu'il ne connaissait pas alors que moi, moi qui en avais fait l'expérience, elle me bâillonnait. Mais j'avais soudain plein de souvenirs à exploiter. Je me revoyais le lendemain de la mort de ma mère, errant en survêtement entre les pièces du pavillon de Bourg-la-Reine une cigarette à la main alors que mon père, mon frère, sa femme enceinte et leurs deux enfants étaient partis se promener. J'avais passé la nuit dans ma chambre d'adolescent, comme je le faisais un seul soir par an, chaque 24 décembre, depuis que j'habitais seul. Je maîtrisais encore à la perfection les grincements des ressorts et le hennissement du vieux cadre en bois. Je savais toujours me retourner, me branler, lire au beau milieu de la nuit sans éveiller les soupçons de l'autre côté de la cloison. L'oreiller avait toujours cette consistance grumeleuse qui sentait les sanglots étranglés.

J'avais parcouru seul dans la maison de mon enfance quelques heures libératoires, enfreignant toutes les règles d'hygiène qui y avaient présidé vingt-neuf ans durant, traînant sans pantoufles et faisant tomber les cendres de ma cigarette dans les lavabos et la terre des plantes en pot. L'horloge qui faisait tic tac sur la table de chevet ne savait pas encore que ma mère était morte, pas plus que ses manteaux sous housse dans la penderie. Ma mère n'avait avec le père de *Rebus* qu'en commun d'être morte. Sa maison était aussi ordonnée après sa disparition qu'était chaotique la maison des Pouilles à l'arrivée du fils. Je ne découvris pas ma mère en déchiffrant les étiquettes qu'elle collait sur les pots de confiture reconvertis en réservoir à « Vis », « Thé sans théine », « Pansements », « Bicarbonate de soude ». En fait, je pensais la connaître par cœur : je n'avais pas entrepris cette progression pièce après pièce sur les lieux de sa vie afin de comprendre ce qu'avait signifié cette vie ; pourtant les premières pages d'Agostino révélaient, un an et demi plus tard, les raisons pour lesquelles l'heure que j'avais passée seul dans notre pavillon de banlieue parisienne s'associait dans ma mémoire à un intervalle de lumière, à une longue goulée de liberté. Agostino faisait connaissance avec la matérialité de son père et cette matérialité était faible. À sa merci. Et moi, je m'enfonçais dans les mots de *Rebus* en y calquant mon expérience.

À un moment, une phrase faillit interrompre mon rythme de croisière. Je n'avais pas pour habitude de polir mes phrases dès le premier passage, aussi décidai-je de laisser celle-ci en friche :

Il se demandait de quoi, de qui*, étaient faits ces moutons de poussière que les courants d'air allaient dénicher de sous les commodes et qui subvertissaient l'image du père chauve comme elle s'était développée (à lui ??), c'est-à-dire rien d'autre qu'un homme-désert érigé seul au beau milieu des Pouilles asséchées.*

Un aspect de la phrase me troubla : l'hameçon déjà lancé en direction du dénouement, ce *de qui* glissé en italique que je n'avais pas remarqué lors de ma première lecture. J'avais été stupéfait par le dénouement, Agostino m'avait eu, comme j'imaginais qu'il avait eu Françoise Rahmy-Cohen, Clara, la critique unanime. Mais peut-être avais-je manqué de sagacité, peut-être étais-je tombé dans un piège que des lecteurs plus perspicaces auraient évité. J'eus le pressentiment que le texte avait des choses à me cacher. Des choses que ma traduction allait révéler. Des choses qui, en se révélant, allaient souligner ma naïveté. Était-ce de cette sensation que Valeria, au dîner chez Salvatore, avait parlé ?

Quand j'interrompis mon travail à la tombée de la nuit, j'avais déjà fourni la traduction rudimentaire de sept pages de *Rebus*. Je sortis m'aérer, avec l'espoir que le monde extérieur me reconnecte au projet de mon roman. Mais ce soir-là, je ne pouvais penser qu'à *Rebus*. La marche alimentait en moi des rêves de renommée : je me voyais accompagner Agostino sur les plateaux télé, récoltant les lauriers d'une traduction si fine, dîner à ses côtés dans les restaurants chic de Saint-Germain où Françoise Rahmy-Cohen avait ses habitudes. J'avais commencé à nouer avec Agostino une relation fondée sur l'affinité intellectuelle. J'en faisais un mentor, un conseiller. Il me délivrait ses trucs d'écrivain, discutait avec moi du plan de la narration, m'aidait, qui sait, à trouver un éditeur italien le moment venu. Dans un élan de reconnaissance, je décidai d'écrire à Clara.

Bonjour Clara,
J'ai commencé la traduction, c'est très prenant. J'espère qu'Agostino ne sera pas déçu par son cadeau. Mais le vrai cadeau, c'est lui qui me le fait, en me laissant libre.
À très vite,
J.

Si j'avais su.

IX

Le lendemain, Salvatore n'avait toujours pas envie de parler de *Rebus*. J'approchais du moment où le fils, en prenant un café sur la place du village, découvre que son père était considéré comme un héros. « *Sì che ce n'aveva visto* », lui assurent des ouvriers employés dans les carrières de marbre environnantes et des agriculteurs au chef surmonté de casquettes publicitaires. *Un peu qu'il en avait vu.* Bientôt, le fils exhumerait une épaisse fantaisie révolutionnaire dactylographiée. J'étais convaincu que le sujet passionnerait Salvatore.

Nous avions échangé quelques textos dans la matinée, mais Totò était surtout intéressé par le manège qui se tramait entre Valeria et Hervé, à propos duquel il semblait disposer d'informations exclusives. « C'était la première fois que Vale elle passe la nuit avec ton *coglione* ?? » Lorsque je tentai de savoir s'il avait commencé à lire *Rebus*, il cessa de me répondre. Je devinai qu'il était en train d'ouvrir la librairie. Je l'imaginai dans le silence sépulcral de son rez-de-chaussée creusé sous les voûtes, se frottant les mains en laissant échapper une bordée de jurons. *Madonna che freddo, porca miseria !*

Chez moi, le fils aussi se frottait les mains. Il avait mis de l'ordre dans la maison morte de son père. Changé les draps, trié le frigo, jeté les pots de sauce tomate cotonneux de moisissure et les carottes molles. En remplissant une machine, il avait retrouvé au fond du tambour la première plaquette vide de Tramadol. Quelques jours plus tôt, sa mère l'avait appelé pour lui annoncer la mort accidentelle de l'homme qui avait piétiné sa dignité après lui avoir offert le plus beau cadeau de sa vie – un fils à la tête et au corps bien faits dont elle s'attribuait pourtant tous les mérites, frappant son torse dès qu'il lui rapportait un laurier en s'exclamant « *Ti ho fatto io !* », *C'est moi qui t'ai fait !* Le fils avait donc pris le premier train pour Otrante, mais plus les trains descendaient dans le Sud et plus le retard était assuré, si bien qu'il n'avait pas pu assister à l'incinération, et qu'il se contenta en fin d'après-midi d'aller récupérer l'urne au funérarium local.

J'avais commencé à réfléchir à l'enterrement de ma mère quand le chef de service de l'hôpital du Kremlin-Bicêtre nous avaient convoqués, mon père, mon frère en visioconférence, et moi. Il voulait nous informer des « perspectives » qui s'offraient à nous, à l'issue de la troisième chimiothérapie. Elles n'étaient pas lumineuses – et pourtant, ce jour-là, il faisait beau ; et pourtant, ce jour-là, j'avais prévu de passer la soirée avec une fille qui parvenait depuis quelques semaines à me faire jouir sans que cela active devant mes pupilles dilatées, comme une diapositive, l'image du corps de Laura au-dessus de moi, les muscles tétanisés par le plaisir. *C'était trop bon, orsacchiotto.* Le médecin nous avait demandé de ne pas nourrir d'espoir.

Deux semaines, trois mois, un an, il ne pouvait pas nous le dire. Mais nous devions prendre nos dispositions. Et à ce mot, j'avais compris que j'allais bientôt enterrer ma mère. Que j'allais laisser mon frère orchestrer son inhumation avec le même brio qu'il avait déployé pour son propre mariage. Que j'allais ressortir du placard le costume mal taillé dans lequel je m'étais senti si laid tandis que Laura s'élançait pieds nus sur la piste de danse au bras de cousins éloignés qui n'attendaient que notre séparation pour dire que je m'étais débarrassé d'un boulet. Est-ce que j'allais la prévenir, la convier ? Est-ce qu'elle allait apparaître au fond de l'église comme une petite morte miraculée ? Alors que, d'une voix blanche, mon père médecin tentait d'argumenter en faveur de la guérison avec un médecin plus diplômé, plus expérimenté et mieux payé que lui, j'avais soudain envisagé l'enterrement de ma mère comme la mise en scène de ma vengeance. Je n'allais pas même laisser à Laura la possibilité de surgir du fond de la nef les cheveux et les cernes tirés. Je serais si démoli et si seul que de là où elle se trouverait, elle sentirait s'écraser sur elle le poids de la culpabilité.

J'avais eu le temps de me préparer : aucune minute de l'enterrement de ma mère ne me fut dérobée. Et pourtant, chacune de ces minutes me déçut. La présence de la petite bande de Salvatore n'y put rien. L'église était pleine, mais mal – pleine de gens qui semblaient de passage, de femmes aux racines de cheveux blancs apparentes que je n'aurais pas été étonné de surprendre le poing serré autour de leur clé de voiture, d'hommes en mocassins mal semellés qui étaient là par respect pour mon père. De personnes venues ne pas pleurer une mort qu'elles tenaient pour acquise depuis trop de temps déjà. Je regrettai finalement de ne pas avoir invité Laura, puis je regrettai aussitôt de l'avoir regretté, d'enterrer ma mère en pensant à la fille aux yeux cernés que j'aurais voulue à mes côtés.

Affalé sur la terrasse dans la douceur de la nuit de septembre, le fils écoute chanter les grillons en faisant tourner dans son verre un fond de liquide ambré. Dans son autre main, un Nokia éteint soudain s'illumine. Le fils a essayé 0000, puis 1950, et c'est enfin 1978, son année de naissance, qui lui a permis de l'allumer. Le bip d'un texto vient percuter le silence.

Mi dici quando posso venire a pigliare i soldi ? R.

Une cigarette plus tard, le fils va se coucher dans la chambre de son père. Il tombe sur une nouvelle plaquette vide de Tramadol. Google lui apprend que le Tramadol® est un antalgique opioïde dérivé de la morphine, prescrit en cas de douleurs modérées à intenses mais souvent perverti de son usage premier par des héroïnomanes en manque ou des malades guéris qui ne peuvent plus se libérer de ses vertus. Le père avait-il mal ?

Cette question, le fils la remâche pendant cette première nuit qu'il passe au bout des Pouilles – la première depuis ce séjour, douze ans plus tôt, lorsqu'il était venu dans l'espoir d'écrire sa thèse et que matin midi et soir une mauvaise techno faisait trembler les murs de la maison. Cet été-là, il avait découvert que son père s'était fait orner l'épaule d'un tatouage tribal. Les retrouvailles ne s'étaient pas bien passées. Depuis, le père s'était mis à souffrir, et il souffrait tant qu'il éparpillait des plaquettes d'opiacés dans tous les recoins de sa maison.

Cette douleur, le fils la remâche. Ou bien, il la rumine. Ou encore, il la ressasse. *Rimuginare : in senso fig., agitare nella mente o nel cuore, pensare molto e a lungo sopra una cosa, quasi rivolgendola in tutti i versi.* (Ne jamais utiliser qu'un dictionnaire unilingue, m'avait-on enseigné.) Il repense au texto de « R. ». « Dis-moi quand je peux passer chercher l'argent » – ou « le fric », ou « la tune ». Il ne peut s'agir que d'un dealer, un Roberto qui rayonne à moto dans la région, sans casque, un sac banane rempli de substituts à l'héroïne et le torse épilé sous un débardeur. R., le fric, les opiacés. Bien sûr. Son père a toujours été un drogué.

Tu sais, c'était quelqu'un qui avait confiance, lui. C'était un homme bien. Ton papa, lui confie le lendemain la factrice, une dénommée Annunziata, en essuyant ses yeux, et son tutoiement et la façon dont elle appelle le mort le mettent aussi mal à l'aise que moi, lorsque j'étais obligé d'avoir l'air touché par la sollicitude que pensaient me prodiguer certaines personnes en me racontant les insignifiants souvenirs qu'ils gardaient de ma « maman ». En poussant la porte, jamais verrouillée, Annunziata a retrouvé le père, en caleçon et T-shirt, les yeux ouverts, un bras passé par-dessus la tête et un chapelet de vomi blanc écumant depuis la commissure de ses lèvres jusqu'à la couture de son col.

Plus tard, c'est le notaire qui ajoute au concert d'éloges avant d'extraire d'un casier un volumineux dossier. De quoi est mort son père est une question qui taraude le fils. Sur l'acte de décès, on lit : *morte cardiaca improvvisa* « sans état pathologique préexistant ». Le notaire précise que dans les cas de décès constatés chez des hommes de plus de soixante ans, l'autopsie est rarement pratiquée.

Le soleil se couche à nouveau. Les pieds sur le muret de pierre, face à l'océan de garrigue embrasé par le crépuscule, le fils joue avec le vieux Nokia et relit le mystérieux texto. *Mi dici quando posso venire a pigliare i soldi ?* Au troisième verre, la réponse est partie :

Combien je te dois, déjà ? Je suis à la maison demain toute la journée.

Quelques instants plus tard, un bip lacère le soir avec le même fracas que la veille.

C'est 20 euros, comme d'habitude. Je serai là à 11 heures demain matin.

X

La première fois que nous nous étions disputés pour de vrai, Laura et moi habitions encore Rome. En utilisant mon ordinateur, elle était tombée sur un mail adressé à mes parents dans lequel elle n'était pas même évoquée de manière allusive. Je vivais avec elle, pourtant. Nous partagions un grand appartement délabré dans une résidence des années 70 avec six autres étudiants. Le soir, quand nous descendions acheter de gros poivrons rouges pour les rôtir sous le grill du four, je nous voyais déjà mariés. Les repas que nous organisions sur la terrasse encombrée de pots de plantes vides exhalaient ce que l'esprit de Maastricht avait produit de meilleur. J'y apportais mes camarades d'Erasmus, des Belges, des Nantais, des Allemands, nous mélangions les accents de Toscane et les accents de Sardaigne, de gros chiens au poil ras somnolaient sous les stores, les Italiens prenaient en charge la carbonara, et Laura repliait ses jambes nues sur une chaise en plastique en allumant un joint.

« Tu as honte de moi, c'est ça ? », avait-elle craché entre ses dents, tripotant nerveusement le pendentif que son père avait fait fabriquer pour ses seize ans en référence à l'étymologie de son prénom – une gerbe de laurier dont chaque feuille était ornée d'une pierre verdâtre. Je n'avais pas su quoi répondre. Laura venait d'une autre planète. Elle qualifiait de « bourgeois » tout ce qui avait l'air confortable – elle ne croyait ni aux efforts ni à la discipline, soufflait que j'avais « bien de la chance » quand je percevais les subsides parentaux dont elle était par ailleurs si contente de bénéficier. Rien d'elle n'entrait dans une case. Ma mère venait de se découvrir un cancer, je menais à Rome une existence qui m'avait donné l'impression de m'être agrandi d'un étage. Je voulais garder Laura pour moi. Je ne voulais pas décevoir ma mère. Laura n'avait même pas son bac.

J'avais passé plusieurs jours chez moi, enfermé à traduire, me nourrissant exclusivement de ce que de jeunes hommes voulaient bien hisser dans un sac en kraft jusqu'à mon quatrième étage. Un matin, un appel de mon père m'arracha à un rêve. Ma mère était sortie faire des courses et nous étions sans nouvelles. « *È sgattaiolato via* » répétait mon père en riant, alors que je lui faisais part de mon inquiétude. On frappait à la porte et j'ouvrais à Clara Brugnard, ceinturée dans la robe de chambre de ma mère. Clara entreprenait de chercher les feuilles du manuscrit de *Rebus* qu'elle avait égarées pendant un concert de Paolo Conte, puis je me retrouvais au lit avec Laura, réapparue sous les traits de Clara, et le visage de

Laura se tordait de douleur et elle se mettait à saigner entre les cuisses et mon vrai père me réveilla.

Nous convînmes de dîner le lendemain soir à l'Hippopotamus d'Alésia. Je ruminai la signification de mon rêve au-dessus de ma tasse de café. Jusqu'alors, je n'avais pas réalisé que le roman d'Agostino partageait son titre avec l'une des plus belles chansons de Paolo Conte. Je branchai aussitôt le morceau sur mes enceintes.

Cercando di te / in un vecchio caffè / ho visto il mare / e dentro al mare / una piccola barca / pronta per me.

En te cherchant / dans un vieux café / j'ai vu la mer / et à l'intérieur de la mer / une petite barque / prête pour moi.

Alors que je laissais l'album défiler en fumant ma première cigarette, je repensai à ce concert de Paolo Conte au palais des Congrès que Laura m'avait offert pour mon anniversaire. Avec Laura, c'était souvent l'intention qui comptait : le jour où elle avait vu l'affiche du concert, elle n'avait pas un sou. C'était moi qui avais payé les places. Nous nous étions retrouvés porte Maillot en une glaciale soirée de février. Ce jour-là, elle avait passé l'après-midi chez sa mère et ma présence à ses côtés n'était pas souhaitée. Les moments chez la mère de Laura finissaient toujours par prendre la consistance visqueuse d'une scène de Tennessee Williams : la mère en vêtements d'intérieur arrosait les plantes en leur parlant ou se contentait de fumer cigarette sur cigarette à la table de la cuisine en tripotant des miettes, tandis que Laura s'activait aux fourneaux pour préparer *una pasta basilare* – ail, huile, graines de piment et pâte d'anchois – qui devait rappeler à ces deux occupantes de HLM qu'elles avaient un temps été rondes et bronzées, qu'un temps pour elles l'Italie avait été un cocon qui les nourrissait de moules, de tomates difformes, d'hystérie télévisuelle, de l'amour défaillant d'un homme jaloux, bruyant et merveilleux, puis Laura faisait remarquer à sa mère qu'un ingrédient manquait, qu'elle avait radiné sur la qualité de l'huile d'olive, et sa mère lui conseillait de rentrer manger chez son père, puisque tout était tellement mieux là-bas.

Quand je retrouvais Laura après une journée passée chez sa mère, elle dégageait une électricité qui finissait toujours par rejaillir sur ma personne. Je sentais qu'elle était heureuse de me voir mais qu'aussitôt, et pour cette même raison, elle m'en voulait. Ramasser les débris d'orgueil maternel aggravait chez elle la terreur de se rendre dépendante d'un homme. Mais elle serait morte plutôt que de l'admettre devant moi. Dans sa bouche, la paix du foyer dans lequel j'avais grandi n'était qu'une illusion bourgeoise. J'avais fini par l'emmener déjeuner à Bourg-la-Reine, pourtant – elle était au moins tacitement acceptée par mes parents –, mais son aigreur vis-à-vis d'eux ne cessait de croître.

Mon retard de dix minutes avait failli provoquer une crise : Laura m'avait tendu des lèvres sèches avant de m'arracher le reçu de réservation pour courir retirer les places au guichet. Forcément, ayant payé les billets, c'était moi qui avais dû me charger d'imprimer la facture, et mon imprimante avait fait des caprices... En tentant de lui expliquer ça dans la file d'attente, j'avais commis l'erreur de rendre plausible l'hypothèse selon laquelle je voulais lui faire peser sa dette. Le grief revenait souvent entre nous, le soupçon que je la fasse « payer » – l'expression m'a d'autant plus marqué que c'était justement ce que je faisais rarement, la faire « payer », puisque c'était si souvent moi qui payais –, pourtant j'avais perçu assez vite le plaisir que me procurait cette répartition financière non paritaire.

Je me souvins de ce jour où nous avions fait du lèche-vitrines rue des Francs-Bourgeois. J'étais allé saluer Totò à la librairie puis chercher Laura à la fin de son service – cet été-là, elle avait été embauchée dans un bar du Marais et deux ans après notre première année romaine, je la retrouvais nerveuse et ciselée, sa longue queue de cheval plantée sur le haut du crâne frôlant le dessus des tables dès qu'elle se penchait pour y poser un plateau de bières. Main dans la main, nous avions flâné dans le quartier envahi par les piétons. Toutes les trois minutes, je me penchais pour lui happer le haut de l'oreille et faire fondre sur ma langue la froide morsure de son piercing.

Quand nous nous mêlions à la foule, notre jeu préféré consistait à parler en italien, en recensant très fort ce que nous détestions chez les autres et que nous ne deviendrions jamais. Plus tard, Laura nous voyait ouvrir un café-librairie dans l'est de Rome, au cœur du Pigneto. Son père nous aiderait à trouver des fournisseurs honnêtes, je m'occuperais de choisir les livres. Laura apportait peu de crédit à mes velléités littéraires. Je lui avais fait lire mes nouvelles, inachevées pour la plupart, et ses commentaires étaient toujours à double tranchant : « tu as des idées fixes », « dis donc, ce personnage, tu l'as assassiné », « je serais curieuse de voir ce que ça donnerait en italien ». Me faire écrire en italien était l'une de ses obsessions : je la suspectais de vouloir me voir chuter.

Laura était très fière de son bilinguisme. Dans les aéroports, lorsque l'hôtesse s'adressait à elle en français après que Laura lui eut tendu son passeport, elle se faisait une joie de lui répondre en italien de son meilleur accent des Pouilles. Et la réciproque s'appliquait avec le même triomphe dans le restaurant de Rome où elle travaillait comme serveuse, lorsqu'elle interrompait les élucubrations des clients français s'interrogeant entre eux sur les mérites de tel ou tel plat avant de passer commande. « Mais alors, je ne comprends pas… Vous êtes française ou italienne ? » À la fin de notre relation, j'en étais venu à redouter les moments où dans la conversation quelqu'un allait lui demander de décliner son état civil. Je connaissais la fausse désinvolture avec laquelle elle jetait comme ça qu'elle était « les deux », qu'elle s'était construite ainsi, « écartelée ». Pourtant, je savais que si Laura avait cru pouvoir briller par autre chose, elle n'aurait pas eu besoin de s'abriter derrière l'unique héritage de ses parents divorcés. Son bilinguisme était un piège. Lorsqu'elle parlait le français, la langue de sa mère qu'elle avait pourtant pratiquée la majeure partie de sa jeunesse, elle commettait d'infimes écarts linguistiques qui la trahissaient. À l'inverse, certaines de ses formulations italiennes lui attiraient des moqueries rue du Roi-de-Sicile. Mais j'étais le premier à succomber à la magie de sa parole démultipliée. Entre ses épaules, au creux de sa cage thoracique, Laura abritait une source d'accents qui jaillissait fiévreusement entre ses lèvres, par-delà l'écluse de sa dentition, en fonction de la corde qu'au fond de son ventre une personne, une émotion ou un souvenir avait tirée.

Le jour où nous avions déambulé hanche contre hanche dans les rues du Marais, elle avait remarqué une robe aux motifs brodés. Je l'avais traînée à l'intérieur de la boutique, je l'avais forcée à essayer ce morceau de coton soldé, je l'avais payé. À chaque vêtement, à chaque place de cinéma, à chaque livre de poche, j'avais l'impression de rendre notre amour tangible. D'autant plus précieux devenaient les rares objets par lesquels Laura enrichissait elle aussi notre patrimoine conjugal : elle avait pensé à racheter une poêle, c'était bien la preuve qu'elle investissait dans notre histoire.

Quand nous avions récupéré les billets, nous étions sortis fumer sur le parvis et elle m'avait répété combien il était important qu'elle me rembourse le prix des places. C'était son cadeau d'anniversaire. Je suis incapable de me souvenir si elle a tenu son engagement, comme je suis incapable de garder le compte de tous les menus cadeaux que je lui ai faits. Je m'abritais derrière l'évidence avec laquelle nos corps s'imbriquaient, derrière le trésor de nos deux langues partagées, derrière le souvenir de notre rencontre sur une plage des Pouilles. Je me foutais de l'aider à se sentir libre, forte – j'aimais qu'elle se sache faible et captive. Des années après ce fameux concert, Paolo Conte continuait à chanter le désastre de mon entêtement.

Trois années avaient passé depuis que Laura m'avait quitté sans explication et je devais me faire violence pour me rappeler ce qui n'allait pas. Je savais que Laura n'était pas épanouie et qu'elle pensait que je la méprisais. Je savais que nous ne partagions aucune valeur, aucune expérience de la vie. Qu'elle était en croisade contre un monde qu'elle croyait mien et dont elle se pensait exclue. Je savais que la beauté de Laura me menaçait, sans cesse, que je l'exhibais comme un joyau dans la main d'un bijoutier pressé de refermer l'écrin qui le contient. Je savais que nous nous étions aimés bêtement, follement, que nous faisions l'amour comme des adolescents : affamés et brouillons, frénétiques dans le rythme et dans la fréquence, pudiques dans les limites que nous nous imposions – et toujours ces mycoses, ces rougeurs, ces germes qui fleurissaient à nos extrémités comme la moisson de notre désir, toujours ces micro-drames de retrait raté et de pilules du lendemain qu'il fallait que j'aille acheter en catastrophe tandis que Laura m'attendait nue à demi enroulée dans la couette, trésor mal épilé dont je repérais les épicentres dès que je poussais la porte : les tétons clairs cherchant l'air entre les deux épaules repliées, le buisson du pubis qui irradiait sa noirceur moite depuis le fatras de draps. Une fois, seulement, Laura avait consenti à ce que je la pénètre par un accès privé. C'était son cadeau, m'avait-elle dit. Quand je pensais à Laura, seul me revenait le beau. Pas mes doutes, ni mes occasionnels mensonges.

Mon café avait refroidi. Je changeai le disque et remis la cafetière sur le feu, mais c'était trop tard : alors que le fils écrasé sous la voûte céleste jouait avec un vieux Nokia en cherchant à percer les mystères de son père, l'embarcation que j'avais fièrement menée et qui plusieurs jours d'affilée avait abandonné derrière elle un sillage écumant de phrases à la syntaxe déjà presque définie, de boîtes de burritos vides et de pots de yaourt remplis de mégots, cette embarcation qui s'apprêtait à amarrer sur un îlot blond constellé de taches de rousseur s'immobilisa en pleine mer. Laura s'interposait entre Rachele et moi, autoritaire.

Elle était encore là, dans la ligne 4, alors que je me rendais rue d'Alésia pour y retrouver mon père. Je savais qu'en le déterrant tout à fait, mon rêve de la nuit passée aurait ramené à moi des pelletées d'humus aussi noir que du marc de café. Je n'avais pas voulu penser au sang. Ce sang qui coulait de manière si capricieuse d'entre les cuisses de Laura, pas plus d'une fois tous les deux mois ; ce sang qui maculait nos draps et laissait sur le chemin entre le lit et la salle de bains des gouttes rondes et brunies semblables à de minuscules cachets de cire que j'avais mis tant de temps, après son départ, à me résoudre à effacer. Ce sang qui jaillissait du corps encore adolescent de Laura en la torturant. Je me souvins de cette première nuit de règles que nous avions affrontée ensemble à Rome. Ses gémissements m'avaient réveillé : elle gisait à mon côté, livide et transpirante. Je m'étais levé dans la nuit pour remplir une bouillotte et j'étais resté à la veiller. Ma mémoire peut me jouer des tours. J'avais vingt ans et je venais de rencontrer une fille qui m'initiait aux secrets du corps des femmes, pourquoi aurais-je été si paternel ? Pourquoi aurais-je été si sûr de mes caresses, quand toucher le front de ma mère sur son lit d'hôpital, quelques années plus tard, m'avait paru tellement difficile ?

Un autre souvenir sanglant se frayait un chemin vers ma mémoire. Assis dans le métro qui me conduisait vers mon père, je tentais de faire barrage à l'afflux d'autres images, le parvis d'un paquebot d'immeuble gris dans le 13e arrondissement, les bonbons au lait achetés chez les frères Tang, une longue nuit de bassines et de serviettes humides. Mais toute résistance était vaine quand m'aspirait la galaxie de la nostalgie. Un jour, le sang avait coulé abondant et grumeleux d'entre les cuisses de Laura, et aucune bouillotte n'avait éteint son supplice. C'était l'époque où nous ne faisions plus l'amour tous les jours.

XI

J'aperçus mon père dès que je poussai la porte du restaurant, en gilet zippé par-dessus sa chemise, lunettes au bout du nez, heurtant l'écran de son téléphone d'un index raide.

— Alors, tu songes à ouvrir un compte offshore ?

— Julien, fit-il en levant la tête de son application de banque en ligne. Je ne me plains pas, mais j'aimerais autant que le prochain n'augmente pas encore ma tranche. Ça va, il n'y avait pas trop de monde dans le métro ? Tu as pris la 4 depuis Châtelet ?

Peu de sujets mettaient mon père aussi à l'aise que la question des transports et des itinéraires. Je décidai de lancer un pavé dans la mare.

— Tu sais, je ne peux pas me plaindre. Je prends peu le métro. Au moins, je vois des gens.

Nous nous fîmes la bise.

— Tu vis cloîtré, vraiment ? demanda-t-il en se rasseyant. Mais tu sors un peu, quand même ?

Je fus tenté de répondre « Pour m'acheter mes clopes », mais je remarquai que sa chemise était repassée. Je l'imaginai tout seul dans la grande maison de Bourg-la-Reine, se débattant avec le fer tandis que retentissaient le cours de la Bourse et l'info-trafic de la matinée, se réchauffant des boîtes de cassoulet, décapsulant une bière devant une émission politique, remplissant un caddie de surgelés en portions individuelles, et je n'eus plus du tout envie de lui causer du chagrin.

— Mais oui, je sors. J'adore aller marcher aux Buttes-Chaumont.

— Tu continues à courir, un peu ?

Surtout à partir du moment où je ne les avais plus vus qu'à l'hôpital, lors d'après-midi qui concentraient sur ma personne tout espoir de divertissement, j'avais beaucoup menti à mes parents.

— Un peu, oui, le matin.

Le serveur vint prendre la commande. Je regardai le menu en vitesse, aiguillé par une forte envie de viande rouge. J'étais au bon endroit. Autour de nous, des tableaux faussement anciens représentaient la mascotte de l'enseigne. Sur l'un d'eux, l'hippopotame tout de pourpre vêtu tendait emperruqué une assiette surmontée d'une entrecôte saignante. Sur une autre, une famille entière d'hippopotames posait sous ombrelles et hauts-de-forme devant un banquet de campagne. Quand nous étions petits, l'Hippopotamus de Bourg-la-Reine avait été synonyme de consécration. C'est là que deux fois par an, nous fêtions les anniversaires, là que nous avions arrosé l'admission de mon frère à la maths sup de Louis-le-Grand, puis à Polytechnique, là que nous avions trinqué à ma mention Assez bien. Quand ma mère était tombée malade, la chimiothérapie lui avait ôté toute sensibilité gustative, et la viande rouge était la seule nourriture qu'elle pouvait ingérer en ayant l'impression de véritablement manger quelque chose. L'Hippopotamus nous avait ainsi vus célébrer la fin de sa première cure, puis des suivantes. Le cancer de ma mère ne nous offrit très vite plus aucun motif de festoyer mais mon frère prenait l'Eurostar chaque fois que les chirurgiens délestaient ma mère d'un organe supplémentaire et nous trouvions alors le moyen de nous retrouver tous les quatre à l'Hippopotamus – « chez Hippopo » comme nous avions coutume de le désigner entre nous, avec la fausse ironie qui a toujours masqué notre crainte des institutions, quelles qu'elles soient – et de faire semblant que la suite serait meilleure. Quand ma mère ne fut plus en état de sortir de son lit médicalisé, nous commençâmes à fréquenter une autre adresse, entre hommes. L'Hippopo d'Alésia s'imposa alors à nous par sa position géographique.

— Tu m'as dit que tu avais un nouveau travail très prenant ? reprit mon père après avoir contrôlé d'un œil éteint la bouteille que lui présentait le serveur. Raconte-moi.

— Une traduction, oui. Figure-toi qu'elle m'est littéralement tombée dessus.

Au moment où je prononçai cette phrase, je me rappelai le silence de Rodolphe. Je lui avais laissé plusieurs messages, pourtant.

— Je ne pensais pas me remettre à traduire tout de suite, continuai-je. Tu sais, j'ai toujours ce projet d'écrire, et le moment me semblait propice.

— Propice… Ça dépend ce que tu entends par là…

— Tu sais ce que j'entends par là. Mais rassure-toi, j'ai été contacté personnellement par la patronne d'une maison d'édition. Elle m'a demandé de traduire un très beau roman.

— Qui parle… ?

— D'un type qui vient vider la maison de son père, et qui apprend à le connaître.

Il fit rouler le vin dans sa bouche en me fixant d'un regard encourageant, comme s'il s'attendait à ce que je lui en dise plus.

— Il découvre plein de choses. Que son père était un junkie, mais qu'il a peut-être aussi eu un passé politique. Qu'il l'aimait aussi, c'est-à-dire que le fils aimait son père… euh, pardon… que le père aimait son fils…

— Un junkie ? releva mon père qui semblait ne pas avoir entendu la suite.

— … D'ailleurs, le fils apprend aussi à aimer son père, poursuivis-je pour moi-même, tout à l'émerveillement de ma trouvaille fortuite.

Mon père, insensible à mon lapsus, continuait de m'interroger du regard.

— Qu'est-ce que tu as dit ?

— J'ai dit, fit-il en reproduisant à l'identique sa première intonation : « un junkie ? »

— Un junkie, oui. Qu'est-ce qui te dérange dans cette formulation ?

— Ça ne me dérange pas, je me demande juste ce que tu entends par junkie. C'est fort, comme terme.

— Je sais pas, toxicomane, drogué, poly-addict, ce que tu préfères. Il buvait comme un trou et prenait des opiacés. Je ne crois pas qu'il y ait de mots faibles pour définir ça.

— Ah. Donc c'est plutôt un roman moderne. Comme genre, je veux dire.

Pris de court, je fronçai les sourcils.

— En tout cas, c'est un bon roman, un roman important. Et je suis très content de le traduire, et je pense que ça peut constituer une belle opportunité pour ma carrière. Même si je ne suis pas sûr de ce que je veux que cette carrière devienne…

— Un roman important, c'est bien, reprit mon père tandis que je me demandais si désormais toutes nos conversations allaient condamner à l'oubli la moitié la plus signifiante de mes propos. « C'est bien, Julien, répéta-t-il, je suis content pour toi. »

Sa bavette et mon entrecôte vinrent mettre un terme à ce débat hasardeux. Je décidai de le faire parler de mon frère et de ses enfants – le seul sujet qui pouvait nous embarquer sans encombre sur toute la durée du plat de résistance. Louise était presque bilingue en mandarin. Augustin avait appris à épeler son nom. Madeleine faisait ses dents. Lorsqu'il évoqua la « mésaventure » qu'avait rencontrée la petite famille d'expatriés l'année passée et qui avait sérieusement chamboulé le rythme de la maisonnée, je crus un instant qu'il faisait allusion à la mort de ma mère. Mais il évitait trop peu mon regard pour valider cette hypothèse : la nounou philippine avait été surprise la main dans le sac de ma belle-sœur. Pendant quelques minutes interminables, mon père laissa au coin de sa bouche un bourgeon de sauce béarnaise. Je faisais tout pour détourner les yeux, mais ces derniers ne m'obéissaient pas : la pustule blanche m'hypnotisait. Je repensai au chapelet de vomi qui s'échappait des lèvres du père de *Rebus* quand la postière l'avait retrouvé mort.

Soudain, alors qu'il venait d'avaler sa dernière frite, mon père jeta couverts et serviettes en travers de son assiette et, poussé par un exceptionnel élan de témérité, lança à brûle-pourpoint :

— Et ta vie personnelle ?

Mes parents s'étaient toujours tenus à distance de ma vie sentimentale. Une fois que j'eus vaincu mes appréhensions en leur présentant Laura, je n'eus aucun moyen de savoir ce qu'ils pensaient d'elle. Lorsque nous parlions au téléphone, ma mère se limitait en général à des remarques et questions purement objectives, en évitant toutes celles qui auraient pu me donner l'impression qu'elle cherchait un moyen indirect de la rabaisser. Aussi, si elle me redemandait souvent de quelle région d'Italie était originaire son père, elle n'avait jamais osé m'interroger sur ce qu'il faisait dans la vie. Pendant les déjeuners à Bourg-la-Reine, personne ne s'intéressait à ce que Laura aimait, ce qu'elle pensait, la façon dont elle occupait ses journées. Mais n'était-ce pas la règle, dans notre famille, de ne parler de rien ?

Depuis la mort de ma mère, la tendance à la sanctuarisation de ma vie sexuelle s'était accentuée.

— R.A.S., fis-je en espérant perpétuer la tradition.

— Tu n'as pas envie ou tu ne trouves pas ?

— Les deux, je crois. Je n'ai pas envie de me satisfaire de quelque chose de tiède.

— Personne n'a envie de se satisfaire d'une chose. Surtout dans ce domaine. Ou alors si. Mais dans ce cas, c'est rarement tiède.

Le pouvoir du côtes-du-rhône m'émerveillait.

— Une relation, d'accord, repris-je. Une relation, pas une chose.

— Mais comment tu peux savoir que la relation sera tiède si tu refuses *a priori* de la commencer ?

— Je ne refuse pas *a priori* de la commencer, mais on se rend vite compte, non ?

Je m'étais trompé d'interlocuteur.

— Depuis combien de temps tu vis en te passant de cette chose ? s'enquit-il en essuyant les verres de ses lunettes contre un pan de son gilet. De cette chose-là, précisa-t-il la tête toujours baissée, pas de l'autre. L'autre, ça ne me regarde pas.

— *Papa*, m'exclamai-je, tu me fais quoi, là ?

J'étais si impressionné que j'avais laissé échapper un mot qui ne franchissait plus spontanément mes lèvres depuis la fin de mon adolescence. Surpris comme moi, mon père releva la tête.

— Je ne vais pas te dire que je m'inquiète pour toi. Il y a d'autres aspects de ta vie qui m'inquiètent plus que ta vie sentimentale, et je crois que tu sais desquels je veux parler…

— Oui. Et non, je ne vais pas investir dans le neuf. Ni arrêter de fumer. D'ailleurs, si tu permets…

— Attends un peu, s'il te plaît, je veux te dire

quelque chose. Ce que tu fais de ton capital et de tes bronches, ça, ça m'inquiète, oui. Mais la vie de couple, l'engagement…

Une note dissonante interrompit son débit comme un couac. J'attendais qu'il continue tout en espérant qu'il ne le ferait pas.

— Tu sais, j'ai été très heureux avec ta mère.

Sans prévenir, nous avions atteint le point Godwin. Mon père continuait à fixer le vide. Impossible de quitter la table sans ajouter du psychodrame au psychodrame.

— Tu sais ce qu'elle disait, ta mère ? Que l'amour, ce n'était pas la passion, mais la tendresse, la confiance et l'admiration. Peut-être que c'est tiède pour toi, ça ?

— Je sais, je sais. Elle me l'avait dit, aussi.

— Ta mère a toujours su que ça finirait avec ta Laura.

— Ça n'a jamais été « ma » Laura. Tu as vraiment envie de parler de ça ?

Comme une bénédiction, le serveur se matérialisa avec la carte des desserts. Je commandai une coupe colonel – un dessert que je n'ai jamais aimé, mais qui a l'avantage de présenter de l'alcool fort dans sa posologie – et sortis alimenter l'inquiétude de mon père. À mon retour, il avait recommencé à pianoter sur son téléphone, un verre de digestif près de lui.

— Dis donc, tu me fais pas mal de leçons sur mon hygiène de vie, mais qu'est-ce que je devrais dire, moi ? Tu comptes prendre le volant, après tout ça ?

— Eh bien je vais te surprendre, mon fils, mais

figure-toi que je suis venu en métro, et que je vais rentrer en VTC, comme tout le monde.

— À la bonne heure ! fis-je en décapitant ma glace au citron.

Lorsque nous sortîmes de l'Hippopo, la pluie tombait à verse. Mon père n'avait pas complètement achevé sa métamorphose : je dus initialiser son compte Uber.

De retour chez moi, assis en tailleur sur mon canapé, le visage couvert par la capuche de mon sweat, je me roulai un joint en savourant l'idée que c'était fait, j'avais plusieurs semaines de tranquillité devant moi. Davide, mon ami romain spécialiste de Proust dont j'avais découvert qu'il connaissait Agostino, était actif sur le tchat Facebook. J'allais enfin pouvoir lui poser des questions.

« *Ciao* », écrivis-je.

La réponse ne se fit pas attendre, précédée des points de suspension ondulants qui réussissent toujours, même pendant une fraction de seconde, à réactiver en moi la peur de l'abandon.

« *Ohi !* »

« *Amore mio !* »

« *Come stai ?* »

Mon ordinateur se mit à pétarader de notes aquatiques. Comme mon père, Davide s'enquit de ma vie sexuelle, mais en des termes plus univoques. « Tu baises, en ce moment ? » Je lui retournai la question, même si je savais que Davide ne baisait jamais avec les hommes dont il était amoureux, et qu'il ne tombait jamais amoureux des hommes avec lesquels il baisait. D'ailleurs il ne souhaitait pas plus que moi s'étendre sur le sujet. En revanche, il tint à me parler d'une édition originale de Robbe-Grillet qu'il avait trouvée sur Internet. Je dus faire semblant de m'y intéresser avant d'avancer mon pion : « Comment tu connais Agostino Leonelli ? » Je vis les points de suspension s'interrompre, puis les points de suspension réapparurent et la réponse jaillit devant mes yeux.

« *È un collega dell'università. Perché ?* »

Je répondis, le cœur battant : « *Com'è ? Simpatico ?* »

« Oui, oui, brillant, mais je le connais peu, tu sais. Gay, si tu veux mon avis. »

Je répliquai qu'aux dernières nouvelles, ce gay était marié à une journaliste plutôt jolie. Je savais qu'à l'instar de Salvatore, Davide avait une définition assez élastique de l'identité homosexuelle. Puis je glissai l'information que Davide m'avait réclamée plus haut.

« Je traduis *Rebus* ! »

Je ne pus rien faire contre la déferlante que provoqua la nouvelle : « *Davvero ?* » « *Ma che bello !* » « *Grande !!* » J'insistais : « Il est sympa ou pas ? », « Tu le connais bien ? », mais mes questions s'étaient perdues dans les émoticônes extatiques et les « *Complimenti !!* ». Quelques instants plus tard, Davide m'apprit qu'un mec Grindr allait débarquer chez lui d'une minute à l'autre, il n'avait pas lu *Rebus* mais il était au courant du phénomène, il ne doutait pas que je continuerais à écrire à côté, qu'au contraire, cette opportunité allait affûter mon désir de composer mon œuvre propre.

Je le remerciai de sa confiance et à mes « Espérons », « Merci en tout cas » et « On verra bien » vinrent s'entremêler des messages si morcelés que je ne pris pas la peine d'en saisir le sens – « *Aspetta !!* » ; « C'est vrai ! » ; « Tu le connais toi aussi. » « Vous êtes vraiment tous pédés et vous ne le savez pas ! », finit-il par écrire. Je nous crus revenus à la case départ. Je déduisis au silence dans lequel retomba mon dernier message qu'un homme plus conscient de sa sexualité venait de sonner à sa porte.

XII

C'est le matin du troisième jour, le fils a mal dormi. Il appréhende de rencontrer le dealer de son père, ce R. à qui il a donné rendez-vous. Pendant un moment, il imagine même que R. va le tuer quand il découvrira qu'il a été victime d'un guet-apens. Dans un accès de prévoyance, il garnit une enveloppe d'une somme supérieure aux vingt euros convenus par texto la veille. Il ouvre tous les volets de la maison, convaincu que chaque pièce doit être vue des automobilistes si Roberto l'entraîne à l'intérieur pour lui faire du mal. Il se rase de près, change deux fois de T-shirt, s'assure que son téléphone est chargé, va pisser toutes les cinq minutes.

À 11 h 10, le ronflement d'un deux-roues l'immobilise sur la terrasse. Il saisit l'enveloppe, fait le tour de la maison et rejoint le porche. Le soleil l'éblouit, il a laissé ses lunettes à l'intérieur. Le scooter ralentit, et soudain, la main en visière, il la voit : une femme toute peau dehors qui fait basculer entre ses deux cuisses le poids mort de son scooter. Elle ôte son casque avant de passer l'une de ses jambes par-dessus le ventre du moteur. Ses cheveux s'accrochent au revêtement intérieur, un nuage électrostatique de fibres blondes que la lumière embrase et qui recouvre son visage l'espace d'une seconde. Elle accroche la bride du casque à la poignée du guidon et d'un mouvement de la main dégage enfin sa chevelure. Le fils plisse les yeux pour la *mettre à feu*, comme le consent la langue italienne. Il fait le point. Il ajuste le tir. *La mette a fuoco e gli piace quest'incendio.* Il la met à feu et il aime cet incendie.

La fille se tient devant lui. Robe à bretelles, pas de soutien-gorge, pas de maquillage, peau luisante et yeux couleur argile. On dirait que le vent l'a fait pleurer. Pris d'un réflexe de survie, le fils tâte l'enveloppe à l'arrière de son jean. La fille lui tend la main.

— *Ciao, sono Rachele. Francesco c'è ?*

— *Ciao, sono il figlio di Francesco.*

On ne sait plus qui a poussé la porte en premier. Les voilà sur la terrasse. Rachele et le fils. *Francesco non c'è più.* Francesco n'est plus là. Il est mort il y a une semaine, étouffé dans son vomi. La fille se laisse tomber sur les marches qui mènent au jardin pelé. Quelques mètres plus loin, un tuyau d'arrosage gît dans l'herbe telle une vipère desséchée. Le fils va chercher un verre d'eau à la cuisine et le lui tend. D'en haut, dans l'échancrure de sa robe, en dessous de son pendentif tortillonnant, il croit deviner la cime brune de ses tétons. La fille a noué ses cheveux au-dessus de sa nuque, des cheveux dont les pointes abrasées par le sel et le soleil s'élèvent dans l'air comme les becs d'une mêlée de serpents. Il ne sait plus du tout ce qu'il avait prévu de lui demander.

Elle boit le verre d'une traite puis se relève pour le poser sur la table. Sans en demander l'autorisation, elle attrape une cigarette dans le paquet entrouvert et attend d'avoir expiré la première bouffée pour essuyer son œil d'un revers de la main.

« *Quindi non l'hai rivisto* », constate-t-elle plus qu'elle ne le demande. Non, je ne l'ai pas revu, fait-il en s'asseyant sur une chaise. Ça fait douze ans que je ne l'avais pas revu. Le fils relève la tête : la fille a posé une fesse sur un coin de la table, le bras qui tient la cigarette tendu en travers de son ventre et dévoilant la vulnérabilité bleutée de son poignet ouvert vers l'extérieur. On croirait presque voir ses veines battre. Elle le fixe. Elle le fixe tant que le fils détourne la tête pour jeter un inutile regard vers l'intérieur. *C'est fou ce que tu lui ressembles*, dit-elle en détachant ses hanches de la table. Alors qu'elle s'approche de la chaise sur laquelle il est assis, le fils se lève, extirpe l'enveloppe de sa poche arrière et la lui offre. « *Quanto gli assomigli* », dit-elle à nouveau, *comme tu lui ressembles*, et dans le choc de ce don maladroit, un ongle de la fille, un ongle de Rachele, vient lui griffer l'avant-bras, et puis *scusa, scusami*, et la fille, et Rachele pose sa main sur la griffure du fils, et le fils aux veines gonflées écrase la dealeuse de son père contre sa cage thoracique qui menace d'exploser. L'enveloppe a glissé par terre.

Hypnotisé derrière mon écran, bandant à moitié, je me laissai dépasser par la syntaxe embryonnaire de ma traduction, ni encore tout à fait italienne, ni déjà complètement française.

… Et pourtant, il suffit de fermer les yeux pour ne garder que l'odeur, l'arôme, la chaleur, le poids des seins fermes contre sa poitrine, et tout ce qui de plus intense apparaîtrait entre sa peau et son esprit donnerait raison à l'étreinte mais seulement à moitié.

Alors il les rouvre, ces yeux. Et ce qu'il voit ressemble à une orange épluchée : ronde et entière, mais arrachée. Une orange sanguine dépecée. Alors il les ferme à nouveau, et voilà la moitié d'une lune éclairée – odeurs douces de peau mélangée au tabac, arôme de chaleur et de sable, sentiment de ce qui manque à l'entièreté. Ouvrir, fermer, avec cette fille contre sa poitrine. Il risque une main. Il frôle la toile de son dos, et quelque chose cède à l'intérieur de la cage osseuse. Les yeux fermés, il pose ses lèvres sèches contre le toit blond [la toiture ?]. *Les yeux ouverts, Rachele, R., la dealeuse, la tueuse, il la voit se dégager pour revenir, toujours plus orange, toujours plus sanguine. Puis l'orange se propage à sa bouche, leurs bouches, leurs langues, leurs doigts, leurs os qui s'entrechoquent…*

Quelques lignes plus tard, la culotte repose au sol, à côté de l'enveloppe. Je crois qu'il me fallut deux journées entières pour venir à bout de leurs ébats. Le temps qu'ils mirent pour répandre leurs humeurs dans chaque pièce de la maison, grosses gouttes nacrées qui s'échappent des cuisses de Rachele pour s'écraser sur le carrelage en un sceau parfait.

Les jours suivants, j'entrai dans une nouvelle phase de travail, rendu difficile par une excitation qui faisait planer partout l'ombre du déjà-vu. Le ventre de Laura aussi avait goutté de nous. Certes, c'était sur le toit de la fac de Rome que nous avions fait l'amour, pendant un concert géant qu'un chanteur de gauche avait offert aux étudiants un soir de la fin septembre, mais le torrent de souvenirs puisait sa source sur cette terre méridionale, sur la plage des Pouilles où je l'avais connue.

La traduction faisait tout revenir. Une semaine après notre rencontre, Laura m'avait donné rendez-vous devant la Sapienza. Au milieu des vendeurs de saucisses et des étudiants en keffieh, nous avions écouté deux chansons en nous tortillant de désir. Puis Laura m'avait tiré par le bras et nous nous étions aventurés dans le campus. Aux abords d'un bâtiment déserté, un escalier de secours s'était offert à nous. Nous l'avions gravi quatre à quatre et nous avions atteint le toit. Depuis notre promontoire, la musique du concert nous arrivait déformée, entrecoupée par chacun des baisers mouillés qui dérapaient sur nos oreilles. Là, sur une dalle, j'avais pris Laura. Moi aussi, j'avais pris une jeune Italienne en plein air.

Pendant ces journées que je passai à façonner du mieux que je le pouvais la physionomie française de Rachele, m'appuyant moins sur le dictionnaire que sur la mémoire que j'avais du corps qui avait donné la mesure de tous les autres, je crus pouvoir me remettre à mon roman. Je sentais qu'il me fallait exploiter la résurgence de Laura que Rachele provoquait en moi. C'était la première Laura que je réapprenais : mes élucubrations me ramenaient à Rome, à l'époque où Laura débordait d'enthousiasme, où elle rentrait de soirée pieds nus, ses chaussures à la main et la corne de ses longs pieds étroits noire comme la suie. À l'époque où nous déambulions à l'aube dans les ruelles pavées, bras dessus, bras dessous. À l'époque où il suffisait qu'une mesure s'échappe d'un magasin pour qu'elle se mette à danser sur le trottoir. À l'époque où mon italien justifiait encore qu'elle le mette au défi de ses foudroyants interrogatoires lexicaux. *Questo, come si chiama ? E questo ? E questo ?* À l'époque où ça ne me vexait pas.

Je ralentis le rythme de traduction et ouvris un nouveau fichier que j'intitulai « L. ». Je repensais toujours au titre du roman refusé par les éditions Franc-Barbet : *On ne guérit pas de l'amour.* J'avais tant à dire sur le sujet. Je me mis à écrire.

On ne guérit pas d'une peau, d'un ventre, d'une frange de cils ourlés par le sel. On ne guérit pas d'un chignon blondi au soleil, humide et chaud comme un nid d'oiseau. On ne guérit pas de la goutte d'eau qui s'évapore avant de s'être échouée dans le repli d'une clavicule.

On ne guérit pas : je ne guéris pas. J'ai rencontré Laura sur une plage, je l'ai aimée à Bari, à Rome, à Paris. Dans les Pouilles irradiées d'été, dans les quatre saisons romaines et sous les nuées d'oiseaux qui forment de grands V au-dessus des toits en terrasse, dans un Paris aux vitres de métros embuées.

On ne guérit pas d'une peau, d'une haleine, d'une forme d'épaule. On ne guérit pas d'une déglutition, d'une façon de happer la fumée. On ne guérit pas du jour de la rencontre – aucune annonce dans les nuages ce matin-là, aucun soin particulier devant le miroir –, on ne guérit pas de s'être trouvé à un endroit, d'avoir lâché sans y penser des mots qui fonderaient un univers. On ne guérit pas d'avoir aimé.

Je m'arrêtai. Comme tout cela me semblait ampoulé. Pourquoi écrire une autre passion quand j'étais payé pour en traduire une parfaite ? Les mots d'Agostino m'allaient très bien. Plus encore : les mots d'Agostino enrichissaient mon souvenir. Je fermai « L. » pour reprendre « Rebus_trad ». Cependant, dès que je devais aiguiser une phrase pour décrire la façon dont, par exemple, Rachele mangeait – avec une précision d'aquarelliste, déplaçant du bout de ses doigts les moules ointes de sauce tomate pour tracer sur la porcelaine des traînées rouge orangé, réservant dans un coin une tache de verdure sombre, redonnant délicatement sa blancheur à l'assiette avec son morceau de pain –, le souvenir des repas que j'avais partagés avec Laura m'assénait un coup si brutal que je devais m'éloigner de l'écran pour reprendre mon souffle. La peur revenait, perçante, que le regard du fils sur Rachele engloutît ma mémoire de Laura. La copieuse assiette que je lui préparais le dimanche midi et qu'elle picorait en petite culotte, son genou relevé à la hauteur de la table, les yeux encore encrottés du maquillage de la veille. Les festins sophistiqués qu'elle pensait pouvoir orchestrer depuis ma kitchenette. Laura à Rome, sous le halo jauni d'un lampadaire, et entre nos deux assiettes d'*amatriciana*, la promesse d'un *litro* de vin rouge. Laura se suçant les doigts, passant sa langue sur les lames des couteaux, rotant sous son poing. Organique et matérielle.

Organique, mais toujours moins que cette nouvelle venue, cette fille aux chevilles solides et aux épaules épanouies qu'Agostino sculpte alors que deux jours durant elle s'offre tout entière au fils – même ce bouton brun qu'elle dit n'avoir donné qu'à lui. Matérielle, mais toujours moins que cette fille *tortillonnante de petite aventure* qui a quitté le domicile familial pour aller vivre chez un apiculteur – cette fille sans soutien-gorge qui sait parer une pastèque, dont le scooter dérape sans timidité chaque fois qu'elle revient de chez son petit copain à qui elle fait croire qu'elle l'aime encore. À cette fille qui n'a jamais dealé autre chose que des pots de miel – dix euros le kilo, comme le fils l'a appris –, la traduction, inéluctablement, m'incitait à donner ma préférence.

Quatre jours avaient passé depuis le dîner avec mon père. Rodolphe était toujours aux abonnés absents. Valeria me proposa de la rejoindre dans un bar à Pyrénées où elle retrouvait des copains – l'occasion de vérifier qu'il existait d'autres corps, des physionomies qui n'étaient ni solides, ni droites, d'autres chevelures, d'autres peaux.

XIII

Je n'avais jamais rencontré ces deux-là : une longue Turinoise avec la peau sur les os inscrite en doctorat dans la même fac que Valeria – une version de Valeria moins brillante, avec la même propension à hisser ses pensées vers un horizon conceptuel, mais sans la capacité à masquer l'effort qu'il lui en coûtait – et un diplômé en cinéma de La Spezia qui vendait des tickets au Cinéma des cinéastes et riait en enfouissant son menton dans le col de son pull. À mon arrivée, Valeria et son ersatz se disputaient l'honneur d'avoir connu personnellement la victime italienne du Bataclan. L'endroit était déjà bondé, des hipsters en bonnet faisaient du coude à coude au bar avec des géants en bleu de travail qui riaient à faire trembler les murs. La soirée commençait à peine.

J'échangeai quelques banalités avec Luca puis l'interrogeai sur ses « projets personnels », ce concept fourre-tout qui de nos jours permet à tous les trentenaires aux vies poussives de préserver leur dignité. Il avait cosigné un scénario de documentaire. Je lui parlai de *Rebus*. Valeria fit virevolter son carré lissé pour tendre son visage vers nous, révélant à son interlocutrice avec une brutalité dont elle seule avait le secret qu'elle n'avait rien perdu de la conversation voisine.

— Ah oui, Julien ! Je me demandais : tu sais si Agostino connaît Paris ?

— Pourquoi tu me demandes ça ?

— Réponds d'abord.

— Agostino comment ? intervint la deuxième thésarde, son Smartphone déjà à la main.

Cette dernière n'avait pas entendu parler du roman mais tint à préciser, comme si cela pouvait constituer un motif de fierté, que depuis qu'elle avait commencé sa thèse, elle n'avait plus le temps de lire des romans contemporains. Valeria fit la grimace mais sa pique fut stoppée par l'arrivée de deux nouvelles recrues : Mathieu et Delphine, un couple décennal dont l'analyse des travers imaginaires avait alimenté d'innombrables conversations. Nous leur ménageâmes une place en faisant racler les pieds de nos chaises, commandâmes une nouvelle tournée de bières et revînmes au sujet de ma traduction. Delphine se réjouit pour moi, la thésarde voulut enquêter sur les arcanes de l'édition française. Valeria fronçait les sourcils, le regard habité par des pensées qui m'échappaient.

— Bon, mais on ne va pas passer la soirée à parler de moi, fis-je au bout d'un moment. Vous, quoi de neuf ? Vous n'étiez pas partis au Brésil, récemment ?

— Si, répondit Mathieu en passant un bras par-dessus l'épaule de sa compagne, on est revenus il y a dix jours. C'était tellement bien…

Tandis que Mathieu et Delphine nous racontaient ce que nous savions déjà tous sur le Brésil, je repensais à ces voyages que nous n'avions pas entrepris, Laura et moi. Combien de fois nous avions parlé de découvrir l'Amérique du Sud, le Japon, l'Afrique. Notre amour était immobile.

Jason nous rejoignit et nous décidâmes de migrer en terrasse. J'avais mangé à moi seul la moitié d'une planche mixte. Content d'avoir trouvé en moi un comparse parlant sa langue, Luca me racontait en italien les choix qui l'avaient mené à cette drôle de vie parisienne. À La Spezia, il avait laissé une fille qu'il fréquentait depuis le lycée et dont personne ne pensait qu'il pouvait ne pas l'épouser. Sous la timidité, je le sentais habité d'un bouillonnement dans lequel je me reconnaissais. Au moment où j'allais lui parler de mes désastres, Jason vint me taper la première cigarette de la soirée. Accroupi entre ma chaise et celle de Luca, il me demanda si j'avais des nouvelles de Salvatore.

L'amitié de Salvatore avait toujours représenté pour moi un acquis fragile : la confiance et la tendresse qu'il finit par me manifester n'avaient jamais chassé le souvenir des mois d'approche, des visites à la librairie que j'entreprenais en espérant percer le mystère de cet homme aux dents rongées que je voyais prendre dans ses bras d'autres que moi. Salvatore était la seule personne à qui je pouvais envoyer un message après minuit dans les moments de spleen pour lui demander ce qu'il faisait, avec l'assurance qu'il me proposerait de passer en parler autour d'un verre, et pourtant l'idée que je n'avais pas mérité son amitié, qu'un jour son affection se reporterait sur quelqu'un de plus scintillant que moi ne m'avait jamais quitté.

— Pas depuis quelques jours, répondis-je en me demandant si ce moment était arrivé. Et toi ? ajoutai-je le cœur battant.

— Non plus, dit-il à mon grand soulagement. Tu as pas trouvé qu'il est pas bien ces derniers temps ?

J'écarquillai les sourcils, la moue dubitative. Jason retourna s'asseoir. Oublieuse de la rigueur syntaxique qui avait forcé mon admiration un peu plus tôt, la thésarde parlait d'elle en faisant tinter ses bracelets.

— Parfois, je me dis : qu'est-ce que ça m'a pris de me lancer dans un tel sujet ? Que je voulais faire un doctorat, je l'ai toujours su, déjà en Italie, mais je pensais pas que ce soit si difficile d'être inscrite dans deux pays.

Quelqu'un se crut obligé de mentionner le fait que moi aussi, j'avais commencé un doctorat. La thésarde voulut connaître mon sujet, je dus parler des belles infidèles. Par chance, je maîtrisais encore parfaitement les éléments de langage :

— Stricto sensu, ce sont des traductions qui privilégient la beauté du texte cible à la fidélité au texte source, débitai-je d'un ton monocorde. Qui n'hésitent pas à embellir un texte sous prétexte que le français est supérieur à l'autre langue et qu'il ne souffrirait pas les maladresses du texte original.

La thésarde hochait la tête, enfin muette.

— Mon projet était de voir dans quelle mesure

ce procédé, même s'il est cantonné au XVIIe siècle d'un point de vue historiographique, a pu prospérer jusqu'à aujourd'hui. En gros, je voulais interroger de manière un peu large le concept de la fidélité en traduction… Mais bon… On ne peut pas dire que ça m'ait réussi.

Je mis fin au débat en disparaissant derrière ma bière. La thésarde n'insista pas : elle semblait soulagée de pouvoir reprendre l'attention de la table pour exposer les composantes de son corpus. J'en profitai pour capter le regard de Valeria.

— Vale, pourquoi tu voulais savoir si Leonelli connaît Paris ? lui demandai-je discrètement.

— Ah, pour rien, comme ça… Oublie…

Elle jeta un regard courroucé vers la thésarde.

— Bon, c'est pas tout mais je n'ai pas une folle envie de passer la soirée à parler de Deleuze. Parce que je vous le dis, c'est Deleuze qui nous attend. Deleuze et Guattari. Les enfants ! s'exclama-t-elle en tapant dans ses mains. On parle d'autre chose ? Math, Delph', ce mariage ?

— Quel mariage ? roucoula Delphine. Tu ne le sais pas, que monsieur est contraire à toute forme d'institution ?

— Je m'inscris en faux ! s'insurgea le monsieur. J'ai dit que je voulais bien *être marié*, mais pas *me marier*.

La question des relations sentimentales occasionna un tour de table. Luca se lança dans sa première tirade audible à plus de cinquante centimètres :

— J'ai dit à lui, déjà, c'est compliqué. J'avais une

copine en Italie mais j'ai laissé tomber. J'étais fort à croire que ça pouvait marcher, qu'on va faire tout comme il faut, les enfants, la maison, et tout, et puis non, en fait. Alors j'ai dit basta et je suis venu ici. Mais lui il m'a rien dit…, conclut-il en tirant sur les manches de son pull et en me regardant.

— Hola, je te déconseille d'entrer sur ce territoire, lança Valeria, et Jason appuya l'avertissement d'une grimace entendue.

— *Perché ?* me demanda Luca.

À côté, la thésarde avait embrayé sur un récit rempli de zones d'ombre. Elle avait fréquenté « une personne » qui n'était pas « émotionnellement disponible » mais sa thèse ne lui laissait de toute façon pas le temps d'envisager une quelconque « implication sentimentale ».

— *Sei single, no* ? insista Luca.

— Il est *single*, oui, répondit Jason à ma place.

Valeria s'était absentée de la conversation pour composer des messages frénétiques. La lumière de son écran figeait sur son visage tour à tour la surprise, l'excitation, l'aventure. Je la guettais du coin de l'œil. Était-elle en train d'écrire à Hervé ? Elle finit par ranger son téléphone puis releva la tête vers moi, avec un sourire radieux, prête à arbitrer de nouveau la soirée.

— Qu'est-ce que vous disiez, pardon ? La vie sentimentale de Julien, tu veux savoir, Luca ? C'est un cœur blessé. Mais on garde espoir.

— *Che vuol dire* « cœur blessé » ?

— Lui et moi on a été *dumped* au même moment,

dit Jason. Sauf que moi j'étais content. Australien et Italienne du Frioul, *bad match*. Trop de calvinisme dans le patrimoine génétique.

— Et la tienne, Julien, elle n'était pas calviniste ? demanda la thésarde de l'autre côté de la table, sûrement alléchée par cette docte référence.

— Non, vraiment pas ! répondit Valeria. Si je dois être sincère, je dirais que... de manière générale... Laura n'était pas très intéressée par les systèmes de modélisation du réel.

— Oui, parce que Valeria est persuadée que mon ex était attardée mentale, précisai-je pour Luca.

— J'ai pas dit ça ! Je dis juste que c'était pas la fille la plus branchée métaphysique. Elle vivait au jour le jour, quoi. Mais c'est ça qui te plaisait, avoue.

— Oui, enfin, non. Je ne comprends pas où tu veux en venir, mais ça suffit pour ce soir, je pense.

— Vous comptez aller à la manif contre la loi travail, mardi prochain ? demanda Delphine pour faire diversion, et je les laissai, elle, Mathieu, la thésarde et Jason, débattre des dangers du libéralisme et de l'inquiétante figure du ministre de l'Économie Emmanuel Macron.

Sous les yeux ébahis de Luca, je m'en pris à Valeria. Pourquoi avait-elle besoin de m'humilier devant tout le monde ?

— *Va bene, Julien, hai ragione, scusami.* Mais c'est dur de te voir encore bloqué, des années après, sur une fille qui n'a jamais rien fait de bien de sa vie.

— Mais je suis pas bloqué, putain ! mentis-je.

C'est Jason qui a encore ouvert sa gueule quand on lui avait rien demandé.

— C'est vrai, il est toujours intarissable quand on parle de Laura. Et puis, elle doit lui raconter des trucs… lâcha-t-elle avant de se mordre les lèvres.

— Attends…

— *Ma è italiana, questa Laura ?* intervint soudain Luca, alors que j'essayais de hiérarchiser les signaux de détresse qui jaillissaient de tous les compartiments de mon corps.

— *Sì*, répondit Valeria trop vivement. Moitié française, moitié italienne. Son père vient des Pouilles.

— Attends, attends…, repris-je. Il la voit encore ? Jason voit encore Laura ? Genre, souvent ? Elle vit à Paris, donc ?

— C'est pas elle qu'elle vit dans un appartement à Château-Rouge avec Marco et Chiara ? J'ai l'a jamais vue mais ils m'ont dit une fille est venue sous-louer la chambre. Elle s'appelle Laura.

J'entendais des bombes exploser à l'intérieur de moi. Valeria me fixait, gênée – peut-être même sincèrement désolée. Tout sourire, Luca semblait pour sa part ravi de la coïncidence.

— *Può darsi, ma non la vediamo più*, finit par répondre Valeria.

C'est possible mais nous ne la voyons plus. J'étais toujours tétanisé quand Jason revint s'accroupir à côté de moi pour m'escroquer une nouvelle cigarette. Je la lui tendis sans même lui jeter un regard. Je ne voulais pas apprendre devant six paires d'yeux étrangers que ce type que je considérais comme un ami continuait à voir ma Laura.

Le temps que je reprenne mes esprits, Valeria s'était jetée tête la première dans la conversation politique. Même Luca, désormais, semblait se croire en mesure d'y participer. Je l'entendais bafouiller des phrases boiteuses sur le référendum constitutionnel proposé par Matteo Renzi, j'entendais la thésarde le reprendre sur ses imprécisions, j'entendais le couple demander confirmation des informations qu'ils avaient glanées sur *Libé* à propos de la politique italienne, j'entendais quelqu'un demander du feu à quelqu'un d'autre, j'entendais Jason héler le serveur, j'entendais Valeria égratigner le projet du président du Conseil avec une hargne trop consensuelle, trop rudimentaire pour ne pas être inspirée par l'urgence d'allumer un contre-feu ; et tous ces mots, ces rires, ces éclats de voix, m'arrivaient comme de l'autre côté d'une cloison. Peut-être une cloison d'hôpital, peut-être la porte entrouverte d'un salon mortuaire, peut-être le plancher d'une chambre d'enfant.

XIV

J'ai toujours été mauvais pour me rappeler les dates, mais j'ai une mémoire infaillible quand il s'agit de savoir si tel épisode de ma vie, ou plus généralement de la vie du monde, appartient à l'avant ou à l'après-Laura. Je le perçois instantanément, comme si Laura avait laissé son empreinte sur la réalité. Les grandes compétitions de foot en font partie.

De retour à Paris après mon année Erasmus, je découvris, avec elle, une ville que je pensais connaître. Grâce à un patient de mon père, je nous avais trouvé un studio au pied de la butte Montmartre. Comme si je le vivais pour la première fois, l'hiver parisien me conquit par l'hospitalité de ses troquets, par l'odeur de pollution pure que dégageait le radiateur électrique lorsque nous le branchions à fond en vue d'une soirée passée confinés entre le clic-clac et la kitchenette. Je retournai à la fac, Laura trouva un job au Centre Pompidou.

Nous aimions le 18ᵉ. Au moment où l'Autriche et la Suisse accueillirent les premiers matchs de poules de l'Euro 2008, nous avions déjà identifié nos bars de prédilection. Laura s'était convertie au look de Parisienne : elle avait coupé ses bracelets tissés, remplacé ses superpositions de débardeurs par des robes à boutons cintrées. Moi aussi, je changeais. Mon front commençait à se dégager mais je compensais ce handicap en cultivant une barbe de trois jours. J'appréciais les nouveaux contours de ma physionomie. Après la fièvre italienne qui en avait chamboulé la teinte et les rythmes, j'apprenais à dominer un corps qui paraissait avoir atteint son ultime stade de croissance. J'aimais faire craquer ma colonne vertébrale sous le jet de la douche, traverser Paris à Vélib' en me jouant des feux rouges, les fesses bien hautes au-dessus de la selle. Quand je faisais l'amour avec Laura, je résistais rarement à la tentation de regarder dans le miroir au pied du lit se raidir mes abdominaux.

Laura redevint italienne pour le meilleur, lorsqu'elle insista pour regarder tous les matchs que lui concédait son emploi du temps. J'avais rapporté de Bourg-la-Reine une petite télé qui tenait en équilibre sur une pile de dictionnaires et nous mangions des salades de tomates et de concombres en regardant les rencontres de l'après-midi. Pendant les matchs, Laura perdait l'usage de son français. C'étaient des « *cazzo* », « *coglione* », « *madonna !* », qu'elle jetait en sautant sur ses pieds. Dans ma mémoire, l'Euro 2008 s'associe à une période de bonheur sain, où Paris était beau et chaud, où nous faisions l'amour les fenêtres ouvertes, où Laura portait des robes de coton à pois qui remontaient sur ses cuisses lorsqu'elle était assise en tailleur face à l'écran, révélant ses culottes de petite fille. Nous devions vivre ensemble encore deux championnats : une Coupe du monde, et un nouvel Euro. Le Mondial 2010 avait débuté alors que j'étais parti seul à Rome travailler à ma thèse, nous n'avions regardé ensemble que les finales ; l'Euro 2012, quelques mois seulement avant le départ de Laura, sembla pourtant, le temps que dura la compétition, parer notre amour d'heureux présages.

Et l'Euro allait revenir, encore. Ce serait mon premier Euro sans Laura, comme ça avait été deux ans plus tôt ma première Coupe du monde sans Laura. Comme ce fut un jour mon premier anniversaire sans Laura, mon premier nouvel an, ma première fête chez Salvatore sans Laura, mon premier voyage en Italie, la première naissance de mon nouveau neveu, mon premier nouveau film de Moretti au cinéma.

En rentrant chez moi du bar de Pyrénées, j'avais la sensation que ma vie, depuis trois ans, consistait à remonter un escalator descendant. Je voulus me rouler un joint mais j'étais à court de feuilles longues. Je me souvins que j'avais rangé un paquet de petites feuilles dans le tiroir d'un meuble de mon salon. Je le fouillai et en exhumai un vieux cahier de brouillon entre les pages duquel le mince paquet aurait pu se glisser. En le feuilletant, je me laissai happer par ses vestiges. S'y mêlaient listes de courses, numéros de téléphone anonymes et notes sur mon projet de thèse. Une page attira mon attention : un mot que j'avais rédigé à l'intention de Davide à qui j'avais prêté mon studio pendant une semaine, dans lequel je lui précisais le fonctionnement de la chasse d'eau fuyante.

Il me fallut quelques instants pour reconstituer les circonstances de l'épisode. J'avais été invité au premier et dernier colloque de ma carrière universitaire, à Bologne. Depuis que j'avais obtenu une allocation de recherche, tout était prétexte à dispute entre Laura et moi, comme si nous avions progressé dans une garrigue de fin d'été une boîte d'allumettes à la main. Je n'étais plus seulement « bourgeois », j'étais aussi « intello ». « Péteux. » « *Secchione.* » Pourtant, la littérature jouait un rôle essentiel dans notre histoire. Laura avait arrêté le lycée au milieu de la terminale mais nous lisions souvent les mêmes livres, l'un à la suite de l'autre. Parfois, je prenais un volume et en déclamais à haute voix les premières pages, et Laura se recroquevillait contre moi, s'agrippait à mon corps comme un petit animal fébrile dont j'écartais la fourrure de cheveux qui me barrait la vue. Mais ce que nous aimions par-dessus tout, c'était la traduction instantanée, à laquelle nous nous adonnions comme à une pratique occulte, dans un sens comme dans l'autre. Nous choisissions toujours les passages les plus ardus. La notion de fidélité en traduction m'obsédait. Laura, avec son rapport au monde si nouveau pour moi, si flamboyant, avait dynamité mes échelles. De bien des façons, elle me poussa à l'infidélité. Et la plus fertile d'entre toutes fut celle qu'elle me fit commettre envers mes origines et le moule étriqué dont j'étais né.

Laura avait refusé de m'accompagner à ce colloque et elle était partie vivre chez sa mère le temps du séjour de Davide. Ses excuses m'avaient semblé vraies : Bari était triste, en hiver, sa belle-mère était en train de monter un salon de coiffure et elle n'avait pas envie de voir son père se mettre carpette devant une harpie. Pourtant, quelques semaines plus tard, quand le salon s'apprêtait à ouvrir, Laura avait décidé sur un coup de tête qu'il fallait qu'elle soit là pour l'inauguration. Les prix des vols étaient exorbitants, mais elle était mystérieusement parvenue à s'acheter un billet aller sur une compagnie nationale sans augmenter sa dette envers moi, et elle était partie un matin, aussi excitée que si elle s'apprêtait à découvrir un continent inconnu.

En relisant le mot que j'avais laissé pour Davide, je fus frappé par le silence qui entourait l'existence de Laura. Je n'y employais que la première personne du singulier. Certes, le bail du studio était à mon nom et je payais une partie substantielle du loyer, mais ce constat me troubla. Je tournai les pages. Un mot de Laura apparut :

Julien, j'ai à peine fait tomber mon portable dans les chiottes. Si tu essaies de me joindre, je suis au cinéma avec Cécile. Je crois que tu as son numéro. Mais je ne pense pas que tu essaieras de me joindre, de toute façon. Ne m'attends pas, je dormirai sans doute chez elle.

Sous ses doigts franco-italiens, « j'ai à peine » équivalait à « je viens de ». Cette Cécile dont j'avais eu le numéro, qui était-elle ? En rejetant le cahier dans le tiroir, j'aperçus enfin le paquet de feuilles. Les mains tremblantes, je roulai mon joint. *Je ne pense pas que tu essaieras de me joindre, de toute façon.* Pourquoi ? Pourquoi n'aurais-je pas essayé de la joindre ? J'avais l'impression d'avoir passé les sept années de notre relation à essayer de la joindre. *Je dormirai sans doute chez elle.*

Je posai mon joint sur le bord du cendrier et attrapai dans le frigo un paquet de jambon et une canette de 1664. Tandis que j'ouvrais la bière, un souvenir brumeux s'approcha de moi. Je visualisai une silhouette menue et souple. Cécile, bien sûr ! Collègue de Laura à l'époque où elle vendait des chaussures à quatre chiffres rue Montorgueil. Le besoin se fit impérieux de rechercher Cécile sur Internet. J'ouvris Facebook. J'essayai de taper « Cécile » dans la barre de recherche, mais les seules Cécile amies qui remontaient étaient des homonymes. Dans Google, je tapai le prénom Cécile à côté du nom du magasin de chaussures de luxe. Ma recherche ne porta pas ses fruits, mais je retrouvai le nom de la patronne de l'enseigne, une jet-setteuse qui avait fourré dans le crâne de Laura qu'elle était le portrait craché d'Asia Argento. Je retrouvai la jet-setteuse sur Facebook et en trois clics je fis apparaître toutes les Cécile qu'elle suivait. Celle que je cherchais se distingua immédiatement de la masse : sous une perruque blond platine, elle fumait à l'aide d'un porte-cigarette.

Je m'aperçus que Cécile et moi avions un ami en

commun, un certain Ricky Roy Junior III, copain aussi de Jason, américain, avec lequel ce dernier avait animé des soirées de slam. Comment Cécile l'avait-elle connu ? Il me fallut moins de deux secondes pour écarter l'hypothèse du hasard. Aucun ami de Jason ne frayait, à ma connaissance, dans les milieux branchés de Cécile, et surtout pas celui-là. Et Cécile n'aurait jamais vu Jason seule. D'ailleurs Cécile n'était pas amie, sur Facebook, avec Jason. Ça ne faisait pas de doute : Laura était la pièce manquante à cet engrenage de connaissances qui me broya l'estomac.

Je passai du profil de Cécile à celui de Ricky Roy Junior III et fis défiler furieusement son profil. Sur la gauche, dans la catégorie « amis », j'interceptai un autre de la bande des anglophones, Nathaniel Troy. J'étais déjà sur sa page quand remontaient à ma mémoire les échos de la dispute qui nous avait contraints, Laura et moi, à voir poindre l'aube, recroquevillés chacun de notre côté dans le clic-clac du 18e. Jason avait donné une fête chez lui. Lorsque Laura et moi avions franchi le seuil, j'avais tout de suite perçu la façon dont un grand brun auréolé d'une couronne de cheveux frisés, le bras dans le plâtre, électrisait l'atmosphère. Laura n'avait pas tardé à graviter dans son sillage. Je la vis tâter le plâtre, y déchiffrer des inscriptions manifestement grivoises, descendre des shooters de tequila après avoir sucé le sel saupoudré entre son pouce et son index. Nathaniel, m'avait appris Jason, finissait son doctorat de maths à Orsay.

Cécile figurait parmi les 677 amis de Nathaniel. La

douleur sembla m'éplucher. J'avais atteint le fond, je pouvais bien chercher Laura sur Facebook. Découvrir qu'elle n'avait pas réactivé son compte ne me soulagea même pas. Je revins à Nathaniel, fis défiler ses photos. Jason et Nathaniel étaient assis à une table de restaurant. À leur droite, le visage mangé par le cadre, une fille offrait au photographe le lustre de sa grosse natte et les sombres sillons que ses tendons formaient le long de son cou tourné vers l'extérieur. J'aurais reconnu entre mille le pendentif de feuilles verdâtres qui tombait entre ses clavicules. La photo datait de janvier.

Non seulement Jason continuait à voir Laura, mais Laura continuait à voir Nathaniel. Alors que je tentais encore vainement de lutter contre l'évidence, je cueillis, à droite de la photo, un commentaire de Ricky Roy Junior III : « *Guess Laura just thought about what you've warned her about earlier !!* » Comme si rien ne pouvait résister à la lucidité de cette nuit, je décidai d'ajouter Luca à mes amis sur-le-champ et de sonder son profil pour retrouver les deux Italiens dont il disait qu'ils étaient peut-être les colocataires de Laura. Mais je n'avais accès à aucune information tant que Luca n'avait pas accepté ma demande d'amitié.

Je retournai à la page de Jason, puis à celle de Ricky Roy Junior III, puis à celle de Cécile. Je voulais collecter un maximum d'informations mais je ne savais pas dans quel sens procéder. Je ne savais même plus ce que je cherchais. Soudain, Facebook avait refermé ses portes, anéantissant mes théories. Cécile semblait vivre à New York. Ricky Roy Junior III n'avait plus posté la moindre photo depuis six mois. Jason ne s'affichait qu'avec Valeria ou, ironie, moi. Avais-je rêvé ? Je me reconnectai au profil de Nathaniel. La photo était toujours là, me narguant. Je me sentis défaillir et allai m'écraser sur mon canapé.

Une demi-heure avait passé quand je me réveillai en sursaut, la bouche acide. Autour de moi, mon appartement reposait de son paisible sommeil mobilier. Était-il plausible que Laura fût en couple avec Nathaniel ? N'aurais-je pas été prévenu ? Quelque chose ne serait-il pas rompu dans l'ordre de mon existence matérielle ? Seul me répondit le ronronnement du réfrigérateur.

J'eus soudain très faim. Les élucubrations avaient sucé jusqu'au dernier nutriment présent dans mon organisme. Luca n'avait toujours pas accepté ma demande d'amitié. À l'heure qu'il était, il dormait sûrement sur ses deux oreilles. Je fis bouillir une casserole d'eau et allumai toutes les lumières. Il était vain d'essayer de me recoucher. Pendant que je regardais les bouillons se former à la surface, je pris conscience que la vie avait posé sur ma route un refuge. J'étais peut-être le plus cocu de tous. J'avais peut-être passé trois ans à regretter une fille qui réfléchissait au prénom international qu'elle donnerait à son petit prodige des maths franco-italo-américain. J'étais peut-être un héritier sauvage infoutu de rédiger la grande ode au chagrin qui lui avait donné l'illusion d'avoir un rôle à jouer sur Terre chaque fois qu'il rentrait chez lui bourré. J'étais peut-être un raté, mais j'avais été désigné pour traduire une œuvre réussie. Et je le faisais bien. Et, en le faisant, je quittai Laura pour rejoindre Rachele.

Mon assiette de pâtes finie, je m'installai face à *Rebus*. Par les fenêtres ouvertes, j'entendais déjà monter le chant des cigales.

XV

Rachele pousse la porte du grenier. Elle l'a rejoint la veille au soir, très tard, après un dîner apparemment éprouvant avec son apiculteur. Chaque fois qu'elle fait irruption chez lui, le fils se demande comment elle s'accommode de la logistique de l'adultère. Rachele n'a pas de famille sur place, aucune excuse à portée de main. Pourtant, cette nuit-là, elle a trouvé un stratagème pour découcher. Cette audace a rendu la nuit du fils précieuse et presque blanche. Aux premières heures du matin, assis sur un fauteuil en face du lit, il l'a regardée dormir. Puis il est parti fouiller le dernier sanctuaire de son père.

Maintenant, Rachele passe les bras autour de lui et penche la tête au-dessus du manuscrit qu'il tient entre les mains, sa fourrure de cheveux ensommeillés lui chatouillant le nez. Qu'est-ce que c'est, demande-t-elle.

La scintilla che incendia la prateria

C'est le titre que porte le volume, dactylographié sur la première de couverture, accompagné d'une date, janvier 1993, et de l'adresse du logement insalubre que son père a habité une dizaine d'années dans le quartier romain du Testaccio. *L'étincelle qui embrase la prairie.* En 1993, le fils avait quinze ans, un début de barbe qui laissait sur sa peau des vermisseaux écarlates à l'endroit où son acné poussait. Il ne voyait déjà plus son père qu'en coup de vent, jamais devant un miroir de salle de bains, le rasoir à la main. Qu'est-ce que c'est, insiste Rachele. Il ne sait pas répondre.

Depuis qu'il la connaît, quelques jours, le fils ne cesse de s'émerveiller des mystères de Rachele. Elle est parcourue de labyrinthes – chaque fois qu'elle vient le retrouver ici, elle apparaît devant le portail échevelée et à vif, le corps oint de l'odeur et de la fièvre du monde, les doigts tout *tortillonnant d'aventure*. De Rachele, le fils voudrait pouvoir tout prendre. Un jour, elle lui a offert un privilège qu'elle dit n'avoir donné à aucun autre.

Il a envie de lire en elle, de tout connaître, il aime lui dessiner des perspectives. Tu seras mère jeune, tu ne vivras pas toujours en Italie, tu seras belle, quand tu seras abîmée. Et Fabrizio, l'apiculteur. Le fils est convaincu que Rachele ne l'a jamais aimé. Lorsqu'il le lui dit, Rachele s'irrite, tente de s'expliquer. Seulement, au jeu de la rhétorique, Rachele sort toujours perdante.

Seule l'évocation du mort leur permet d'échanger sur un pied d'égalité. Rachele a côtoyé le père une petite année, depuis cette première fois où il a goûté sur le marché du village le miel qu'elle vendait aux côtés de Fabrizio. Incommodé par la foule, le père avait pris l'habitude de se faire livrer le miel chez lui, des pots qu'il consommait à une cadence assassine et dont il ne cachait pas faire un usage laxatif. Du père, Rachele connaissait l'intimité mieux que son propre fils.

Rachele aimait bien se rendre dans la maison reculée. Le père, raconte-t-elle, en profitait toujours pour lui servir un café et lui raconter des choses. Parfois, ils partageaient même un plat de pâtes. Quelles choses ? demande sans cesse le fils. Des choses, sur sa vie, sur avant. Sur toi, souvent. Un sujet dont Rachele ne démord pas, c'est l'amour du père pour son seul fils. Tu étais son seul fils, tu comprends ? Il suivait tout, ta carrière, tes articles, tes réussites. Mais quelles réussites ? Puisque j'ai toujours mené une vie qu'il méprisait. Puisque j'ai même écrit pour la télévision. À nouveau, les yeux de Rachele sont happés par l'obscurité : un conflit y a sombré, un secret. Le fils voudrait secouer ce corps pour en faire rejaillir les anciens anathèmes paternels, mais il n'y a plus que Rachele, et elle hausse les épaules, noue ses cheveux au-dessus du front, et dit en regardant ailleurs que l'admiration du père pour son fils était un état de fait. Il pensait à toi chaque fois qu'il nous faisait une *amatriciana*, il disait que c'était ton plat préféré, quand tu étais petit, et que comme tu ne savais pas prononcer les « r », vous l'aviez rebaptisé la « *malticiana* ». « C'est fou ce que tu lui ressembles », dit-elle souvent.

Plus tard, après le départ de Rachele, le fils retourne affronter ce qui l'attend au grenier. Un manuscrit, signé par son père. Un manuscrit naïf, au style surchargé, au contexte bâti à la truelle, qui brosse le portrait d'un jeune Romain élevé dans la misère d'une *borgata*, une enfance passée à récolter les coquards et torturer les chats du quartier. Grâce à sa vue calamiteuse, il a échappé au service militaire, mais sa myopie ne l'a jamais empêché de lire. Et depuis quelque temps, un voisin trotskiste parfait sa culture idéologique. Il entend parler d'une organisation clandestine, il a toujours eu envie de se battre. La violence qui pulse entre les parois de sa cage thoracique le pousse dans les bras de la lutte armée. Quelques semaines avant qu'il ne rejoigne les Brigades rouges, aux abords de la fac occupée, le jeune homme rencontre une bourgeoise débridée. Le seul moyen que le garçon trouve pour mériter la fille, c'est de s'engager toujours plus dans la lutte. Et vient la deuxième partie du roman. Celle qui fait passer le garçon du terrain de jeu au champ de bataille. Sauf que le garçon a une vue calamiteuse ; il ne peut pas manier les armes. Mais il est *couillu pour l'idéologie*. L'action a éclipsé la fille. Au cœur de *Rebus*, Agostino avait introduit un morceau de *La scintilla* :

L'action devait éclipser toute fille, toute attache. La distance était la règle. Depuis plusieurs mois, la cellule romaine œuvrait à l'enlèvement d'Aldo Moro. Pendant des semaines, Giuseppe s'était préparé à l'action.

Avec les compagni (traduire ou laisser en italique ?), *il avait étudié le calendrier de Moro, les plans du quartier, c'est lui qui épluchait les annonces de location, répertoriait les armes. Posée sur son ventre, il avait une boule, une boule de peur qui le réchauffait, et depuis sa cachette, il imaginait ce qui allait se passer le jour J.*

Et le jour J arriva. Mais sans lui. Les chefs avaient décidé d'arracher la boule. Froid dans le ventre, partout. Ils avaient dit (prétexté ?) *qu'il était trop myope, trop maladroit. Trop instable, peut-être. Le 16 mars 1978 se passa sans lui, il vit avec les autres Italiens les corps par terre des cinq hommes qui composaient l'escorte policière, et, plus tard, Aldo Moro en photo, la chemise froissée et le regard hagard, devant un drapeau rouge frappé de l'étoile à cinq pointes. Un matin, le cadavre d'Aldo Moro est retrouvé recroquevillé/ramassé/pelotonné dans le coffre d'une Renault rouge. La prairie a brûlé sans lui.*

Dans tous les kiosques, tous les troquets [trop français ?], *de ce beau jour de mai, la photo était partout, sur toutes les unes, Moro dans toutes les bouches. Il voulait dire avec ses yeux : « J'aurais dû être là ! », mais personne ne le regardait. Il repensa à la bourgeoise. La dernière fois qu'il l'avait étreinte, Giuseppe avait senti quelque chose se rompre/se déclencher, son affection ou peut-être la peur de la perdre. Il ne l'avait pas revue mais il pouvait parier que quelque chose s'était passé.*

Le pire l'attendait, mais il ne le savait pas : les arrestations, les procès, l'exil. Il aurait pu partir, lui aussi, se reconstruire dans une ville où il serait personne et tout le monde à la fois. Où il pourrait raconter ce qu'il aurait voulu [voulait ? unifier temps verb.] *sur ce qu'il n'avait pas fait. Mais c'était comme ça : l'étincelle avait mis le feu mais pas à lui. Il méritait de rester en Italie.*

La nuit est tombée. Le fils achève sa lecture à la lumière du plafonnier, arrêtant d'une claque aveugle les moustiques qui s'en prennent à sa nuque. Le mot « fin » interrompt l'histoire avant que le fils sache ce qu'il est advenu de la bourgeoise et de l'amas de cellules que, peut-être, le gamin bagarreur, devenu complice innocent du crime politique le plus médiatisé de l'histoire italienne, a fécondé en elle.

Le roman du père est trop court, bâclé, mal écrit. Il n'a pas de corps, mais il a une âme. Le fils est bien obligé d'accepter la chose : le roman de son père a une âme. Son père avait une âme. Était-ce ça, ce que Rachele savait ? Le fils n'a pas sommeil : il va chercher son ordinateur. Il augmente, invente. L'histoire d'un amour contrarié au plus fort des Brigades rouges. L'homme est peut-être son père augmenté de son ironie à lui ; la fille, il décide d'en faire sans équivoque Rachele. Jambes droites, peau laiteuse autour du nombril – un écran souple et lunaire, constellé d'une Petite Ourse de grains de beauté. Quand elle est sur le point de jouir, une rosée de transpiration vient embuer la cambrure de ses reins. Où ils iront, le fils l'ignore encore. Il sait simplement qu'ils se rencontrent en été, clandestinement, dans un bistrot

– ou peut-être un troquet –, le visage caché derrière leurs lunettes de soleil, un match de foot crachant dans un coin ses bourrasques d'enthousiasme.

XVI

Valeria était arrivée avant moi. Elle s'arrangeait toujours pour arriver avant moi : cela lui garantissait un quota de reproches à m'adresser. Immobilisé par un petit bonhomme rouge sur le trottoir d'en face, je la voyais en terrasse, abritée derrière une paire de lunettes de soleil, écartant le pouce et l'index sur l'écran de son téléphone avec une moue revêche, comme si elle zoomait sur le détail d'une photo et que ce détail la tourmentait. Je me sentais déjà coupable.

La veille au soir, elle m'avait convoqué par texto à ce rendez-vous urgent, dans un café hors de prix rue de Bretagne qu'elle s'obstinait à fréquenter sous prétexte qu'ils étaient les seuls à servir un cappuccino digne de ce nom. Valeria était capable de parcourir plusieurs kilomètres pour se procurer une huile d'olive de qualité.

— *Ho ordinato un cappuccio. Lo vuoi anche tu ?* demanda-t-elle sans se lever pour me faire la bise.

Je répondis que oui, moi aussi j'étais d'accord pour lâcher six euros cinquante dans un *cappuccio*. Elle héla le serveur, puis entreprit de lisser contre sa cuisse le foulard en soie qu'elle portait parfois autour du cou quand elle croyait que s'habiller comme une vieille bourgeoise italienne de centre-ville pourrait transcender son immédiate sensualité en quelque chose de plus inaccessible et donc de plus intéressant. Je voyais qu'elle avait quelque chose à m'annoncer mais qu'elle se faisait violence pour prendre son temps.

— Tu as déjà rencontré Mimmo Gambino, le pote de Totò ? s'enquit-elle en relevant la tête.

— Le vieux révolutionnaire ? Oui, j'ai dû le croiser une ou deux fois chez Totò. Pourquoi ?

— Tu te souviens qu'il était venu présenter l'un de ses bouquins à la librairie, il y a quelques années ? C'était à la fin du printemps 2010.

— Ça me dit rien, non…

— C'est bien ce que je pensais. Tu n'étais pas là. Il venait de sortir un essai sur les années de plomb. Totò avait organisé une rencontre pour l'occasion.

Valeria se cambra et entreprit de réunir ses cheveux à l'arrière de son crâne.

— Je n'avais pas pu y assister mais j'avais su par Jason qu'il y avait du monde. Ça avait été un joli succès, apparemment. Pas mal d'italianistes, d'universitaires, mais aussi des Italiens de passage à Paris…

Elle mordit l'élastique qui ornait son poignet.

— Tu étais à Rome, non ? me lança-t-elle, son élastique dans la bouche.

— Quand ça, en 2010 ? Possible. Tu me parles d'un truc vieux de six ans, là. Où est-ce que tu veux en venir ?

Patiemment, Valeria enroulait ses cheveux autour

de l'élastique en me fixant par-dessous ses cils épaissis de mascara.

— Jason m'avait raconté que la soirée avait débordé et qu'ils avaient fini chez Totò jusqu'à pas d'heure, avec certaines personnes qui avaient assisté à la conférence… Totò était très en forme, apparemment… En boucle sur les années 70, la lutte armée. Il parlait presque ouvertement de son engagement. Jason dit qu'il ne l'avait jamais trouvé aussi prolixe. Quand il est parti, il était en pleine confidence auprès d'un trentenaire romain qui, apparemment, avait étudié à la Scuola normale.

Insensiblement, mon sang avait pris cette consistance épaisse qui me donnait l'impression, pendant les montées d'angoisse sans objet, que mon organisme se transformait en une grande chocolatière au milieu de laquelle mon cœur, fidèle moteur, luttait pour maintenir un brassage régulier. Le serveur arriva avec les cappuccinos.

— J'ai parlé avec Jason hier soir. Il se souvient bien de la soirée. Je lui ai demandé de regarder à nouveau la photo d'Agostino. Et il est presque formel : le trentenaire, c'était lui.

Du bout de la cuillère, Valeria se mit à sculpter la surface mousseuse de son cappuccino, puis elle posa son regard sur moi.

— J'ai fini *Rebus*. C'est un bon roman, je reste sur ma position. Un roman dense, narrativement opaque, qui se déploie sur plusieurs strates et prend le lecteur en…

— Allez, pas d'analyse littéraire. Crache le morceau.

— Tu te souviens quand je t'ai dit, chez Totò, que tu allais en chier ? Je m'étais trompée de victime.

Le cœur brassait, brassait.

— C'est Totò qui va en chier. Agostino s'est servi de son histoire.

Je poussai un grand soupir de soulagement.

— Attends… Tu penses que Totò a participé au rapt d'Aldo Moro ? C'est pour me dire ça que tu m'as convoqué en urgence ?

De tous les habitués de la rue du Roi-de-Sicile, Valeria était la plus intéressée par le passé de Salvatore. Quand je me contentais du mystère qui nimbait mon ami d'une aura romanesque, Valeria avait à plusieurs reprises essayé de mener son enquête, consultant des archives et questionnant des spécialistes. Mais le nom de Salvatore demeurait muet. Bien sûr, personne autour de Totò ne doutait de ses liens avec l'action armée ; Salvatore était trop sanguin et trop abîmé pour ne pas avoir laissé derrière lui un secret vénéneux, une plaie qu'il tentait de panser à distance depuis plus de la moitié de sa vie. Beaucoup de choses se chuchotaient. Seulement, Valeria aimait les certitudes, et *Rebus* les lui avait fournies.

Elle avait été troublée par la réaction épidermique de Salvatore, pendant le dîner chez lui, au sujet de ces « putains d'années de plomb ». Lorsqu'elle était passée le voir à la librairie quelques jours plus tard, elle avait essayé de l'interroger, en vain. Totò avait mauvaise mine, l'air préoccupé, fermé. À un moment, elle s'était rendue aux toilettes en passant par l'arrière-boutique et elle avait aperçu un exemplaire de *Rebus* parmi le fatras de documents qui jonchaient le bureau. Certaines pages avaient été cornées. Totò avait forcément lu Leonelli. En trois jours, la graine de soupçon avait fait germer une épiphanie, et Valeria était convaincue que Salvatore réunissait toutes les caractéristiques du personnage inventé par le père, le brigadiste décrit dans le manuscrit du grenier. Lui aussi venait d'en bas, lui aussi avait un goût pour les textes politiques et une faible constitution physique. Sa vue calamiteuse l'excluait d'office des actions violentes, mais il possédait le génie de l'orientation et Valeria n'avait pas de peine à l'imaginer, comme le héros du manuscrit, balisant l'itinéraire du président du Conseil pour trouver l'endroit le plus adapté à une embûche. Ne disait-il pas lui-même qu'il était « *cazzuto per l'ideologia* », *couillu pour l'idéologie* ? Tout cela me paraissait énorme.

— *Ascoltami, aspetta, un attimo !*

Au bout de plusieurs tentatives, je parvins enfin à interrompre Valeria. L'affaire Moro continuait à faire couler de l'encre, des deux côtés des Alpes, et Totò n'était tout de même pas le seul terroriste à avoir bénéficié de l'asile offert par Mitterrand aux Italiens recherchés. Mais Valeria ne croyait pas aux hasards.

— Je ne crois pas aux hasards, fit-elle en expulsant la fumée de sa première clope. Tu te souviens de l'extrait que Leonelli insère dans *Rebus* ?

— Oui, oui, je viens de le traduire, admis-je à contrecœur.

— Quand le père écrit sur l'exil comme possibilité pour aller « raconter ailleurs ce qu'on n'a pas fait ici », ou un truc du genre… On dirait presque un clin d'œil à la soirée chez Salvatore. Pourquoi est-ce que Leonelli aurait choisi de retranscrire ce passage en particulier, sinon ?

Je gardai le silence.

— C'est simple, il est allé à la rencontre avec Mimmo Gambino, il a fini la soirée chez Totò, Totò était en forme et a voulu se faire mousser face à ce jeune type, et il en a trop dit.

Même à présent que mon cœur recommençait à pomper plus fort pour assurer le brassage sanguin, je m'émerveillais du talent de Valeria pour employer de parfaites expressions idiomatiques. Ou plus exactement : ce talent m'irritait.

— J'ai trouvé un truc sur Internet.

Elle me tendit son téléphone. Sur l'écran, le site de la Sorbonne affichait encore le programme d'un colloque tenu en son sein les 15, 16, et 17 juin 2010. Parmi la liste de participants, le nom d'Agostino Leonelli se détachait.

— Tu me dis que Totò refuse de parler du livre avec toi depuis, quoi ? Le lendemain de ton rendez-vous avec l'éditrice ? Le temps qu'il se plonge dans le livre et s'aperçoive qu'il y est mis en scène, en somme. C'est à Agostino qu'il a parlé, ce soir-là.

— Attends, lançai-je, soudain moins sûr de moi, j'y pense : quand je suis passé à la librairie en sortant de chez Rahmy-Cohen, on a parlé de Leonelli. Il m'a dit qu'il n'avait pas lu son roman, d'accord, mais il connaissait le type, il avait commandé son bouquin pour la librairie, il avait entendu des trucs sur lui. Tu veux dire qu'à ce moment-là, il n'avait pas encore…

— Mais enfin, Ju ! Tu sais bien que Totò est incapable de se souvenir des noms. Il n'avait pas fait le lien. C'est après qu'il a compris, j'en suis sûre.

Nous n'eûmes pas même le temps de déguster nos ruineuses boissons. Valeria réclama l'addition d'un ton autoritaire et je fus contraint de vider ma tasse debout. Elle avait décrété qu'il fallait que nous nous rendions ensemble auprès de Salvatore pour obtenir enfin ses confidences et « agir en conséquence ». Je soupçonnais mon amie d'être plus excitée par la résolution de l'énigme du passé de Salvatore que soucieuse du bien-être de celui-ci. Sur le chemin, elle continua à étayer sa thèse.

— La vérité, cria-t-elle par-dessus son épaule alors que j'essayais de me maintenir à sa hauteur sur les trottoirs étroits et perpétuellement surpeuplés du Marais, c'est que Totò est surtout *hors* du manuscrit. C'est diffus dans toutes les couches. Salvatore n'est pas le père, ni le terroriste du manuscrit. Mais il y a un peu de Salvatore partout. Les addictions, la passion du type pour ce qui est jeune, même la façon dont le père fait des pâtes pour Rachele, c'est du Totò dans le texte !

Elle s'appuya contre un mur et fourragea dans son sac pour en extraire son exemplaire de *Rebus*.

— Page 102. Rachele lit sur la terrasse. Le fils a attrapé un des pots de miel qu'elle vendait à son père et vient en manger une cuillère à côté d'elle… attends… ah, voilà ! *Spietata. Gli hai venduto il miele più caro del mondo.*

Alors que Valeria lisait à voix haute en plein milieu du trottoir au grand dam des passants, les sous-titres défilaient en moi. *C'est lui qui a insisté pour me le faire payer aussi cher. On aurait dit que le peu d'argent qu'il possédait lui brûlait les doigts. Souvent, il faisait semblant de ne pas se souvenir qu'il m'avait déjà réglée. Je refusais ses billets. Garde-les pour toi, il disait. Tu t'achèteras des bonbons.*

— « *Ti comprerai le caramelle…* » *Hai capito, Ju ? Ti comprerai le caramelle.* C'est du pur Totò, ça !

— Ah bon ? Je ne l'ai jamais entendu dire ça.

— Bien sûr que si ! Moi, il me l'a souvent sorti, quand je bossais pour lui. Je le revois encore le dire à Laura…

— Attends… Qu'est-ce que vient foutre Laura là-dedans ?

— Oh, qu'est-ce que t'es chiant ! Je te parle de Totò, là ! Toi, t'apprends que ton ami a été utilisé pour écrire un roman putassier et tu ne penses qu'à ton petit cœur brisé ?

— Que je sache, fis-je sans savoir à quel point j'allais regretter cette phrase, ce n'est pas puni par la loi de s'inspirer de la réalité.

La librairie était pleine et Salvatore ne semblait pas de bonne humeur. Courbé devant l'un des rayonnages à la recherche d'un ouvrage, les mains sur les genoux, il attendit de se relever en soufflant pour nous gratifier d'un simple mouvement du menton.

— *Se volete il caffè,* fit-il en direction de l'arrière-boutique, *fate voi*. J'ai du monde, là.

Valeria me coula un long regard entendu. Cette histoire prenait des proportions qui m'amusaient moyennement. Sur le papier, la théorie de Valeria était délirante, mais j'étais si soumis à son intelligence que sa conviction était parvenue à imbiber mon esprit. Une inquiétude croissait en moi. Si Jason disait vrai, alors Agostino avait rencontré Salvatore. Une force mystérieuse m'incitait à suivre sa trace.

Le réduit encombré sentait le café et l'encre pour imprimante. Aucune trace de *Rebus* sur le bureau, que Valeria inspecta méthodiquement tandis que j'avais pour ordre de surveiller l'activité de Totò dans la boutique.

— Reconnais qu'il est chelou, chuchota-t-elle après avoir fini ses investigations.

Puis, plus fort :

— Tu veux un café, Julien ?

Elle alluma la machine à espresso et attendit que le breuvage sorte en mordillant son pouce, l'air songeur.

— Tu imagines ce que ça représente, pour Salvatore, la fin du roman ? chuchota-t-elle, comme poursuivant une conversation intérieure. Non seulement, il s'est fait spolier son passé, mais en plus, son passé est piétiné par la résolution de l'intrigue.

— Raison de plus pour ne pas en faire une affaire d'État, non ? Si ton intuition est juste, Totò est une source d'inspiration, rien d'autre.

— J'aimerais bien t'y voir. Mais oui, c'est fait, maintenant. Ne t'inquiète pas, ajouta-t-elle cassante, personne ne va te demander d'abandonner la si précieuse traduction de ce roman majeur.

— Je te rappelle que c'est toi qui en parlais comme d'un roman « significatif ». À deux étages au-dessus ! Il y a quelques jours !

— Ah non, n'inverse pas les rôles !

— Peu importe, peu importe, fis-je en balayant l'air de ma main. C'est quoi le plan, au juste ? Je lui parle d'Agostino ou…

— Alors, qu'est-ce que vous foutez ici ?

Salvatore venait de se matérialiser à nos côtés.

— *Che cazzo fai !* gronda-t-il à l'intention de Valeria, qui s'apprêtait à poser les deux soucoupes sur une liasse de factures bancale. Tu en fous partout comme ça !

— On prenait un pot dans le quartier, on s'est dit qu'on passerait te faire un coucou, lança Valeria sans se démonter.

Salvatore fronça les sourcils avec une grimace suspicieuse.

— Toujours à vous gratter les couilles, vous. Et travailler, jamais ?

— Justement, on s'est vus pour parler de ma traduction…

— Julien avait des questions à me poser sur certains aspects syntaxiques, coupa Valeria en me faisant les gros yeux.

— Hum, fit Salvatore en secouant la tête, l'air absent, le menton dans la main.

Valeria et moi échangeâmes un regard perplexe.

— Quand on y pense, lança cette dernière, il est pas si bon, ce roman, en fait… Il y a un côté très tape-à-l'œil qui ne résiste pas à une étude précise du style.

Salvatore continuait à opiner du chef. Je pris le relais.

— C'est pas faux…

Il fixait à présent la corbeille à papier, toujours perdu dans ses pensées.

— Je me demande quel genre d'homme est Leonelli, repris-je. C'est dommage que je ne puisse pas communiquer avec lui. Je vous l'ai dit, qu'il refuse par principe tout contact avec ses traducteurs ?

Soudain, Salvatore fut saisi d'une violente quinte de toux. Il reprit son souffle en s'appuyant contre le chambranle de la porte. Il ne m'avait jamais paru si fragile. Valeria me lança un regard triomphal qui signifiait sûrement : je te l'avais bien dit.

— *Tutto bene, Totò ?* s'enquit-elle. *Vuoi sedere ?*

— Mais non, mais non, ça va, je peux encore tenir debout ! Vous voulez pas revenir par là ? Y en a qui bossent.

Et Salvatore se précipita derrière sa caisse, où il put s'asseoir sans que cela ressemble à un aveu de faiblesse. Nous le suivîmes, nos cafés à la main. Je pris place sur mon fauteuil habituel tandis que Valeria passait en revue la table centrale. Un habitué se présenta à la caisse. Salvatore le força à accepter la ristourne de dix pour cent qu'il appliquait à tous les fidèles. Le client, sans doute un prof à la retraite, protesta dans un italien strictement dénué d'accents toniques, mais Totò tint bon : « *Signore, insisto. Mi fa piacere, mi penserà quando lo leggerà.* » Je songeai au père de *Rebus*. *Ti comprerai le caramelle.* « Monsieur, j'insiste. Ça me fait plaisir, vous penserez à moi en le lisant. »

Sous la bonhomie de circonstance, le visage de Salvatore était éclairé d'une lumière triste. Son regard était plus abattu que jamais, l'iris très haut au-dessus du blanc rougi à l'orée de la paupière, les bajoues, tombantes, la barbe de trois jours, complètement blanche. Se pouvait-il, vraiment ? Se pouvait-il que Totò, dans un accès de nostalgie politique, galvanisé par l'alcool et la présence chez lui d'un jeune compatriote surdiplômé, eût livré des détails secrets de son passé et que ces confidences fussent en train de lui retomber dessus, six ans plus tard ? Porté par l'envie de savoir, je l'interpellai :

— Dis, t'es sûr qu'il n'est jamais passé par ici, Leonelli ?

Valeria releva la tête d'un coup, paniquée. Salvatore terminait de ranger des pièces dans les compartiments de sa caisse enregistreuse avec une application étudiée.

— Pourquoi tu me demandes ça ? dit-il avec la voix de quelqu'un qui cherche à masquer son angoisse.

— Parce que j'ai appris qu'il était venu à Paris pour un colloque, il y a six ans, et comme il est un peu question de Paris dans *Rebus*, je me suis dit que peut-être...

— Que peut-être je connais tous les péd...

Salvatore se corrigea à temps. Trois clients étaient encore là, penchés sur les tables dans cet état de recueillement silencieux qui rend toutes les librairies intimidantes, même lorsqu'elles sont tenues par d'anciens terroristes ratés, incapables d'aligner trois phrases sans proférer un juron.

— Que peut-être je connais tous les Italiens qui vont à Paris ? reprit-il un ton plus bas. Eh bien non, *caro*.

Puis, se levant d'un coup :

— Messieurs dames, je peux vous aider ?

Valeria me fixa en poussant un long soupir, les sourcils si haussés qu'ils semblaient pouvoir frôler la racine de ses cheveux. J'avais tout gâché. Une femme revêtue d'une sorte de robe de bure et coiffée d'une interminable natte grise recherchait la meilleure édition bilingue des œuvres de Leopardi. Totò fut intarissable. Je connaissais sa passion pour la poésie romantique mais l'empressement qu'il mettait à satisfaire la demande de sa cliente relevait nettement de la diversion. J'étais bien forcé de l'admettre. Je quittai mon fauteuil pour rejoindre Valeria. « Y a rien à en tirer », lui glissai-je à l'oreille.

Et il n'y avait, en effet, rien à en tirer. Après la lectrice de Leopardi, vint le tour d'un étudiant qui préparait son agrégation et qui exhiba une liste de livres longue comme le bras. Totò faisait grand cas des agrégatifs. Mis à part Hervé, pour lequel il éprouvait une antipathie que j'aimais croire liée à une forme de compétition amicale dont j'aurais été l'objet, les universitaires, les « *cervelloni* », comme il les appelait, avaient tout son respect. Agostino avait-il profité de ce régime de faveur ?

Nous nous repliâmes dans l'arrière-boutique. Je lavai nos tasses de café dans l'évier tandis qu'à côté de moi Valeria avait recommencé à mordiller son pouce. Je la sentais partagée entre l'excitation de savoir sa théorie adoubée et l'inquiétude de surprendre Salvatore si affecté.

— J'ai changé d'avis, en fait, finit-elle par lâcher à voix basse. Il faut arrêter de lui en parler. Pour lui, ce serait une double peine. Faisons croire qu'on n'a rien compris. Continue ta trad dans ton coin et surtout, s'il te plaît, ne lui demande plus la moindre aide pour les questions politiques.

Je secouai la tête, un peu honteux. Valeria disait peut-être vrai, après tout. Mais une autre conséquence de l'affaire éclipsait les secousses de cette révélation, plus cuisante encore que ma maladresse auprès de Salvatore quand j'avais insisté pour lui parler du roman : Agostino Leonelli avait approché Salvatore et avait tiré de lui des confessions dont le roi de Sicile ne m'avait pas jugé digne. Pendant que je vivais à Rome quelques semaines de sursis italien loin de Laura et des obligations qui me liaient à elle, pendant que je me nourrissais de *pizzette* rouge sang en suivant les premières rencontres de la Coupe du monde sans chercher à étouffer le sentiment de toute-puissance virile que seule savait me procurer Rome au printemps, l'auteur de *Rebus* avait foulé mes terres.

J'étais rentré à Paris à quelques jours de la finale. Laura était venue me chercher à l'aéroport, identique à celle que j'avais rencontrée dans les Pouilles tant d'étés plus tôt, les yeux cernés, la peau hâlée sous son pendentif vert, éclipsant de sa noirceur toutes les beautés du Pigneto. Après ces semaines de rendez-vous Skype ratés, notre amour m'avait paru repartir de plus belle, comme infusé d'un sang neuf. Agostino et moi nous étions croisés. Lui à Paris, à recueillir les confidences de Salvatore, moi à Rome, à circonscrire le champ de mes belles infidèles.

L'agrégatif hésitait encore entre deux éditions de l'*Orlando furioso*. Nous nous dirigeâmes vers la porte sans interrompre la discussion. Accoudé sur une pile de livres, la main sur la taille, Totò était en pleine conférence, joyeux, spirituel, sûr de lui – pourtant je fus presque sûr d'apercevoir une flamme de détresse au fond de ses yeux lorsque je lui adressai un dernier regard en partant.

XVII

Je pense que c'est pour tomber enceinte que Laura, pendant des années, n'a pas pris la pilule. Officiellement, la perspective d'une grossesse nous inquiétait. Nous avions édicté des consignes que nous parvenions plus ou moins à respecter, si bien que la pilule du lendemain était entrée dans notre pratique sexuelle comme chez d'autres la cigarette postcoïtale. Officieusement, Laura aimait jouer avec le risque. Il lui arrivait de me retenir en elle avec ses mains lorsque j'étais sur le point de jouir. Ces fois-là, sous prétexte qu'elle était en début ou en fin de cycle, elle décidait qu'elle pouvait nous épargner une descente à la pharmacie. Je n'essayais jamais de la contredire. Moi aussi, j'ai passionnément aimé le danger. J'étais comme elle, survolté à l'idée de nous voir augmentés du même enfant. Nous savions déjà quel nom nous allions lui donner. Ettore pour un garçon, Ada pour une fille. Nous amenions Ettore passer quelques jours chez ses grands-parents, nous prévoyions de réserver une place pour Ada à l'école internationale. Nos projets n'avaient rien d'original. Mais j'adorais l'adrénaline qu'injectaient dans notre couple nos hasardeuses méthodes contraceptives, j'y voyais prendre corps cette oscillation anarchique entre décision et hasard, cette soumission aux aléas des humeurs pour laquelle Laura m'apparaissait comme constamment vibrante. Au fond de moi, j'avais toujours su que Laura finirait par me quitter, mais j'étais incapable de m'en souvenir lorsqu'elle expulsait de sa gorge un « Reste » impérieux à quelques secondes de mon orgasme. Le corps de Laura était roi. En dernière instance, pensais-je, c'était lui qui prendrait la décision.

Quand Laura avait appris qu'elle était enceinte, toutefois, cela faisait longtemps qu'elle n'arc-boutait plus son bassin pour me forcer à éjaculer en elle. L'intensité de notre vie sexuelle n'était de toute façon plus de nature à nous empêcher de respecter les consignes. Passé la résurrection amoureuse qui avait accompagné mon retour de Rome dans un Paris de Mondial envahi par les vuvuzelas, Laura s'était recroquevillée en elle. Le bonheur n'avait duré que quelques semaines. Au milieu de l'été, Laura était partie seule dans les Pouilles passer quelques jours chez son père, et elle était revenue amère et inaccessible. Chaque matin, je quittais notre studio pour mener mes vaines recherches avec l'image de Laura roulée en boule au fond du canapé, tripotant son pendentif verdâtre.

Je travaillais à la BNF quand elle m'avait appelé. « Il y a un problème, je suis enceinte », avait-elle dit avec la voix qu'elle réservait aux reproches, quand elle faisait peser sur ma conscience des torts que d'autres que moi, la plupart du temps, lui avaient infligés. J'étais rentré en précipitation à la maison. Je croyais qu'en lui parlant en face j'allais pouvoir repêcher dans son regard la preuve que cette grossesse couronnait un désir inconscient. Mais rien ne s'était passé comme je l'avais imaginé pendant le trajet du retour, glissant au-dessus des tapis roulants les écouteurs branchés sur une bande-son exaltante.

Nous n'avions même pas eu le temps de nous disputer. Elle avait réuni quelques affaires en vrac et était partie dormir chez sa mère – j'ignorais, alors, que ce spectacle d'elle quittant le studio après avoir rempli un sac en préfigurait un autre, sensiblement plus mélodramatique, bien que dépourvu de raisons apparentes, lorsque, quelques mois plus tard, elle avait fourré ses vêtements dans de grands sacs-poubelle en sanglotant avant de monter dans un taxi au pied de notre immeuble. Cette fois-là, au moins, je savais où elle allait. Pendant plusieurs jours, Laura semblait volatilisée. Puis elle avait réapparu, toujours enceinte, toujours paniquée. J'étais démuni. J'avais été tenté d'appeler ma mère pour lui demander conseil, mais quelque chose me retint, et je ne peux pas dire avec certitude qu'il s'agissait de son cancer. Je percevais peut-être ce que ce drame avait d'incongru, dans une vie de couple qui ne laissait guère de place à l'extraordinaire.

Dans *Rebus* aussi, juste avant le dernier coup de théâtre, Rachele avorte. Tandis que je la raccompagnais au métro, Valeria avait parlé, au sujet de la fin du roman, d'une « dramaturgie de la catastrophe ».

Cette dramaturgie m'avait fasciné lorsque j'avais lu *Rebus* d'une traite sur mon canapé, mais à présent qu'il me fallait en traduire la seconde moitié, je craignais de confronter mes souvenirs brumeux à la clarté d'un vrai cataclysme amoureux. Un cataclysme net, définitif, qui n'avait eu qu'à subir l'ultime secousse d'un coup de théâtre pour que la passion s'interrompe, aussi intacte après sa fin que les corps des habitants de Pompéi surpris par la pluie de cendres.

Laura était habitée par un feu qui l'éloignait de moi. Elle hésita pendant trois semaines et je l'accompagnai sans broncher aux échographies et au planning familial. Elle pensa prendre des billets pour Bari, envisagea un retour au pays. Puis elle sortit un soir, sans me donner de nouvelles, et me recontacta pour me donner l'heure du rendez-vous pris chez un médecin du 13e arrondissement, le seul qui pouvait la recevoir en urgence avant que ne soit dépassée la date légale d'IVG par voie médicamenteuse. J'étais prié de l'attendre à la sortie.

Je la retrouvai sur une esplanade un jour de ciel blanc. La décision lui avait creusé le regard, elle était plus luisante et cernée que jamais. Nous allâmes chez les frères Tang acheter les bonbons au lait, puis nous rentrâmes à l'appartement. Laura ingéra le second cachet que prévoyait le protocole, se tordit de douleur sans prononcer un mot, perdit beaucoup de sang, et finit aux urgences.

Les seuls bons souvenirs que j'associais à cette période avaient trait à Salvatore. Entre l'annonce de la grossesse et l'avortement, Salvatore avait joué à fond son rôle éponyme. J'allais le voir à la librairie presque quotidiennement et je m'installais pour lire dans un coin, mes yeux dérapant chaque fois que venait se répandre sur la page mon émerveillement de mâle fertile. Mais la présence de Salvatore, rien que par sa toux ou les craquements studieux qui accompagnaient chacun de ses mouvements, me prévenait de tout débordement. Tout irait bien car rien n'allait jamais bien. La compagnie de Totò enseignait la beauté de la défaite et du compromis.

Or cette esthétique de l'échec, je venais d'apprendre qu'Agostino l'avait reprise pour la placer dans son roman. Face à Valeria, j'avais défendu la démarche de mon auteur. Salvatore n'était qu'une source d'inspiration. J'étais le premier à pouvoir témoigner de son pouvoir de séduction sur les générations qui n'avaient pas eu à renoncer à un idéal : moi aussi, dans mon roman à venir, j'avais songé à prélever en lui la glaise d'un personnage. Mais c'était ça, justement, qui me rongeait alors que je jouais des coudes rue du Faubourg-du-Temple pour rejoindre mes quartiers d'altitude : Agostino m'avait volé Totò. Agostino m'avait déjà pris la mort de ma mère, et maintenant, il me prenait mon ami. Et il y avait Rachele. En deux cent cinquante pages, un homme que je ne connaissais pas avait résumé de ma vie tout ce qui, pensais-je jusqu'alors, la rendait différente de celle des autres.

Je fis une halte au Carrefour rue de Belleville pour m'acheter une brique de lait et un paquet de

Chocapic. Assis sur mon canapé, les pieds posés sur la table basse, j'essayai de reconstituer la scène : la librairie transformée pour la rencontre, le petit public d'habitués se pressant devant le seuil, Mimmo Gambino assis derrière une pile de livres, Totò en maître de cérémonie, Jason dans un coin, sûrement Marie-Christine. Et Laura ? Laura détestait les manifestations culturelles dès lors qu'elles se déployaient en dehors des quatre murs de notre appartement. C'était peu probable.

Puis soudain, je me souvins. Je rentrais à peine de mon séjour de recherches à Rome, et j'étais venu regarder un quart ou une demi-finale rue du Roi-de-Sicile, en compagnie de quelques habitués. Nous avions attendu la fermeture en partageant une bouteille de bière dans les gobelets en plastique que Totò avait sortis de la réserve en même temps qu'un paquet de chips. Des restes de la lecture de Mimmo, m'avait-il dit quand je m'étais étonné de le voir aussi bien équipé. Je ne me rappelle plus l'avoir questionné sur la réussite de la soirée, ni avoir entendu les autres réagir – je ne sais plus qui étaient ces autres. Je sais simplement que nous avions parié sur telle ou telle équipe en mangeant des chips, que j'étais heureux d'être là, que je croyais mon couple ressuscité – que j'avais été attendri d'apercevoir, sur le panneau de liège qui trônait derrière la caisse, la petite annonce de Laura pour des travaux de correction et de relecture, dont, je m'en souviens encore, l'une des bandelettes contenant ses coordonnées avait été arrachée.

Ensuite, l'Espagne avait gagné, Laura avait découvert sa grossesse, hésité seule, avorté, et pendant tout ce temps, Totò avait été là pour moi. Et j'étais en train de traduire un roman qui lui faisait du mal. À lui qui m'avait encouragé à accepter la traduction de *Rebus* et qui s'était efforcé de continuer à le faire, même après en avoir découvert le contenu. Je me levai du canapé, déposai mon bol sale dans l'évier. Le pire, pensai-je en m'installant face à mon ordinateur pour une nouvelle soirée de travail, c'était que ce contenu épousait tous mes désirs. Salvatore souffrait pour un roman que j'aurais pu écrire – que j'aurais voulu écrire. Cela aggravait-il ma culpabilité ?

Car j'étais lié à Agostino, nous nous comprenions. Comme moi, Agostino semblait avoir goûté à l'ivresse qu'une femme provoque lorsque vous la rencontrez et qu'elle vous force à extraire de vous ce que vous avez de plus pur, de plus flamboyant – vos plus beaux textos, vos plus belles détresses, votre essence vitale multipliée par mille. Lui en avait puisé la force d'écrire un roman ; moi, la garantie à vie d'attendre des femmes ce qu'aucune d'entre elles n'aurait su me donner. Et dans cet impossible que j'attendais des femmes, il y avait aussi la douche glacée qui succédait à l'ivresse et dont Agostino, comme moi, devait avoir fait l'expérience. Comme moi, Agostino avait connu quelqu'un qui l'avait modifié, comme moi il était devenu aussi insatiable que ces gens à l'estomac dilaté ; puis il s'était rendu compte que l'amour de cette femme à partir de laquelle il avait forcément bâti Rachele – Rachele surgie d'un milieu différent, Rachele se donnant au fils tout entière sans penser aux conséquences, Rachele fournissant au fils l'inspiration pour écrire son roman des Brigades rouges, Rachele l'ayant trahi – ne pouvait être qu'une illusion, et Agostino avait repris sa vie et rédigé *Rebus*.

Le roman d'Agostino était parcouru d'une passion que j'avais connue, une passion radicale et autodestructrice qui s'alimentait de sa condamnation, une passion que, pour toujours, j'associerais à Laura.

J'étais en train d'ouvrir mon fichier « Rebus_trad.docx » quand je ressentis l'urgence de vérifier mes intuitions. Où Agostino avait-il appris à aimer de la sorte ? Avec qui ?

Je rendis visite à la page Facebook d'Agnese Ferrazzano, débusquai un vieil album intitulé « Welcome back, Roma ! », regroupant une dizaine de ces photos d'un Facebook protozoaire, frappées d'une date rouge sur le bord droit inférieur : les clichés avaient été pris entre février et avril 2011. Une seule de ces photos mettait le couple en scène, elle pieds nus, lui la chemise entrouverte, flashés sur le seuil d'un appartement, comme saluant des amis après un dîner réussi.

Je retournai sur la page d'accueil. Émergeant au milieu de l'échantillon d'amis, Serena Ferrazzano attira mon clic. La sœur d'Agnese, sans doute. En cherchant dans son album « Téléchargements mobiles », je tombai sur une photo intéressante : une tablée monumentale, sans doute un déjeuner dominical, parmi laquelle figurait, dans un coin, le visage un brin embarrassé de Leonelli. Serena Ferrazzano avait légendé : « The Ferrazzanos, Season 12, Episode 7. »

J'avais connu de riches Italiens. Je connaissais leurs us et coutumes, les grandes maisons sur la côte où toute la lignée s'exporte au mois d'août. Pour ces gens, la famille revêt une dimension médiévale ; y ont cours des sentiments tels que la honte, l'orgueil, la trahison. Agostino venait de ce monde-là. Agnese aussi. Un tel monde pouvait-il abriter la passion de *Rebus* ? Deux êtres de ce monde, en se frottant, pouvaient-ils faire naître une étincelle ?

Je n'eus pas besoin de me faire violence pour quitter Facebook et me réatteler à *Rebus*. C'était un autre Agostino qui m'attirait à lui. *Mon* Agostino. Celui qui comprenait mes désirs. Celui qui parlait de Salvatore mieux que moi. Celui qui, à un moment, avait sans doute vécu une passion d'un autre monde et en avait tiré *Rebus*.

J'avais hâte de retrouver ma traduction.

XVIII

— Allô ? Rodolphe ? Je t'entends très mal.

La journée s'achevait comme elle avait commencé : en survêtement, le nez collé à mon écran. Mû par un réflexe inutile, j'allai me rapprocher d'une fenêtre.

— J'ai vu que… tre soir. Tu as… joindre sur l'autre… ?

— Rodolphe, j'entends rien. Tu es où ?

— Vraiment… Rahmy… juillet ?… midable ! Est-ce que…

— Essaie de te déplacer, pour voir ?

— Je ne suis… ris… Non… marre… ause… retrouver… choses… omplir… des choses… n'arrivent… jamais !

— J'essaie de t'appeler sur un fixe ?

— JE SUIS SUR UNE ÎLE GRECQUE !

— Ah, voilà, ne bouge plus.

— Je suis dans un monastère à Tinos. Personne ne retient à Paris un ringard comme moi. Et je voulais enfin relire le *Quichotte*. Donc tu as rencontré cette vieille bique de Rahmy-Cohen ?

— Mais oui, merci Rodolphe ! Je suis tellement content de traduire ce roman !

— Écoute, tu m'en vois ravi... Je ne savais pas que l'impératrice ferait confiance à un petit jeune. Ça me redonne de l'espoir, tiens.

— Mais qu'est-ce que tu fais dans un monastère grec ? Tu es parti depuis longtemps ? Il faut que je t'invite à dîner !

— Oui... Sincèrement... parles. Je la... Cohen... xagérer !.... chance... moi... du tout.

— Ah non, reviens ! Reviens à l'endroit où tu étais !

— ... cide ? Ral.... Croi...

— Et merde, j'entends plus rien. Bon, écoute, merci. Ça ne m'étonne pas de toi, mais merci pour ce que tu as fait. Dès ton retour, on va bouffer quelque part.

La traduction m'avait procuré, les jours passés, d'intenses satisfactions. Luca, l'aspirant réalisateur de La Spezia, avait fini par accepter ma demande d'amitié sur Facebook mais je n'avais plus envie d'enquêter sur Cécile, Nathaniel, ni sur cette colocation à Château-Rouge. Je ne pensais plus aux secrets de Laura, à ses hésitations, à ses disparitions. Je traduisais avec la musique à fond et je ne me branlais même plus.

Le fils non plus : la compagnie de Rachele le prémunit du manque sexuel. Cela fait deux semaines qu'ils se connaissent. À présent, Rachele n'a aucun mal à se libérer de Fabrizio pour venir passer d'entières journées ici, et la maison s'offre à eux, crayeuse et silencieuse, habitée d'une fièvre qui n'est plus celle des substances. Autour du père, certaines zones d'ombre se sont dissipées. Rachele y a contribué. D'autres se sont épaissies. Rachele n'y est pas étrangère. Quelquefois, le fils a l'impression qu'elle prend du plaisir à l'égarer. Comment son père arrivait à boucler ses fins de mois est une question qui le taraude, or Rachele insiste sans cesse sur sa générosité. *Tu t'achèteras des bonbons, me disait-il quand il refusait que je lui rende la monnaie.* Pourtant le père n'a jamais payé ses pensions alimentaires, et le fils ne se souvient pas d'un seul cadeau que ce dernier lui aurait fait.

Depuis plusieurs jours, alors qu'il écrit son histoire d'amour dans les Brigades rouges encore pétri de la lecture du manuscrit paternel, une pensée enivre le fils : et si son père avait bénéficié des subsides d'un bienfaiteur de gauche, semblable à ce monsieur Z. qui apparaît dans *La Scintilla* et qui aurait continué à subventionner les terroristes bien après la dissolution des brigades ? La découverte de billets au fond du tiroir d'une commode l'a mis sur la voie. Et que dire de cette adresse parisienne retrouvée dans un vieux calepin, associée au seul prénom « Mario » ?

« *Che rebus, tuo padre !* » s'exclame Rachele, les poings sur les hanches, après avoir aidé le fils à trier une armoire. *Quel rébus,* pense le fils tandis que, connecté au seul réseau du village, un wifi poussif qu'il capte assis sur un banc devant l'église, il recherche tous les Mario qui auraient de près ou de loin participé à la lutte armée avant de trouver refuge à Paris. Un annuaire en ligne lui fournit le numéro associé à l'adresse du calepin. Il prépare trois phrases de français rudimentaire, mais point de Mario à l'autre bout du fil. Cependant, quand, de retour chez le père, il partage ses intuitions avec Rachele, celle-ci lui apprend, les doigts tout *entortillonnés/empêtrés de sa petite aventure*, que son père a quitté les Pouilles, une fois. Dix jours pendant lesquels il lui a demandé de venir arroser les plantes.

C'est Paris, c'est forcément Paris. Le fils pressent qu'une partie de l'histoire de son père est conservée en France. Il se convainc qu'un voyage est nécessaire, et qu'il faut que Rachele soit à ses côtés pour l'entreprendre. Partir tôt, arriver dans Paris sous le toit d'un taxi martelé par la pluie, poser sa main sur le genou gainé de soie de la passagère assise à ses côtés. Puis faire l'amour dans la chambre d'un hôtel de Montmartre, arpenter le dédale de rues qui courent à l'ombre de la Butte, s'asseoir face à Rachele, robe noire et lèvres pourpres, à la table d'un minuscule restaurant situé à deux pas d'un théâtre et d'une placette bordée de platanes. Le fils ne sait pas lutter contre la banalité des images qui l'assaillent quand il pense emmener Rachele à Paris.

La vente de la maison se concrétise, le temps est venu pour le fils d'envisager son retour à Rome. Le synopsis du roman a été présenté à un agent, l'agent a déjà trouvé un éditeur et agité devant le fils des possibilités de contrats juteux. Chaque matin dans les Pouilles représente un sursis. Lorsque Rachele débarque au matin et qu'elle rejoint le fils entre ses draps, on dirait qu'elle pourrait se déverser entièrement en lui, que ses ombres, ses mystères, toutes ces nuances qui font d'elle cette personne labyrinthique pourraient se fondre en un jus d'elle épais, opaque, que le fils n'aurait qu'à s'administrer en intraveineuse pour accéder à tous ses secrets. Ils se connaissent depuis deux semaines et déjà il la connaît intimement. Plus que quiconque, lui semble-t-il. D'ailleurs, lorsqu'il la voit s'éloigner dans le jardin pour téléphoner et qu'il l'entend bafouiller à son retour des justifications alambiquées, le fils n'est pas jaloux du petit copain. « *Il mio futuro ho già deciso a chi lo do* », lui dit-elle un matin, les yeux rivés sur la surface fumante de sa tasse de café – *Mon futur, j'ai déjà décidé à qui je le donne*, avant d'ajouter ces mots, trop vite pour avoir le temps de les peser : « *Per questo sono qua con te, amandoti senza pensarci.* »

Je mis la musique sur pause. *Amandoti senza pensarci*. J'essayai plusieurs versions :

« Pour ça je suis ici avec toi, en train de t'aimer sans y penser. »

« C'est pour cette raison que je suis là avec toi, que je t'aime sans y faire attention. »

« Et donc voilà, je suis ici, avec toi, t'aimant sans arrière-pensée. »

Après des heures de traduction sans trêve, la syntaxe de Rachele me figeait. La phrase n'avait rien de sophistiqué, pourtant. Elle était même boiteuse, pensai-je en la considérant avec attention : ce gérondif, *amandoti*, glissé dans la phrase sans l'habituel auxiliaire *stare* qui permet la construction du présent continu italien. Naturelle, il me sembla que la phrase aurait donné : *Per questo sono qua con te e ti amo senza pensarci.* J'allai faire un tour sur *L'Équipe* pour chasser l'amorce de mécontentement. J'aurais pu opter pour la solution habituelle : laisser la traduction en friche et remettre sur le dos d'un moi futur la charge d'éclaircir la syntaxe de son prédécesseur. Mais quelque chose me retenait. La syntaxe de la phrase ne m'échappait pas, bien au contraire : j'avais l'impression de l'avoir déjà rencontrée.

Je ne parvins pas à m'intéresser au classement du championnat et revins à *Rebus*. La phrase portait en son cœur une faute, ou plutôt une étrangeté – cet *amandoti* tout seul, posé comme par accident après le verbe être : « *sono qua* » – que je pressentais devoir conserver pour garantir l'intégrité de l'histoire. Oui, songeai-je en fronçant les sourcils, la bizarrerie syntaxique de la phrase disait quelque chose de Rachele… Rachele lâche des mots trop vite, *trop vite pour avoir le temps de les peser*, avais-je traduit sans encombre, et dans cette précipitation, elle commet deux fautes : celle de dire au fils qu'elle l'aime, et celle de le dire mal. De le dire bizarrement.

Ça y est, j'étais reparti dans la galaxie de Laura. Laura aussi laissait parfois échapper quelques fausses notes. Salvatore s'amusait à le lui faire remarquer. Pas des fautes, d'ailleurs : des étrangetés. Je connaissais leurs jumelles françaises. Dans les moments où elle se livrait sans contrôle à l'expression d'une tendresse régressive, il arrivait à Laura de lâcher avec une voix enfantine : « *Donne*-moi un bisou. » Mais Rachele n'a jamais vécu qu'en Italie. Quand le fils a évoqué devant elle le projet d'un voyage à Paris, elle a semblé aussi excitée que s'il lui proposait de l'emmener découvrir un continent inconnu.

Je parcourus la suite. Dans la maison du père, le fils s'amuse à dessiller le regard de Rachele. Un couple n'est jamais ce qu'il donne à voir. La fidélité n'existe pas. Rachele vit mal son statut d'infidèle. Parfois, ses yeux s'embuent d'une rosée qu'il voudrait récolter de la pointe de sa langue, en se glissant délicatement entre ses deux franges de cils épais comme il s'est immiscé en elle, quelques jours plus tôt, par un accès encore vierge. C'était un cadeau qu'elle voulait lui faire.

À moi aussi, pensai-je en m'arrachant un bout de cuticule, Laura avait fait ce cadeau. D'ailleurs Laura aussi abusait du gérondif. Comme tous les Français, faisait remarquer Totò. « *Non fare la francesina* », lui disait-il parfois. Je rouvris *Rebus*.

Amandoti senza pensarci... J'essayai de chasser de mon esprit le gérondif et continuai à lire. L'amour que Rachele offre se vit dans l'instant, il la relie au fils sans obstacle, il nie les différences d'âge ou de condition sociale, à l'image de ces matchs de foot dont les amants s'enivrent, l'après-midi. *En train de t'aimer sans y penser*. Ces couacs qui jaillissaient dans la langue de Laura comme par mégarde... Je rejetai *Rebus*. Tous ces couacs résonnaient soudain en moi. *Donne-moi un bisou*, *fammi un bacio*, *dit ceci* au lieu de *ceci dit*, *geniale* pour un oui ou pour un non. Les moqueries de Salvatore. *Ne fais pas la petite Française*. Je me frottai le visage et repris le livre.

Ici, à l'abri des regards, lorsque Rachele rejoint le fils toute effervescente du dehors, lorsqu'elle se laisse déshabiller en ondulant son ventre constellé de grains de beauté, lorsqu'elle se place devant l'écran de la télévision, saute sur ses pieds, crie, lance des imprécations, le fils sait que plus rien ne retient encore Rachele hors de son monde. Elle n'est qu'à lui. Et parce que, ils le savent tous les deux, cette sensation ne durera pas, ils goûtent vraiment à l'idéal. Combien de fois avais-je entendu Laura jurer devant un match de foot ? Je la voyais encore sauter à pieds joints. Elle avait une constellation de grains de beauté autour du nombril.

Quand il ne fait pas l'amour avec Rachele, le fils écrit cette passion au sein des réseaux brigadistes. Il en est convaincu : Rachele, il l'avait déjà inventée avant de la rencontrer. « *Ti conoscevo già, ti avevo già inventata* », lui dit-il, les fois où ils parlent de leur rencontre comme d'un événement notable dans l'ordre du monde.

J'ai follement aimé rassurer Laura. Recevoir ses imprécations envers tel ou tel, quelqu'un qui aurait eu le malheur d'actionner l'une des mines qui couvaient sous le terrain accidenté de ses complexes et de sa mauvaise estime d'elle-même. Laura, comme Rachele, avait une intelligence qui jaillissait incontrôlée de sous son épiderme, en violentes affirmations formulées à l'emporte-pièce.

Le passé menaçait de me faire sombrer. Je revins en arrière et sautai la phrase au gérondif. Mais le mécanisme s'était enrayé. Je fumai plusieurs cigarettes à la suite en fixant mon écran, incapable de chasser de mon esprit cet « *amandoti* » qui me semblait soudain si propre à Laura que j'employai de longues minutes à essayer de me rappeler la première fois où cette dernière m'avait dit « je t'aime », et en quelle langue. En vain. Je recommençai à lire : entiers paragraphes que je laissais filer sans en chercher le sens puis chair opaque de texte que je suçais jusqu'au moindre article. Une sensation en moi croissait, que je ne savais pas nommer. *Per questo sono qua con te, amandoti senza pensarci.* Rachele n'a jamais mis un pied à l'étranger, mais elle parle comme une bilingue.

Je tournai les pages à toute vitesse. J'avais tout à coup besoin de retrouver le paragraphe consacré à ces grandes affirmations que le fils propulse devant Rachele et que viennent engloutir ses yeux boueux. Les hommes consomment de la prostitution. Les femmes réclament qu'on leur fasse des enfants pour avoir le ventre rempli. Le fils encourage Rachele à voir le sale.

Je n'aimais pas la façon dont, un jour, Laura s'était mise à envisager le monde amoureux, comme un grand jeu de dupes dont il aurait à tout prix fallu retourner les cartes. Elle salissait tout. Elle rentrait à la maison exaltée et me pressait de questions qui ressemblaient davantage à des accusations. *Tu penses que ton père a déjà été aux putes ?*

J'avais chaud. J'ouvris la fenêtre. Le vent fit voler des papiers. Je la refermai. La phrase m'obsédait. *Per questo sono qua con te, amandoti senza pensarci.* Ce gérondif m'échappait parce que je l'avais trop souvent rencontré. La Rachele que je pensais connaître n'aurait jamais prononcé une telle phrase. La seule personne que je connaissais capable de prononcer une telle phrase avait des cernes noirs dans lesquels semblait se matérialiser tout ce qui faisait d'elle ce qu'elle était pour moi – un être labyrinthique dont la lumière me parvenait par éclats, une jeune femme dont la violence des émotions finirait toujours par me laisser de côté.

Je cherchai la page dans laquelle figurait la phrase suspecte, remontai quelques lignes. Rachele toute *tortillonnante d'aventurine* regarde le foot en sous-vêtements. Son ventre est constellé de grains de beauté. Elle crie, saute à pieds joints, tape dans ses mains. Nous étions début avril et je mourais de chaud. Étais-je… ? Pouvait-elle… ?

Je tournai les pages du livre à rebours, à la recherche de l'évocation du voyage parisien, de ce minuscule restaurant dans lequel le fils imagine Rachele assise en face de lui, robe noire et lèvres pourpres. Ce minuscule restaurant à deux pas d'un théâtre et d'une placette bordée de platanes.

Je connaissais ce restaurant. Dans le cœur de Montmartre, juste à côté du théâtre de l'Atelier. Soudainement, après ma parenthèse romaine, nous avions cessé d'y aller. Nous avions perdu nos habitudes. Mais Laura continuait à lâcher quelques exceptionnelles fausses notes. *Per questo sono qua con te, amandoti senza pensarci.*

Maintenant, pour les quelques jours qu'il leur reste, Rachele habite chez le fils. Une semaine à peine avant le retour du fils à Rome, elle est arrivée un soir, trempée – la première pluie de l'automne –, les bras chargés de sacs remplis de vêtements en vrac. Elle s'est disputée avec Fabrizio, c'est fini.

Le cœur en vrac, je m'étais penché au garde-corps. Vus de ma fenêtre, les phares du taxi perforaient des trouées jaunes dans le rideau de pluie compacte. Je ne savais pas où elle allait.

Ti amo, le fils lui dit. *Ti amo*, sans gérondif, alors qu'il la regarde jouir au-dessus de lui et qu'il lui agrippe les reins, et que sous ses doigts il sent poindre la rosée de sa transpiration.

Moi aussi, j'aimais lui agripper les reins en la regardant jouir. Sentir les fossettes de son dos se remplir de transpiration. J'étais celui qu'elle aimait, croyais-je.

Et Rachele était Laura, tout simplement. Je venais de la reconnaître.

XIX

Ma mère avait attendu d'être en soins palliatifs pour me raconter sa rencontre avec mon père. J'avais passé la journée avec elle seul à seul, assisté à son déjeuner. Le spectacle des dysfonctionnements de son corps constituait mon plus grand motif d'appréhension quand j'allais lui rendre visite, et pourtant, je m'étonnais chaque fois de l'absence de catastrophe : pudique et exigeante, ma mère avait appris à gouverner sa maladie. Le plateau-repas débarrassé, nous étions sortis prendre le soleil. Assis devant le débit de snacks et de cafés automatisé qui tenait lieu de cafétéria, j'avais mangé un sandwich triangle en évitant de la regarder trop longtemps dans les yeux. Je connaissais le pouvoir désinhibant de la morphine.

— Je n'ai pas voulu de ton père, au début, avait-elle en effet dit, alors que je réfléchissais à l'anecdote qui allait nous permettre de tenir jusqu'à sa chambre, où je l'aurais laissée somnoler une petite heure en me débattant avec le pavé que j'avais apporté. Je ne croyais pas qu'il puisse vraiment s'intéresser à moi. J'avais trouvé un remplacement dans la clinique de L'Haÿ-les-Roses, tout un été, au secrétariat. Ton père faisait son internat et il était stagiaire là-bas. Ce n'était pas mon genre. À l'époque, j'étais amoureuse de Sami Frey, tu vois. J'aimais le genre brun, sombre, cerné… oriental, je dirais, ou alors méditerranéen, voilà… et ton père était à l'opposé. Mais il avait des cheveux splendides. Ça, ton père a toujours eu des cheveux splendides. Drus ! On aurait pu récurer le sol, avec.

J'avais bafouillé une blague sur ma calvitie naissante. Ma mère s'était contentée de serrer ma main entre ses doigts.

— Chaque matin, il venait se pencher au-dessus du comptoir pour me demander son planning. Mais il avait l'agenda sous les yeux ! Ma collègue me charriait, elle disait toujours : attention, le petit docteur va plonger ! Je sais pas ce qu'il m'a trouvé, honnêtement. Il m'a dit plus tard que j'avais l'air fragile, que c'était ça qui lui avait plu, en moi. Bah… Fragile, je l'étais, mais pas autant que lui. Il renversait tout le temps son café, il portait des chemises froissées. La première fois qu'on avait quitté la clinique ensemble, sur le chemin de l'arrêt de bus, il s'était allumé une cigarette, mais qu'est-ce qu'il avait toussé, après…

« Il a commencé à me proposer de me raccompagner chez moi en voiture. Et puis, après, de fil en aiguille, un verre par ci, un restaurant chinois par là. On allait dans le 13ᵉ, avenue de Choisy, je n'avais jamais mangé avec des baguettes ! Et puis, il était médecin, ça, ça me plaisait. Un jour, on est allés au cinéma. *Voyage au bout de l'enfer*, je m'en souviens encore. Qu'est-ce qu'il était beau, De Niro. Tu l'as vu ce film ?

Elle ne me laissa pas le temps de répondre.

— De Niro crève l'écran. Quand on est sortis de la salle, j'étais encore enchantée par son regard. À De Niro, pas à ton père. J'étais bête, qu'est-ce que j'étais bête… Il a fallu que mon remplacement se finisse et que nous nous voyions hors de la clinique pour que je me rende à l'évidence. Il ne m'avait rien dit, mais je sentais qu'il me proposait quelque chose de solide. J'avais eu des amoureux, déjà, le cœur brisé, je connais. C'est pour ça que Laura, tu vois, je te comprends… Mais quand on rencontre quelqu'un comme ton père, quand on a la chance de faire cette rencontre-là… J'ai mis du temps. La première fois que j'ai cédé, c'était à une fête chez des copains à lui. J'avais une trouille bleue avant d'y aller. Je m'imaginais une bande de bourgeois en cravate, je n'avais rien à me mettre. Mais en fait, j'ai passé une soirée merveilleuse. Il y avait des pétards, du vin atroce qui me tordait les boyaux. Ce soir-là, ça a été notre première nuit. Moi, la petite banlieusarde sans bachot, et ton père interne en médecine. Eh oui, ça s'est passé comme ça… Ça nous a pris six mois.

À ce moment, elle avait lâché ma main. Un incident météorologique dont j'ai oublié la nature avait mis fin à son récit. Je m'étais levé promptement et j'avais dirigé le fauteuil vers le couloir de l'hôpital. Dans l'ascenseur qui nous conduisait à son étage, ma mère avait levé sa tête vers moi et elle avait dit :

— Tu sais, Julien, l'amour, ce n'est pas la passion.

L'amour, c'est la tendresse, la confiance et l'admiration.

L'infirmière qui partageait l'ascenseur avec nous était intervenue :

— C'est très joliment dit, madame. Il en a, de la chance, votre fils, d'avoir une maman comme vous.

Deux jours plus tard, mon père m'avait averti que ma mère allait être intubée et ventilée. J'ai toujours pensé que c'était le récit de la conquête de Jean-François qui avait consommé ses dernières forces. Quelques semaines après, elle mourait, dans une clinique de banlieue parisienne en tout point semblable à celle qui lui avait permis de rencontrer mon père.

Sur les quelques photos d'avant la naissance de mon frère, mes parents apparaissaient charnus et embarrassés. Ma mère avait déjà ses hanches larges, trop larges par rapport à son buste, mon père, ce nez pointu qui lui donnait tout le temps l'air affolé. Pourtant il se dégageait de ce temps révolu une forte sensualité ; l'impression qu'avant nous, mes parents passaient leur temps à céder à l'urgence d'un désir jamais tout à fait assumé. Après la mort de ma mère, j'avais récupéré à Bourg-la-Reine une boîte de photos de cette époque. J'avais essayé d'accrocher sur mon frigo un portrait de ma mère assise dans un fauteuil à oreilles, le visage chaussé d'une énorme paire de lunettes, la main recouvrant la page d'un livre ouvert et la bouche figée dans une expression d'indignation affectée. Manifestement, mon père avait pris la photo par surprise. La photo n'était pas restée accrochée longtemps. Ma mère n'y avait pas plus de l'âge qu'avait Laura quand elle m'avait quitté, et j'avais l'impression que célébrer la mémoire de ma mère de cette façon, avec cette image d'elle chaude, moelleuse, ne faisait que mélanger un peu plus mes deux chagrins.

Je pouvais délirer. Le travail pouvait m'être monté à la tête. Les nuits sans sommeil, les clopes jusqu'à la nausée, les bières à jeun. Laura était plus incandescente que ma mère, plus belle, plus exotique – et pourtant mon père avait succombé aux mêmes appas que moi et usé des mêmes artifices. Protéger, consoler, impressionner. Et je comprenais aussi ce qui avait agité les rêveries de ma mère, toutes ces années qu'elle avait passées sans connaître mon père, où elle fantasmait sur des hommes hors de portée. Bruns, méditerranéens, c'étaient ses termes. Ainsi, je pouvais délirer. Il suffisait qu'une femme du Sud à l'estime écorchée croise mon chemin pour que j'y reconnaisse Laura. J'étais formaté. Rachele n'était peut-être qu'une image, qu'un type. Et pourtant, j'étais intimement convaincu du contraire.

Nous étions le 16 avril, je planchais sur *Rebus* depuis cinq semaines, et je venais de m'apercevoir que Laura avait servi de modèle à Rachele.

J'avais peu d'arguments pour asseoir ma conviction. Rachele était blonde, elle avait les yeux marron-vert et le nez couvert de taches de rousseur. Un ventre, cependant, les réunissait : un ventre plat, vallonné autour des os iliaques et constellé de grains de beauté. Un ventre et une grande fragilité narcissique. Et une tendance à transpirer du bas du dos avant chaque orgasme. Et un entêtement à voir la paille dans l'œil du voisin. Et des jambes droites. Et une insatiable curiosité. Tous ces indices avaient sûrement grondé en moi avant d'exploser à ma conscience, me forçant à rabattre violemment l'écran de mon ordinateur. C'est Laura, *è lei, è Laura,* c'est forcément Laura, *per forza che è lei*, me répétais-je en boucle.

C'était Laura. Je me levai, me contorsionnai. Mais je pouvais délirer, je pouvais encore délirer. Mon intime conviction… que valait-elle ? Moi qui avais passé une nuit, quelques jours plus tôt, à imaginer Laura en couple avec un mathématicien américain… Soudain, tel un banc de poissons des mers profondes, toutes mes pensées se braquèrent vers Agostino. Agostino avait baisé avec Laura. Agostino avait baisé Laura. Oh oui, il l'avait baisée. Il l'avait baisée, et bien, et partout. La sodomie, l'idée que j'en avais traduit l'allusion en bandant à moitié, quelques jours plus tôt, m'occasionna en cet après-midi la douleur la plus proche de la torture. Agostino avait enculé Laura, quel que soit le terme qu'il avait employé pour appeler ça : accès secret, nouvelle virginité, rosace brune… Et comme un vulgaire crétin, je m'étais excité, et j'avais traduit tout cela servilement, et je m'étais rengorgé d'avoir été contacté pour un si bon roman, pour une œuvre si importante. « Un livre qui comptait. » J'aurais voulu rembobiner les phrases qui étaient sorties de ma bouche depuis mon rendez-vous dans le bureau de Françoise Rahmy-Cohen, faire rentrer chacun des mots, syllabe par syllabe, dans les trous de combinés d'où ils s'étaient échappés, arracher mes doigts des claviers qui avaient projeté sur les écrans du monde entier mon contentement d'idiot, de crétin, d'imbécile heureux, faire redescendre tous ces sons le long de mon œsophage, et mâcher cette acidité, la digérer, la chier.

J'avais trop de rage en moi pour penser rationnellement. Je délirais, bien sûr que je délirais. Laura n'était pas la première Italienne à s'être fait prendre par-derrière. D'autres femmes aux cuisses relevées sur leur chaise déplaçaient du bout de leurs doigts les aliments dans le blanc de l'assiette avec une lascivité d'aquarelliste. Laura n'avait pas le monopole des orgasmes multiples. Elles étaient des milliers à aimer qu'on les touche ici, et là. Et il n'y avait pas que Laura pour exiger qu'on la déshabille sur-le-champ, qu'on ouvre ses blouses boutonnées sur le devant, qu'on arrache ses minuscules shorts en jean coupés. Toutes les pouffiasses s'habillaient pareil. Toutes portaient leurs vêtements transparents, leurs seins sans soutien-gorge, leurs petites pierres de pacotille brillant aux endroits les plus escarpés… *Leurs bijoux fétiches.*

Je rouvris mon ordinateur en catastrophe et renversai dans mon emportement la bouteille d'huile mal refermée qui traînait sur la table depuis plusieurs jours. Sans quitter des yeux mon fichier, je me penchai et, muni d'un sweat abandonné sur le dossier d'une chaise, frottai d'une main le parquet souillé, tandis que de l'autre je faisais défiler la traduction pour retomber sur la phrase que je cherchais, la description d'un bijou « adolescent » – *il ciondolo d'avventurina avvolto a tortiglioni* – dont j'avais gardé la traduction pour plus tard.

Alors, j'entrai dans une nouvelle phase de supplice, métallique, sournoise, logique. Par paresse, je m'étais convaincu qu'*avventurina* était un dérivé d'« aventure » : une petite aventure, une charmante petite aventurière. Après tout, Rachele n'en était-elle pas une, d'*avventurina* ? Par la suite, cette métaphore avait jalonné le texte débarrassée de toute allusion à un bijou : c'était Rachele elle-même qui était *attorcigliata d'avventurina*, toute tortillonnante d'aventure – cette formule qui ne voulait rien dire en français mais dont mon incompétence s'était satisfaite, pendant des jours. Abandonnant mon sweat désormais foutu sur le parquet sans doute foutu, je me redressai et en un tour sur Wikipédia pris la mesure de l'étendue de ma bévue.

Aventurine : variété de quartz contenant des inclusions de fuchsite pour sa variété verte, ou d'hématite ou de mica pour le rouge-brun.

Celles de Laura étaient vertes. Vertes comme les feuilles de ce laurier dont elle aimait rappeler qu'elle partageait l'étymologie. Vertes comme l'ensemble que formaient nos deux noms : son prénom de plante, mon patronyme de forêt. Comment avais-je pu commettre un faux sens aussi grossier ? L'aventurière, mon cul. Le sien. Pris par un autre que moi. La vérité, à 5 heures et des poussières – déjà 6, peut-être –, c'était que Laura était la seule sur Terre à porter autour du cou un pendentif torsadé de pierres vertes commandé expressément par son père pour ses seize ans.

Je devais faire du mal à quelque chose. Je parcourus la pièce du regard et décidai de m'en prendre aux deux caisses qui encombraient un coin de mon salon depuis que j'avais quitté le studio du 18e, deux ans plus tôt. Salvatore avait promis de m'aider à poser des étagères. Il était venu un jour mais nous nous étions arrêtés en cours de route, si bien que je vivais depuis plusieurs mois avec, sur le mur, un squelette de crémaillère qui attendait d'être garni de planches. Je savais qu'une des caisses était remplie de Laura. Je soulevai le couvercle de la première et le fis valdinguer à l'autre bout du salon. À l'intérieur, je trouvai une vingtaine de livres réunis sans critère discriminant, des cahiers de cours à l'écriture indéchiffrable, des photocopies de livres annotées, quelques boîtiers de CD, vides pour la plupart. Je donnai des coups de pied dans les livres pour les repousser contre le mur.

La seconde caisse était la coupable. Je tombai tout de suite sur une composition photographique réalisée par ma mère à l'occasion de mon vingtième anniversaire, un sous-verre rempli de photos de mon frère et moi. Je me retins de me venger dessus, posai le cadre à l'abri sur la table basse puis recommençai à vider la caisse par grandes brassées jubilatoires. Les objets retombaient sur le sol dans un vacarme de papier et de petits objets brisés. Je considérai mes trouvailles. Laura partout. J'ouvris les boîtes des

DVD et, avec la semelle de ma chaussure, émiettai les disques. Je fis un sort à ce masque folklorique qu'elle m'avait rapporté d'un voyage en Europe de l'Est en arrachant une par une ses dents de carton mâché. Je retrouvai même des chaussettes orphelines et ce bandeau informe qu'elle fixait dans ses cheveux pour se démaquiller. J'allai les jeter dans la poubelle de la cuisine, histoire de les voir se mêler au gras, à l'humide et au putride.

Quand j'eus fini de tout jeter par terre, je démembrai les caisses en carton et en pliai les côtés en m'aidant de mes pieds. Puis j'arrachai un sac-poubelle neuf et m'employai à y jeter, après les avoir déchiquetés en mille morceaux, chaque papier inutile, chaque photocopie, chaque photographie, chaque garantie de matériel électroménager cassé depuis longtemps. Je vis alors les annonces, une vingtaine de feuilles retenues ensemble par un gros trombone sur lesquelles était imprimé, trois fois par page, le paragraphe suivant :

Bonjour,
Bilingue italien-français, je corrige, traduis, réécris tout type de documents italiens ou français pour un prix modique. Me contacter au 06 75 24 35 87 ou sur l.sorace75@gmail.com.

Ces putains d'annonces. J'enlevai le trombone pour me permettre plus de précision dans l'opération et me mis à les dépiauter à leur tour. Ces putains d'annonces. Diligemment imprimées par moi, à la reprographie de la fac, tandis que leur signataire devait dormir bien au chaud. J'emportai par poignées des morceaux d'annonces que je décidai d'enfoncer à la main par-dessus les chaussettes, le bandeau, la couenne du jambon, mes mégots et le marc de café. Ces foutues annonces, que j'avais insisté pour qu'elle rédige et placarde partout, parce que j'étais le seul à croire qu'elle pouvait gagner de l'argent autrement que derrière un tiroir-caisse. Ou parce que je n'en étais pas convaincu, justement, mais que je voulais qu'on essaye. Parce que, comme un con, je voulais la voir heureuse, épanouie, indépendante. Ou parce que pas du tout, en fait, parce que je n'avais pas du tout envie de la voir indépendante mais que je voulais la convaincre du contraire. Et puis merde. Ces annonces à la con.

J'arrêtai là les frais, laissai le sol recouvert de débris et reportai mon attention sur le parquet souillé. Sous le sweat en boule, une tache sombre s'insinuait entre les lattes. J'allai récupérer l'éponge écrasée sous une pile d'assiettes et la frottai sur le plancher sans conviction. Une rapide recherche sur Internet m'apprit qu'un détergent naturel pouvait agir à condition d'être appliqué vite. Tout d'un coup, la sauvegarde de ce parquet dont la ruine quelques minutes plus tôt m'avait laissé indifférent me sembla prioritaire sur tout. J'enfilai un jean, des baskets, la polaire décathlon tachée qui me faisait office de veste d'intérieur, attrapai mon portefeuille et dévalai l'escalier en direction du magasin bio deux rues plus haut.

La terre de Sommières et un pack de bières au bout du bras, j'allais dépasser l'une des terrasses les plus prisées de l'Est parisien lorsque je sentis une main se poser sur mon épaule. Clara Brugnard. Elle était pimpante, son carré bouclant au-dessus de ses deux oreilles aussi joliment ourlées qu'une paire de coquillages. Je portais une polaire douteuse et je n'étais pas sûr de m'être brossé les dents de la journée.

— Julien ! Ça va ? lança-t-elle sans que je réussisse à déterminer si le ton de sa question indiquait que je faisais peine à voir.

— Très bien, oui. Qu'est-ce que tu fais ici ? Tu habites le quartier ?

— Pas loin, vers Ménil. Ah, mais toi tu es dans le coin, c'est vrai, je me souviens maintenant de l'avoir vu sur ton contrat.

— Eh oui, juste derrière, dis-je en esquissant un geste du menton.

— Cool. J'avais rendez-vous avec des potes après le taf. On est posés là.

Elle indiqua d'un geste une tablée de jeunes gens qui avaient effectivement l'air d'avoir été posés là.

— Bon... reprit-elle avec un grand sourire embarrassé. Ça va ?

— Oui, oui, très bien.

— Tu avances sur *Rebus* ? fit-t-elle au moment où j'allais lui redemander si elle habitait le quartier.

— Ah oui, beaucoup.

— C'est marrant parce que je m'apprêtais à t'écrire, justement. Françoise voulait savoir comment tu t'en sors, enfin, sans te mettre la pression, bien sûr.

Mais en la mettant quand même. Devais-je lui dire que j'allais laisser tomber ? J'eus chaud et mal au bras. Je posai mon sac sur le sol et ouvris le zip de ma polaire avant d'avoir pu me souvenir que je portais un vieux T-shirt Hard Rock Café.

— Eh bien, je m'en sors. Je… je m'en sors, oui.

— On reçoit plein de presse, là. C'est top. Chaque jour, l'agent nous fait suivre de nouveaux articles parus en Italie. Et je ne sais pas si tu es au courant, mais les droits viennent d'être achetés en Angleterre, en Allemagne, en Pologne et en Israël. On n'a pas fini d'en entendre parler, d'Agostino Leonelli. Ah, et puis, il est sur la première liste du prix Strega. Françoise est optimiste.

— Ah non, je ne savais pas.

À présent, je le sus. Je sus que non seulement mes amis allaient lire et reconnaître les prouesses et la générosité sexuelles de mon ex, mais que des Allemands, des Polonais, des Anglais, des Israéliens que je ne connaîtrais jamais allaient s'en repaître, et attendraient en bandouillant chaque apparition de cette fille à l'intelligence animale dont plus personne ne saurait qu'elle m'avait un jour appartenu. Et d'autres traducteurs se relaieraient à ma place – autant de moi disséminés à travers la planète qui plastronneraient auprès de leurs amis et diraient dans leur langue qu'ils traduisent un roman important. Mais je pouvais toujours délirer. Je pouvais encore tout à fait délirer.

— Tant mieux pour lui…, dis-je. Et puis pour nous aussi, ça ne peut qu'aider à vendre le bouquin ici.

Je pouvais toujours délirer.

— Clairement, opina-t-elle, mais pas par rapport au fait que je pouvais toujours délirer. C'est vraiment top.

Son regard tomba sur l'inscription qui ornait ma poitrine, glissa sur mon jean informe et descendit jusqu'à mon pack de bières.

— Mais je te dérange, reprit-elle. Pardon. Tu retournes bosser, là ?

— Donc vous avez vraiment peur que je ne vous rende pas la traduction à temps, en fait !

Ma réponse me surprit autant qu'elle.

— Non ! Non non non non, c'est pas du tout ça ! Mais c'est important…

Elle chercha dans la poche de sa veste un paquet de cigarettes qu'elle ouvrit pour se donner du temps et qui ajouta à l'absurde de la situation le filtre de la séduction.

— On a envie de savoir que tu te plais à travailler pour nous, finit-elle en s'en allumant une. Et on a hâte de lire le résultat.

— Et vous le lirez, vous le lirez, dis-je pour faire court.

J'étais tout d'un coup trop épuisé pour continuer à reporter ma colère sur elle.

— Top, alors.

— Ouais, c'est top, mentis-je.

— Cool, conclut-elle avant de m'offrir une bise au parfum marin – une odeur bonne mais délicate, le parfum d'une fille qui préférait dire « cool » plutôt qu'admettre que la vie était laide, souvent.

Or la vie était laide, souvent. De retour chez moi, agenouillé devant la tache d'huile sur laquelle j'avais déversé la moitié de la boîte de poudre de Sommières, l'obscurité du dehors étirant les ombres que formait sur le tapis le contenu des caisses ayant échappé à la destruction, la vitre du sous-verre de mes vingt ans réverbérant l'arsenal lumineux de mon installation internet, je repensai au jour où j'avais enculé Laura. Je t'offre mon pucelage, m'avait-elle dit, parce qu'elle et moi savions que j'étais arrivé trop tard pour le reste. *Te lo regalo.*

J'étais là, agenouillé au-dessus de mon parquet, ma polaire sur le dos, et pour la première fois depuis bien longtemps, je pleurais.

XX

Les larmes de la veille m'avaient épuisé. Je m'étais couché bien avant minuit et j'avais dormi neuf heures d'affilée d'un sommeil de bébé. À mon réveil, la douleur de la découverte était comme digérée : là, mais partout un peu. J'avais bu un café accompagné de deux tartines de beurre salé puis j'étais passé à la salle de bains avec une concentration de tueur à gages. Sorti de la douche, j'avais débarrassé le gros des reliques disséminées dans le salon, refait des piles de livres sous le squelette de la crémaillère en prélevant les romans bons pour Emmaüs. J'avais rangé dans un placard le sous-verre de mes vingt ans, puis j'avais sorti l'aspirateur et aspiré la couche de terre de Sommières. Ce n'était pas miraculeux, mais la tache s'était éclaircie. J'avais passé un coup d'éponge sur la table, fait la vaisselle, puis j'avais été obligé de m'asseoir face à mon ordinateur et j'avais allumé ma première cigarette de la matinée. À ce moment-là seulement, près de vingt-quatre heures après l'éclair, je fus assourdi par le plus douloureux des coups de tonnerre.

Sur l'écran de mon ordinateur réanimé, s'affichait la liste des indices, enregistrée sous le titre « Ressemblances.docx », que j'avais entrepris de dresser la veille au soir dans un rare moment de lucidité.

- *fait de légères fautes de langue sous la pression*
- *porte un pendentif torsadé avec des pierres vertes à l'intérieur (pas de précision sur la forme de laurier)*
- *mange méthodiquement avec les doigts, en s'attaquant aux aliments en fonction de leur couleur*
- *s'habille avec des fringues aguicheuses qui nécessitent souvent de se déboutonner par-devant*
- *pas souvent de soutien-gorge*
- *transpire dans le bas du dos avant chaque orgasme*
- *sujette aux infections génitales*
- *a des grains de beauté sur le ventre, autour du nombril*
- *enfance transbahutée (pas de référence explicite à un divorce des parents)*
- *critique les autres couples*
- *pose plein de questions*
- *se replie sur elle-même sans raison apparente*
- *aime baiser, est généreuse sexuellement*
- *accepte exceptionnellement la sodomie, présente ça comme une offrande*
- *est italienne*
- *se déprécie pour un rien*
- *intelligente, mais complexée*

Je fermai la fenêtre. À quoi bon faire des listes quand la clé du rébus m'avait été posée dans le creux de la main ? Je savais à présent où Agostino avait rencontré Laura, quand, grâce à qui.

Je restai assis les yeux dans le vide, assailli par mon passé réapproprié. Je me voyais revenant de ma parenthèse romaine – ma naïve et bienheureuse parenthèse –, Laura m'attendant à l'aéroport. Laura que je pensais avoir retrouvée conforme à ses origines, belle, italienne, surexcitée par la Coupe du monde de foot qui la reconnectait à l'hélice méridionale de son ADN. J'avais regardé les matchs en Italie. Laura, à Paris. En soutien-gorge, peut-être, sautant à pieds joints à chaque but marqué, se tortillant sous le regard d'un autre. Je repensais à la façon dont, quelques semaines à peine après mon retour de Rome, Laura s'était éteinte, comme une flamme soudain privée d'oxygène. L'histoire qu'elle vivait avec Agostino avait asphyxié la nôtre. Je comprenais tout, et pourtant tout devint trouble. Le souvenir du cahier retrouvé, cette nuit qu'elle prétendait aller passer chez Cécile. Ces infections nouvelles.

Depuis trois ans, je survivais en m'abreuvant à une source infectée : rien de ce que j'avais retenu de notre histoire n'était vrai. Seulement je ne pouvais pas me servir de *Rebus* pour atteindre la vérité. J'étais un arbrisseau sauvage, chahuté sur un flot de dates contradictoires. J'avais acquis la conviction que Laura et Agostino s'étaient aimés à Paris, pendant que j'étais à Rome, mais les déflagrations de leur passion clandestine bombardaient plus loin encore : lors de cette dispute qui avait forcé Laura à fourrer en sanglotant des brassées de vêtements dans de grands sacs-poubelle. Agostino était-il revenu à Paris pour un court séjour ? Des mois plus tard, quand elle avait décrété l'urgence de retourner à Bari pour assister à l'inauguration du salon de coiffure de sa belle-mère. Avait-elle rendez-vous avec lui ? De cette nouvelle mythologie, je n'étais plus l'auteur. Je ne connaissais plus les durées, les lieux, il me manquait la chorégraphie. Agostino Leonelli rayonnait, insaisissable, entre la France et l'Italie, tapi dans un coin pour accueillir entre ses bras le corps fugitif de Laura toute résumée dans sa petite pierre d'aventurine.

Je ne savais pas combien de temps avait duré leur liaison. Mais je savais maintenant où ils s'étaient connus, quand, grâce à qui. Et au milieu de ce marais d'incertitude, l'avortement se dressait.

Je n'avais plus qu'à encaisser. Fabrizio, c'était moi. Un jeune homme falot, incapable d'alimenter la flamme qui grondait sous la poitrine de Laura. Un jeune homme auquel Laura avait pourtant décidé de « donner son avenir ». *Il mio futuro, ho già deciso a chi lo do*, dit un jour Rachele au fils, pour justifier sa double vie. « Je peux bien garder un peu de présent pour moi. » J'étais le cocu. Laura avait vécu une histoire d'amour avec un autre. Et cet autre était écrivain. Et cet adultère passager avec une fille plus jeune, passionnée, aux émotions si schématiquement entières qu'il avait l'impression de l'avoir « déjà écrite » avant de la rencontrer, lui avait inspiré un roman. Et ce roman, le hasard avait voulu qu'il me soit confié.

Je me réfugiai dans ma chambre. Allongé sur le

ventre, la tête engloutie par l'oreiller, je sentais monter et redescendre le long de ma gorge l'humus de tout ce sang battu pour rien, pendant toutes ces années où il s'était échauffé sur des émotions trompeuses. Le silence était de sable et faisait tinter mes oreilles. Devenue Rachele, Laura m'échappait. Je trouvais les passions de son double artificielles, naïves, très éloignées des vraies contradictions qui semblaient régir le comportement de Laura. Peut-être qu'Agostino l'avait mal connue.

Je me retournai sur le dos pour laisser l'oisillon de mon cœur se débattre vainement entre les parois de ma cage thoracique. Un instant, le plafond se moucheta. Il y avait trop de matière en moi et trop de soleil derrière les rideaux. Évidemment qu'Agostino avait bien connu Laura, longtemps, de manière prolongée. En douter revenait à douter de la beauté de *Rebus*, cette intensité qui m'avait frappé dès la première lecture. Agostino avait connu et aimé Laura au même moment que moi ; tout son roman brûlait d'une puissance hésitante et incontrôlable qui était propre à cette Laura-là, qui était propre à ce qu'aimer la Laura de cet âge-là m'avait procuré. *Rebus* était un grand roman parce qu'il était sincère. Et je ne pouvais rien contre la sincérité.

Je passai le reste de la journée à décider de la suite des événements. Avant midi, j'avais commencé plusieurs débuts de mail pour Françoise Rahmy-Cohen, faisant valoir chaque fois des « raisons personnelles » et augurant de la capacité qu'ont les personnes à ranger derrière ce terme générique les disgrâces les plus indicibles. Mais alors que je tapais, relisais, effaçais, tapais à nouveau, je dus me rendre à l'évidence : Laura et Agostino allaient détruire ma réputation. Étais-je prêt à ça ?

À la vitesse avec laquelle Valeria décrocha, j'eus l'impression qu'elle attendait mon appel.

— Je suis à la BNF, répondit-elle en chuchotant.

— Est-ce que tu sais si Laura était à la rencontre avec Mimmo Gambino ?

— Vous pouvez surveiller mon ordinateur ? demanda-t-elle avant de m'imposer plusieurs minutes de frottements dans le combiné.

— *Eccomi*, dit-elle enfin à l'air libre. Qu'est-ce que c'est que cette question ? Je te signale que j'ai un article à rendre dans une semaine et je n'ai écrit que la bibliographie.

— Vale, c'est important : est-ce que tu sais qui était à cette lecture ? Est-ce que tu sais si Laura en faisait partie ? Est-ce que Jason te l'a précisé ? Est-ce qu'il y a des pho…

— Attends, Ju, calme-toi, je comprends rien.

Une bourrasque de vent me força à éloigner l'appareil de mon oreille.

— C'est très simple, fis-je quand je le rapprochai. Rachele est Laura. Je l'ai reconnue.

Valeria mit quelques instants à réagir.

— *Cosa ?!*

— Leonelli a rencontré Laura, il a eu une histoire avec elle, quand j'étais encore avec elle, et il s'est inspiré de cette histoire pour écrire *Rebus*. C'est aussi simple que ça.

— Mais enfin, comment est-ce que tu peux en être aussi sûr ? C'est pas à toi que je vais apprendre Ricœur, le cercle herméneutique…

— Vale, s'il te plaît. Je suis sur ce bouquin depuis plusieurs semaines, j'y bosse nuit et jour, je sais ce que je dis.

— Alors pourquoi est-ce que tu ne t'en es pas rendu compte plus tôt, si c'est si évident ?

— Parce que j'étais comme toi ! Je me disais que j'étais encore obsédé, que je la voyais partout ! Toi aussi, tu as lu le bouquin. Est-ce que tu y as retrouvé Laura ? Non !

— Attends, attends, attends.

Je l'entendis mâchonner entre ses lèvres le bout d'une cigarette. J'eus envie de l'imiter mais tous mes paquets étaient vides. En cinq secondes, j'avais mis mes chaussures et claqué la porte de mon appartement.

— *Cazzo*…, fit-elle au bout d'un moment, alors que j'étais déjà dans l'escalier. Laura, vraiment ?

Quand elle parlait de Laura, Valeria s'évertuait à prononcer son prénom à la française.

— *Già*…

— Attends. Je n'ai pas vécu dans l'intimité de Laura, mais bon, je la connais, quand même, et… pardon, mais… c'est carrément une nymphe qu'il décrit, Agostino. Je dis pas que Laura est moche, hein, attention !

— Vale, le physique de Laura n'a rien à faire dans cette histoire. Réponds-moi sur Jason.

— Non, mais au-delà même du physique, reprit-elle. Laura avec Agostino Leonelli ? Le type dont tout le monde parle, le normalien, l'écrivain ?

— Oui, abrégeai-je en attaquant la rue Ramponeau. Et c'est justement un des ressorts du roman, si tu l'as bien lu. La différence entre leurs deux milieux, le pouvoir de fascination qu'il exerce sur elle…

Je sortis de ma poche mes écouteurs, les démêlai et fourrai les embouts dans mes oreilles. La voix de Valeria rugit soudain dans mes tympans.

— C'est énorme, ça ! Explique-moi, donc, tu traduisais, tout allait très bien, et tout d'un coup, tu as eu la révélation… ?

— Je pourrais pas mieux le dire. J'ai vraiment eu une révélation.

— Et tu penses qu'ils se sont rencontrés à la lecture de Mimmo ?

— Je ne vois que ça. Je comprends maintenant pourquoi Totò est si bizarre. Je suis sûr qu'ils se sont rencontrés à la librairie, je suis sûr que Totò a assisté à leur rencontre.

— Quand même, c'est dingue comment les hommes projettent leur narcissisme dans la perception distordue de la beauté des filles qu'ils se tapent…

— Vale ? Tu écoutes ce que je te dis ? J'ai besoin qu'on parle des faits.

— Non mais sérieusement, Julien. Je peux pas croire que Laura ait marqué à ce point un mec comme Agostino !

— T'es relou, là ! m'écriai-je en poussant la porte du tabac. Si je te dis que c'est vrai ! Bonjour, un paquet de Marlboro light, s'il vous plaît.

— Qu'est-ce qu'elle vous fait, cette meuf ?

J'examinai les pièces dans le creux de ma main.

— Pardon, je n'ai pas assez de monnaie en fait. Trois paquets plutôt, je vais payer par carte.

— C'est son côté paumé qui vous excite ?

— Merci, bonne journée. S'il te plaît, sifflai-je. Est-ce que tu peux appeler Jason ?

— OK, OK, d'accord, concéda-t-elle.

— Eh ben voilà, c'était pas difficile.

Je m'arrêtai en plein milieu de la rue de Belleville et arrachai des dents le film protecteur.

— Quand je pense que tu disais que Leonelli n'avait rien fait de mal en s'inspirant de Totò… Qu'il n'y avait pas mort d'homme…

— Et merde, putain, m'exclamai-je en me frappant le front de toute la force de mon bras droit.

— Eh oui ! fit Valeria avec un ton satisfait. C'était pas malin et ça t'est retombé dessus.

Je me laissai choir sur le trottoir, les pieds dans le caniveau et la tête entre les mains.

— Je sais pas quoi faire, Valeria.

— Attends, calme-toi, fit-elle, radoucie. Dans deux mois, ce sera fini.

— C'est quoi cette vie. Je suis enfermé hors de chez moi. Je peux pas continuer ce job, c'est une torture. Et en même temps, je peux pas rompre le contrat, tu imagines ? Je suis coincé. Je suis chassé de mon propre passé. Je suis dans une merde noire. Je suis enfermé hors de chez moi.

— Tout de suite le mélodrame. Laura, c'est…

— Non, Vale, je suis littéralement enfermé hors de chez moi. J'ai laissé mes clés dans mon appart.

— *Cazzo*. Personne n'a ton double ?

— Totò.

— Appelle-le.

— Hors de question. Je ne veux plus le voir.

— Julien…

— Il m'a trahi.

J'allai attendre dans le bar en bas de chez moi un serrurier qui m'escroqua avec le sourire une somme à trois chiffres. Plus tard dans la journée, alors que, rideaux tirés, je consommais à l'aveugle une série Netflix, Valeria m'envoya un texto pour m'informer que Jason était sûr qu'il avait vu Laura pour un verre avant la lecture mais qu'il n'arrivait plus à se souvenir si elle avait fini la soirée chez Totò.

Le soir venu, je me roulai un joint et m'abrutis du spectacle d'Agostino. Sa photo de profil faillit me faire perdre la raison. Toujours cette place obscure, toujours ce corps féminin fauché en plein mouvement. Était-ce Laura ? Était-ce Laura, ce corps nerveux, non identifiable, qui traversait une place à la nuit tombée ?

Je mis du temps à trouver le sommeil. Les mots du fils se mélangeaient à ceux d'Agostino, ceux qu'il offrait à Internet, ceux qu'il avait choisi d'employer pour distiller Laura dans son rébus – et je ne savais plus de qui, de Laura ou de Rachele, je gardais les souvenirs les plus fiables. « *Ti amo* », lui avait dit cet homme qui clamait sur Facebook son soutien inconditionnel à la lutte contre le projet de train à grande vitesse entre Lyon et Turin, cet homme qui portait des chemises blanches immaculées et posait pieds nus à côté d'une femme déjà presque mûre, cet homme que Clara Brugnard admirait et que le monde entier semblait réclamer. En quelle langue Laura m'avait-elle fait sa première déclaration ? Les contours d'Agostino menaçaient mon intégrité, ses souvenirs dépeçaient les miens, l'italien, le français, Rome qu'habitait Agostino, Paris qu'il avait forcément regagné plusieurs fois pour retrouver Laura en cachette, les Pouilles que nous connaissions tous les deux, nos cellules dont nous ne savions pas, dans l'utérus de Laura, si c'étaient elles qui s'étaient démultipliées. Qu'avais-je fait pour mériter ce jeu de pistes ?

XXI

Translators are ninjas, if you notice them, they are not good, avais-je un jour vu passer sur mon fil d'actualités, à l'époque où je m'étais juré de ne plus toucher une traduction avant d'avoir fini d'écrire un roman. La formule avait raffermi mon serment : quand un texte est bon, avais-je appris à mes dépens, c'est qu'il est bien écrit ; quand il est mauvais, c'est qu'il a été mal traduit. J'avais passé une autre journée terré dans ma chambre à bouffer du Netflix. En vérité, je n'avais pas songé sérieusement à arrêter *Rebus*. Au matin du quatrième jour, je me remis donc au travail. Me savoir cocu ferait peut-être de moi un meilleur ninja.

J'avais abandonné *Rebus* au beau milieu d'une phrase, quelques pages avant la fin de la première partie, quand les deux amants, au lit, étudient la proposition d'achat que le notaire véreux a fait passer au fils.

Laisse-moi voir. Rachele lui prend le papier des mains, comme si elle était capable, elle, d'en décrypter le langage, comme si elle pouvait faire sa secré-

taire particulière, la main toujours prête à saisir une petite aventure. Elle voudrait lui montrer qu'elle comprend. Mais Rachele a aussi ce pouvoir de renverser le monde par terre. Les papiers glissent du matelas au sol, Rachele s'assoit sur sa bouche, et le fils recueille de la pulpe de ses doigts la rosée de sueur dans le bas de son dos. Je t'ai

Mon premier jet étant presque illisible, je me laissai happer par la douleur d'une lecture passive de la suite du roman.

Le fils est à Rome, maintenant. *Rebus* est troué d'une ellipse, l'automne est déjà bien entamé. Je passai à toute vitesse sur les descriptions de la ville embuée, traversai les avenues ankylosées du centre historique, lorsque la nuit tombe à 5 heures et que les Romains ne peuvent plus s'abriter derrière leurs cieux remplis d'oiseaux pour rendre charmante l'inexistence d'aménagements urbains, filai sur les pavés mouillés sans m'arrêter au-dessus du Tibre rendu fangeux par la mousson, longeai les immeubles dont le soir efface les façades ocre et m'engouffrai par la fenêtre éclairée d'un appartement en hauteur. À sa table, le fils travaille d'arrache-pied. Il est 7 heures du soir mais il pourrait être 4 heures du matin : le fils boit, fume, n'aère pas. Sur son bureau, le cendrier plein à craquer avoisine des livres empruntés à la bibliothèque et le manuscrit annoté de son père. Toutes ces œuvres ont trait aux Brigades rouges.

Alors Rachele revient : elle est à Rome, elle doit le voir. Le fils arrive au rendez-vous le cœur battant.

« Il y a un problème, je suis enceinte », m'avait dit Laura. « *Sono incinta* », dit simplement Rachele au fils. Comment peux-tu être sûre qu'il est de moi, s'enquiert-il alors que j'avais béni le ciel. Agostino avait toujours connu la deuxième moitié de l'histoire ; il avait eu sur moi cet avantage. Rachele et le fils se quittent fâchés. Le fils passe cinq jours chez lui à remâcher, *rimuginare*. Il a déjà mis une fille enceinte, il n'entretient aucun fantasme sur un quelconque « signe du destin ». Seulement, Rachele lui fait peur : elle lui donne l'impression d'avoir placé son existence sous le contrôle d'un compte à rebours.

Jamais Laura ne m'avait paru soucieuse de rentabiliser son passage sur Terre. Je faisais quotidiennement les frais de son abattement, j'avais conscience qu'elle était tourmentée à l'idée de ne « rien faire », mais à mes yeux, ce constat était une fatalité qui me permettait surtout d'avoir un rôle dans sa vie. Agostino, lui, décrivait une jeune femme soumise à la constante pression de ses désirs et de ses impulsions. Il avait connu Laura intrépide, prête à sacrifier son équilibre pour expérimenter toutes les couleurs de l'émotion ; j'avais connu Laura immobile, rongée de l'intérieur par une intensité pyromane.

Au bout de cinq jours, le fils craque, il rappelle Rachele. Elle lui donne l'adresse des gens chez qui elle loge, à l'autre bout de la ville. En un coup de scooter, il est sur place, la tête de Rachele contre son cœur. Elle lui apprend qu'elle a avorté seule. J'avais accompagné Laura se faire avorter. Elle avait refusé que je monte jusqu'au cabinet du médecin qui avait bien voulu la recevoir *in extremis*, je l'avais attendue sur une dalle du 13e arrondissement, j'étais allé avec elle acheter des bonbons au lait chez les frères Tang, je l'avais vue saigner.

Le fils propose à Rachele de lui rembourser les frais de l'intervention. Ils se sont repliés chez lui. Pendant qu'il met de l'eau à bouillir, elle enlève ses chaussures et passe ses doigts sur les dos des livres qui garnissent la bibliothèque. Quand il revient de la cuisine, le fils s'entend dire par Rachele qu'elle ne veut pas de son argent. Il devine que Fabrizio s'est chargé de payer, et un nouvel orage éclate. À cause de moi.

Ainsi s'achève la deuxième partie de *Rebus*. Mais c'est bien Agostino qui a remporté cette manche. Il a un roman qui palpite, un nouveau père prolétaire et révolutionnaire qui anoblit ses origines bourgeoises, et il a su libérer sa passion des entraves de la mémoire. Jamais je ne serais en mesure de savoir s'il était revenu à Paris à l'annonce de la grossesse de Laura, ou si tout s'était joué par téléphone. C'était à Rome que le fils l'apprenait, et pourtant c'était dans le 13e arrondissement que Laura avait avalé le premier comprimé qui y avait mis fin. Les Pouilles constituaient le décor de la plus grande partie de son roman, or il avait rencontré Laura à Paris. Laura et Agostino s'étaient aimés aux mêmes endroits que nous ; leur histoire n'était qu'une réécriture plus explosive, plus concentrée, de la nôtre.

J'allai prendre une respiration sur Internet, fonçai sur le site de *L'Équipe*. Une fenêtre de discussion instantanée m'interrompit aussitôt : Luca, l'aspirant réalisateur de La Spezia.

« *Ciao* », disait Luca en accompagnant son salut d'un smiley tautologique.

« *Come va ?* »

« *Te le cavi con la traduzione ?* »

Je mentis. Répondis que j'allais très bien, que je m'en sortais comme un chef avec la traduction, puis, en deux clics, plongeai tête la première dans la page Facebook d'Agostino. Je ne m'en lassais jamais, à tel point que son nom apparaissait maintenant sous la bannière « Vous connaissez peut-être ». J'appris qu'Agostino se trouvait présentement en week-end à Syracuse. Postées une heure plus tôt, cinq photos de différentes façades d'églises baroques créaient l'événement. Je fronçai les sourcils en repêchant parmi les vingt-sept likes le petit pouce levé de mon ami Davide. Je fis défiler les commentaires. Luca insistait. Je vérifiai le pressentiment que j'avais eu dans le bar de Pyrénées : Luca appartenait à l'infime catégorie de gens pour qui poser une question ne sert pas qu'à se la voir retournée. Il voulut connaître mes rituels de travail. Je fis semblant de m'intéresser à l'activité du Cinéma des cinéastes et repris le cours de mes activités.

Agostino semblait en Sicile pour les vacances. Le commentaire d'une certaine Beatrice Pescato m'offrit la réponse à la question que je n'avais pas encore eu le temps de me poser : « *Non stancarci l'Agnese !* »

Les vacances étaient conjugales. Agostino n'avait pas convié Laura en Sicile sur un coup de tête pour recommencer l'histoire passée. *Ne nous fatigue pas Agnese.* Pourquoi ? Personne ne semblait s'étonner de la consigne de Beatrice. Quelque chose m'échappait. J'étudiai les commentaires qui continuaient de tomber. C'est alors que le bip d'une notification se superposa au concert de Messenger. « Davide Capua est intéressé par un événement à proximité de chez vous », m'informait Facebook. J'alpaguai Davide sur le tchat : avait-il l'intention de venir bientôt à Paris, vraiment ?

Entre-temps, Hervé m'avait écrit.

« Howdi »

« tu es mort ou quoi »

« tu donnes plus de nouvelles »

Je ne jugeai pas impératif de lui répondre dans la seconde. En revanche, la conversation engagée par Luca était en souffrance. Je lui demandai son avis sur le dernier film de Paolo Sorrentino. « J'ai vu que tu as lu », m'envoya Hervé au moment où Davide me traitait de stalker : « Tu es fou, mon ami. Je regarde même pas les événements auxquels je dis oui. »

« Je ne suis pas fou », envoyai-je à Davide. « Je suis juste naïf. » « J'ai tendance à croire les gens. » « Je pense pas *a priori* qu'il y a un piège caché. »

Agostino venait de répondre au commentaire de Beatrice. *C'est elle qui me force ! Tu connais son bigotisme, non ?* Agnese lika en temps réel.

« Ça roule », accordai-je à Hervé. « Je t'appelle plus tard, je suis sur un truc, là. » Dans la fenêtre d'à côté, Luca m'envoyait d'inutiles liens vers des articles sur le cinéma de Sorrentino. « C'est quand qu'on se voit ? » insista Hervé. D'autres gens avaient écrit d'autres choses sur la fatigue d'Agnese, sur le couple, sur la beauté des alentours de Syracuse et sur telle pâtisserie à ne manquer sous aucun prétexte. Je songeai au roi de Sicile. À toutes les adresses qu'il ne pouvait plus fréquenter, aux attraits de l'Italie dont son passé l'avait privé. À la façon dont Agostino s'était emparé de lui, de Laura, de moi.

« *Ma sei ubriaco ?* » écrivit Davide.

« Mais non, je suis pas bourré », répondis-je.

« Juste un peu saoulé par pas mal de choses. »

Agostino ne souhaitait pas avoir de lien avec son traducteur mais tôt ou tard, nous entrerions en contact. Qu'allais-je lui dire ? Allais-je lui dire ? Nous battrions-nous ? Ou bien Leonelli s'amuserait-il de notre collision ? Laura n'était qu'un fructueux souvenir. L'intervention de Rodolphe lui ferait peut-être l'effet d'un ultime trait de génie dans ce scénario déjà miraculeux que le destin avait réservé pour lui.

« *E la traduzione, come va ?* » s'enquit Davide au moment où Luca revenait à la charge. Il avait compris que notre conversation virtuelle ne nous mènerait nulle part et s'était décidé à avancer frontalement l'idée d'un apéro. Il dit avoir découvert un bar idéal dans le 18e. « *Cuscus gratis e birre a 2 euro !* » Peut-être que Luca connaissait ce rade parce qu'il y avait été emmené par les fameux amis de Laura, qu'il y avait même croisé Laura…

« La traduction, bof, il se passe un truc compliqué. » Parce qu'il était loin, homosexuel, et qu'il connaissait vaguement Agostino, Davide me sembla soudain un confident parfait. Je lui expliquai ce qu'il en était en allant droit au but. Je tapais vite et mal, mes doigts dérapèrent d'une fenêtre à l'autre, et avant que je m'en rende compte, j'avais lancé une bombe dans la conversation avec Hervé : « et mtnainnt, j'essaied comprendre par quelle putain de malchance il a fllu que ce soit moi qui traduise l'adult !re de Laura avec Agostion lenelli ». « Désolé, erreur de destinataire », écrivis-je à la hâte. Mais c'était trop tard, les messages avaient été lus, et Hervé était déjà en train de m'appeler sur mon portable.

— Bah alors, qu'est-ce qui se passe ?

— Je sais même pas par où commencer.

— Tu sais quoi ? Ne commence pas. J'ai rendez-vous tout à l'heure avec une étudiante dans un bar près de chez toi, il faut qu'on parle de son mémoire. Je serai chez toi à 20 h 30 dernier carat. J'apporte de la bière et des pizzas ?

— J'ai de quoi faire, niveau bières.

« *Julien, ti devo parlare. Mi chiami su WhatsApp appena puoi ?* » Davide avait répondu mais maintenant que je m'étais résigné à tout raconter à Hervé, je me déconnectai pour rentabiliser les quelques heures de traduction qui me séparaient de son arrivée.

« Julien, il faut que je te parle. Tu m'appelles sur WhatsApp dès que tu peux ? »

Je pensais pouvoir remettre ça à plus tard.

XXII

Comme les deux fois précédentes, le téléphone d'Hervé bascula sur messagerie au bout d'une seule sonnerie. Il était 21 heures et je n'avais toujours pas de nouvelles. Or j'avais besoin de lui. J'avais passé la journée à travailler et la fin de la première partie de *Rebus*, qui achève le séjour dans les Pouilles, m'avait entraîné vers un nouveau tourbillon de pensées stériles. En l'espèce : l'absence de bains de mer. Je ne connaissais pas de joie plus forte que celle que j'avais éprouvée en partageant avec Laura la Méditerranée. J'étais tombé amoureux d'elle sur une plage. Mille fois j'avais pris sa main pour la conduire à l'eau, mille fois j'avais vu sa fesse s'échapper du maillot de bain tandis qu'elle se hissait à quatre pattes sur une roche poreuse, mille fois j'avais regardé mon foutre rejoindre son écume sœur. Agostino avait planté la première partie de son roman dans les Pouilles et il n'avait pas été capable de baiser Laura à l'abri d'une crique. Ça, au moins, le sexe maritime, Agostino me le laissait. Pourtant, de la même façon que je m'étais senti trahi en voyant se dessiner devant moi une Laura que je ne reconnaissais pas, l'absence de baignades dans *Rebus* m'alarma. Je ne pouvais pas reconstituer leur histoire.

Et Agostino ? Que savait-il de nous deux ? Savait-il que la mer nous reconnectait à une version de nous-mêmes expurgée de nos médiocrités ? Il connaissait mon existence, mon nom, sans doute – un instant, cette pensée vint ficher dans mon angoisse le clou d'une inquiétude supplémentaire –, mais le principe en vertu duquel il avait choisi de ne pas avoir de contact avec son traducteur me plaçait maintenant dans une position similaire à la sienne, pendant toutes ces années : c'était moi qui étais au courant, c'était moi qui nous savais liés par un hasard qui dépassait sa rencontre avec Laura. Sauf que *Rebus* ne cessait d'ouvrir des fausses pistes.

À 21 h 45, Hervé, un sac Franprix au bout d'un bras et un pack de bières au bout de l'autre, vint m'extraire de mes conjectures.

— Je t'avais dit de ne pas prendre de bière, fis-je en lui libérant le passage.

— On n'est jamais trop prudent ! claironna-t-il en me précédant pour aller flanquer les bières au frigo.

Il mit le four en mode préchauffage en même temps qu'il tirait sur la manche de sa veste en cuir.

— J'ai la dalle. Je peux ouvrir ça ? demanda-t-il après avoir perquisitionné mes placards.

Je nous sortis deux cannettes et nous prîmes place autour de la table.

— Putain, j'en avais envie de celle-là, dit Hervé

après en avoir descendu une longue gorgée. Deux heures que je bois des allongés !

Je le regardai engloutir une pleine poignée de cacahuètes en les versant dans sa bouche, la tête rejetée en arrière.

— Elle m'a mis à l'épreuve, la petite, reprit-il. Son mémoire est à chier, mais elle a de la suite dans les idées.

— Hum ?

Je haussai un sourcil en me roulant une cigarette.

— Bon, déjà, elle est canon. Dans son genre. Dans le genre étudiante qui bosse dans un café le week-end pour payer ses études.

— Il recouvre des caractéristiques physionomiques, ce genre ?

— Mais oui, tu vois. Physique, réactive, avec des tenues un peu à la con, mais qu'elle assume.

— Pas sûr que je voie, très honnêtement.

— Mais si. Aujourd'hui, par exemple, elle avait mis un genre de robe qui s'accroche avec des bretelles. Comme une salopette, un peu, mais sans l'effet gros cul. Et très court. Le tout sur un col roulé.

— Hum, fis-je, peu convaincu par la description.

— Bon, mais ce qui importe, c'est que j'ai tenu bon. Elle s'est enquillée deux bières, la coquine, mais moi : café, café, café.

— Ça ne t'a pas empêché de rester avec elle plus de deux heures, si je peux me permettre.

Hervé revint s'asseoir avec un visage contrit et une nouvelle paire de bières à la main.

— Putain, c'est vrai. Désolé, mec. J'étais vraiment

coincé : elle faisait tout pour faire durer l'entrevue. Si je prétextais un truc pour partir en vitesse, ça faisait le gars qui a peur de céder à la tentation.

— En l'occurrence, ce truc existait, c'était moi. Mais franchement, c'est pas grave du tout. Je me suis occupé ! T'as pas idée de ce que ma vie est remplie, depuis que je suis cocu. J'enregistre une nouvelle émotion toutes les demi-heures.

Hervé me scruta pour voir si je plaisantais.

— Je ne connais pas encore l'histoire, mais ce qui est sûr, c'est que tu n'*es* pas cocu, Julien. Si tu l'as été, c'est du passé, c'est fini, c'est plus toi.

— D'une certaine façon, si, c'est encore moi. Mais attends, laisse-moi te raconter depuis le début.

Quand j'eus fini, nous nous attaquions à un deuxième pack. Les rares fois où Hervé avait interrompu mon récit, c'était pour obtenir des précisions concernant sa propre vie : il voulait s'assurer de comprendre où il se trouvait, lui, quand ma relation avec Laura s'était détériorée au point de laisser germer en elle un mal qui avait échappé à presque toutes les observations. La stupéfaction d'Hervé me soulagea d'un poids. Il n'avait pas participé au grand complot.

— C'est un salaud, quand même, ce Totò, dit-il après un blanc.

Je me retournai pour ouvrir le four. Je n'étais toujours pas préparé à supporter de la bouche de quelqu'un d'autre un jugement sur Totò. Je saisis des ciseaux au-dessus de l'évier et me mis à découper la pizza.

— Un salaud, je sais pas. Disons qu'il prend au pied de la lettre le précepte selon lequel les gens font bien ce qu'ils veulent. C'est son mantra. La fidélité, la morale, tous ces trucs-là, pour lui, c'est de la connerie, il s'en branle.

— Je t'ai toujours dit qu'il fallait être prudent avec ce type, fit Hervé en secouant sa main libre, la bouche ouverte, les lèvres déformées par le bout de pizza brûlante. Mec, on s'en fout des assiettes.

— Ah bon ? J'ai plutôt le souvenir que tu m'as dit que tu le trouvais mégalo et alcoolo. Ce qu'il est, par-dessus le marché.

Je me brûlais la langue à mon tour.

— Dans le sens que les personnalités limites sont toujours imprévisibles. Mais j'imagine qu'on tire sur le messager, là. Salvatore ou pas Salvatore, après tout, peu importe. Ce qui est insupportable… Ce que je trouverais insupportable, si j'étais toi, se reprit Hervé, c'est d'avoir été dépossédé de mon histoire, pendant tout ce temps. Et en un sens, c'est une bonne chose, ce qui t'arrive. Tu te réappropries ton passé.

— Certes.

Nous mâchâmes notre pizza quelque temps en silence.

— Donc j'ai raison, à ton avis, de continuer la traduction ?

— Dans cette perspective, je ne vois pas de méthode plus drastique.

Je continuai à manger, résigné. Hervé laissa tomber une part de pizza dans son assiette. Rejeté contre le dossier de sa chaise, il me fixa plusieurs secondes avec un sourire compatissant.

— Tu connais ma position, Julien. Il vaut mieux vivre des choses, même douloureuses, que mener une existence aseptisée indigne de figurer dans un roman. Tu t'es fait baiser, c'est indéniable, mais avec quel panache. Je veux dire, tu aurais pu te faire cocufier à la petite semaine, et ne jamais le savoir.

Sans un mot, je pivotai sur ma chaise pour atteindre le four que je remis en route.

— Moi, ce que je retiens de cette histoire, c'est surtout que personne n'a eu Laura, au bout du compte. Ni toi ni lui. Tu dis qu'il est marié, lui ?

— Oui, c'est ce que j'ai découvert hier. Et il s'est marié à peine un an et demi après la fin de son histoire avec Laura.

— Et donc ?

— Et donc c'est peu ! Putain, trois ans plus tard… non, pardon, *trois ans et demi* !… moi je suis encore à coller la tête de Laura sur les filles avec lesquelles je baise !

— On en a déjà parlé, Julien. Tu as cristallisé. C'est pas rationnel de se remettre aussi mal d'une histoire adolescente.

J'interrompis la flamme de mon briquet à quelques centimètres de ma cigarette pour jeter à Hervé un regard outré.

— Attends, pas adolescente, c'est pas dans ce sens-là que je voulais le dire, mais disons que je pense que tu as réécrit votre amour. Julien, parlons franchement : Laura, tu l'as aimée, oui, c'était ton premier vrai amour. Mais il n'y a pas eu des moments où, quand même, toi aussi tu as vu les limites de votre relation ? Est-ce que tu n'as pas, toi aussi, été tenté par autre chose, quand tu étais avec elle ?

— Si tu essaies de faire allusion à Teresa, ce n'est pas discret. Tu sais bien que ça a eu lieu dans des circonstances particulières.

— Les circonstances d'avoir envie d'en baiser une autre. Je vois bien, oui.

— Les circonstances d'être à Rome, loin, et d'avoir à l'autre bout du fil une personne indéchiffrable qui interprétait comme une trahison toute tentative de ma part pour, juste… quoi, réussir dans la vie ? Être heureux ? Les circonstances d'avoir passé tout l'hiver à me branler sous la douche parce que soudain mademoiselle n'arrivait plus à se laisser aller, parce que j'étais trop mécanique dans mes gestes, parce qu'elle m'avait surpris en train de fixer le mur.

— Mec, ne cherche pas à me convaincre. Je suis le premier à t'avoir encouragé à t'amuser…

— Mais je ne me suis pas amusé ! Ce n'était pas amusant de…

Ne l'était-ce pas, vraiment ? N'était-ce vraiment pas amusant, de retourner vivre deux mois dans le glorieux printemps de Rome ? De passer une chemise fraîche tous les soirs pour m'élancer, libre, sur les trottoirs des rues bordées de graffitis du Pigneto ? N'avait-ce pas été grisant de reprendre Laura telle qu'elle s'était offerte à moi dans les premiers mois de notre histoire : radieuse, nerveuse, conquérante ? N'avait-ce vraiment pas été *amusant* de constater les bénéfices qu'avait eus sur notre couple mon incartade ?

— Et je n'ai jamais oublié de penser à Laura, pendant tout ce temps. Je me suis accordé une trêve, OK. Mais avant ça, à Paris, j'avais tout mis en œuvre pour que Laura aille mieux. Putain, je l'avais même forcé à se faire des petites annonces de correctrice bilingue !

C'était moi, à présent, que j'essayais de convaincre.

— Et ça avait marché, d'ailleurs. J'ai *cru* que ça nous avait fait du bien, cette distance…

— Je vais mettre un peu de musique, OK ?

À l'aise comme chez lui, Hervé se leva pour aller chercher mon ordinateur et le connecter à mes enceintes.

— C'est qui, Clara Brugnard ? demanda-t-il à l'autre bout de la pièce.

— L'assistante de l'éditrice, pourquoi ?

— On dirait que tu lui plais.

— Qu'est-ce que tu racontes ? fis-je en lui arrachant l'ordinateur.

Sur l'écran, un message de Clara m'attendait depuis dix-huit minutes.

Bonsoir Julien,

J'espère que tu vas bien. C'était chouette de te croiser, l'autre jour !

Comme le calendrier est serré, tu le sais, et que vu l'enjeu du texte, Françoise voudrait pouvoir commencer à envoyer des choses à l'équipe commerciale avant les ponts du mois de mai, on se demandait si tu ne pouvais pas nous rendre un résumé détaillé du texte, ainsi qu'un premier échantillon de la traduction... ? Pardon de ne pas t'en avoir parlé plus tôt, mais ça s'agite vraiment, en Italie, et on voudrait préparer au mieux la sortie.

Ça serait top si tu pouvais m'envoyer ça dans les prochains jours. On pourrait regarder ça ici et te faire un retour vite. Ça serait d'ailleurs l'occasion de se revoir.

Merci d'avance pour ta réponse.

Bien à toi,

Clara

— Oh putain. Putain putain putain...

Je m'écroulai sur le canapé, la tête entre les mains.

— Faudrait que tu partes et que je me mette à bosser, en fait, là.

— Hein ?

— C'est la merde, dis-je en me relevant d'un coup.

— Non, ce n'est pas la merde et tu ne vas pas bosser du tout. Là, calme-toi.

Hervé posa la main sur mon épaule et me força à me rasseoir. Puis il me fourra une bière entre les doigts.

— Tu vas continuer à picoler avec tonton, voilà ce que tu vas faire.

Hervé, qui avait intégré Normale sup au bout d'une seule khâgne, m'aida à rationaliser la masse de travail qui m'attendait. J'avais déjà 84 pages de premier jet de traduction. Hervé et moi convînmes que je pouvais me concentrer sur les cinquante premières pages de *Rebus*. Mon ami était catégorique : je devais fournir un travail de qualité. Je le devais à moi, à mon honneur bafoué dans cette histoire, je le devais à Rodolphe, je le devais à cette conne de Françoise Rahmy-Cohen qui semblait douter de mon talent, et je le devais surtout à cette petite assistante éditoriale dont l'examen des photos disponibles sur Internet donnait à Hervé tous les gages d'un coup mémorable. Si je m'astreignais à des journées de travail de dix heures, je pouvais torcher la besogne en trois jours.

— Maintenant, réponds-lui qu'elle aura ça vendredi matin sans problème, annonça Hervé.

— À cette heure-ci ? Hors de question !

Une poignée de minutes plus tard, j'écrivais à Clara sur Facebook. Hervé prononçait les mots, je les tapais. Nous échangeâmes quelques poncifs sur la solitude du traducteur et la jouissance du mot juste. Je lui resservis la phrase sur les ninjas et j'allais prendre congé quand elle glissa : « Au fait, on vient d'apprendre qu'Agostino attend un bébé ! Il a dit que c'était son année fertile ☺. »

Je laissai retomber l'ordinateur à mes pieds.

— Qu'est-ce qui te choque ? s'impatienta Hervé. Tu le sais qu'il a refait sa vie, ça devrait te rassurer.

— Justement, c'est de constater que lui, ce qu'il a fait de Laura, c'est un roman qui s'arrache, que son histoire avec elle ne l'a pas empêché de réussir, de se marier, de faire un gosse, alors que moi…

— Tu voudrais un gosse, toi ?

— Je ne *voudrais* pas un gosse, non, mais j'aimerais bien que ma vie aille quelque part.

— Pourquoi es-tu si convaincu qu'il est heureux,

ce type, que son couple est une réussite ? Pour ce qu'on en sait, il peut très bien avoir connu sa nana avant, l'avoir cocufiée, elle aussi ! Ce qui compte, c'est de consolider ta position dans cette expérience. Souviens-toi quand tu me parlais d'Antoine Berman, de la liberté du traducteur…

— Mais c'est des conneries, tout ça ! On est payés pour traduire ce que le type écrit, point à la ligne. D'ailleurs, je te l'ai dit, non ? Le gars ne veut *même pas* entrer en contact avec moi !

— Essaie d'être plus fort que ça ! Essaie d'être structuraliste. Saisis-toi des mots. Efface la figure auctoriale.

À « figure auctoriale », je m'étais levé pour aller chercher la boîte Lipton. Hervé ne demandait rien de mieux que de changer de sujet. Nous reparlâmes de l'étudiante, mais je sentais qu'Hervé surjouait son rôle pour me cacher la naissance d'une autre émotion. Je lui étais si reconnaissant d'être là, à côté de moi, que je faillis presque l'interroger sur la tournure qu'était en train de prendre sa relation avec Valeria, mais il s'était déjà levé pour brancher le vidéoprojecteur.

Plus tard, affalés sur mon lit face à un épisode de *Star Trek* que nous avions choisi au hasard, le bout de nos doigts anesthésié par la paroi glacée d'un verre de vodka, nous laissâmes s'évaporer dans le silence de notre amitié réduite à sa quintessence le froid, le chaud, tous ces climats qui rendaient, me dis-je l'esprit irradié par la Żubrówka, nos existences si dignes de figurer dans un roman.

XXIII

Je n'avais passé qu'une nuit avec Teresa. Pendant plusieurs semaines, j'avais vécu avec la possibilité de quelque chose, et ce danger m'avait suffi. Je regagnais irrigué d'imagination la chambre que je sous-louais dans un appartement du Pigneto ; il m'arrivait même d'écourter le dernier verre pour rentrer me branler au plus vite. Teresa était toute petite, et ronde à des endroits que je n'avais pas l'habitude d'empoigner sur Laura : au-dessus des hanches, sur le haut des bras. Elle avait grandi dans une famille aimante et cultivée, et elle avait des yeux noisette qui pétillaient.

Nous nous étions rencontrés par l'entremise d'un Sicilien de deux mètres qui prétendait faire de l'art conceptuel et que j'avais déjà connu durant l'année de mon Erasmus. Teresa et moi étions devenus très copains. Le soir, sur Skype, les rares soirs où nous arrivions à synchroniser nos emplois du temps, je minimisais toujours auprès de Laura la qualité des soirées que je passais en compagnie de ma nouvelle bande. Je suis incapable de me rappeler ce que Laura avait inventé pour me dire qu'elle aussi, à Paris, s'ennuyait.

Un soir, deux jours avant mon départ, mes colocataires avaient organisé une fête. Quelques heures plus tard, après l'avoir pelotée dans ma chambre, j'avais raccompagné Teresa chez elle. Je me souviens que Laura avait essayé de me joindre pendant la soirée, mais mon esprit était si entièrement occupé à humer l'odeur de Teresa laissée au bout de mes doigts que je ne m'étais même pas demandé pourquoi elle m'avait appelé si tard.

J'aimerais me souvenir d'une nuit décevante, ternie par la culpabilité et l'indiscutable supériorité de Laura dans les affaires du corps. Mais la nuit ne fut pas décevante. Par la suite, j'avais pris l'habitude de refouler mes souvenirs, moins par honte que pour ce qu'ils disaient du sexe que je vivais avec Laura. Je n'ai jamais voulu remettre en doute l'hégémonie que cette dernière exerçait sur mes désirs.

La liesse amoureuse qui avait suivi mon retour à Paris, cet été de la Coupe du monde, effaça Teresa. Laura était enfin de nouveau entièrement mienne. J'en étais arrivé, pendant les quelques semaines que dura ce retour de flamme, à me féliciter des vertus de l'infidélité. Je n'avais aucune raison de me sentir coupable.

J'ouvris les yeux. Hervé s'apprêtait à passer les dernières heures de la nuit sur mon canapé quand il s'était souvenu d'une réunion à la fac, tôt le lendemain matin. Il avait commandé un Uber en catastrophe et j'étais retourné m'écraser sur mon matelas, convaincu que le sommeil serait de plomb. Mais

Teresa me tournait dans la tête, et comme ma tête tournait, elle aussi, je fus saisi d'un violent mal de mer. À mon retour de Rome, Laura faisait mine de m'attendre et nous avions repris notre histoire comme si Teresa n'avait pas existé. Sauf que Teresa avait redonné le souffle à notre envol. Sauf que – je le savais, maintenant – l'air d'Agostino s'était engouffré dans notre couple comme dans une vessie de papier percée : pendant une courte période, nous nous étions gorgés de gaz hilarant.

Durant la soirée, Hervé avait dit quelque chose : pour ce qu'on en savait, Agostino avait très bien pu déjà être avec Agnese quand il avait rencontré Laura. Je me levai chancelant et allai chercher mon ordinateur. Sur la page Facebook d'Agnese, l'album « Welcome back, Roma ! » était toujours daté de 2011. Je cherchai « Agnese Ferrazzano » sur Google, téléchargeai sur le site d'une agence internationale de journalistes free-lance le PDF de son CV. Agnese avait commencé sa carrière à Rome, Italy. Puis, pendant seize mois, elle avait occupé un poste de reporter en charge des affaires européennes, à Brussels, Belgium. D'octobre 2009 à janvier 2011, précisément.

Je retournai sur la page d'Agostino. Dans la soirée, le reportage sicilien avait remporté de nouveaux suffrages. Une certaine Kornelia Ganglbauer regrettait de ne pas avoir pu accorder son agenda avec celui du couple : elle arrivait à Palerme dans trois jours, quel dommage, Agostino et elle auraient enfin eu l'occasion de se rencontrer en chair et en os. Je la googlai par réflexe : sur son LinkedIn rédigé en anglais, Kornelia Ganglbauer se présentait comme la directrice du domaine italien d'une maison d'édition basée à Düsseldorf. Je comprenais à la bibliographie qu'elle joignait à son curriculum que c'était également elle qui prenait en charge la traduction des œuvres dont elle faisait l'acquisition, et déduisis qu'elle traduisait *Rebus*.

Je retournai au profil d'Agostino. L'allusion au « bigotisme » d'Agnese avait généré une sous-discussion. Agostino s'en amusait, feignant d'espérer qu'Agnese obtienne une accréditation au Vatican. Un certain Matteo Cavini avait réagi avec l'émoticône mécontente et répondu au commentaire : « *Ma no ! Tornate a Bruxelles, vi prego !* »

Mû par un sinistre pressentiment, je cliquai sur le profil du nouveau venu et découvris en effet que Cavini, originaire de Rome, habitait Bruxelles depuis quinze ans. Sur Google, il apparaissait comme directeur d'une agence photo spécialisée dans les affaires européennes. Je découvris aussi que Cavini avait l'habitude de laisser des commentaires sur les sites de critiques gastronomiques. La recension récente qu'il avait faite d'un restaurant bruxellois attira mon attention : « Magnifique menu… » « Bel accord mets-vin… » « Les chicons au gingembre sont poétiques… » « La meilleure chose arrivée au quartier depuis Cococo (et je ne le dis pas parce que ce sont des amis). »

Dans les profondeurs de mon organisme, des lames de vodka laminaient les parois de mon estomac. Je me laissai glisser sur le canapé et me rendis sur le site de Cococo. À cause de la connexion Bluetooth entre mon ordinateur et mes enceintes, le morceau de jazz programmé pour accueillir les visiteurs résonna à plein volume dans tout mon appartement. Je coupai le son. Dans l'onglet « Qui sommes-nous ? », j'appris que le restaurant avait été créé par un chef de père italien et de mère américaine, grandi à Rome. L'Italo-américain avait l'âge, le parcours singulier, l'aisance à la mise en scène de Cavini et Agostino. Il avait aussi un Twitter très fourni. Je n'eus qu'à remonter quelques posts pour tomber sur celui qui donnait raison à mon intuition. Une photo en noir et blanc d'Agostino et Agnese, le visage rajeuni à la terrasse d'un restaurant, interrompu tout sourire en pleine dégustation d'une moitié de crabe. Accompagnant le cliché, le lien vers un article de *La Repubblica* dans lequel *Rebus* était présenté comme favori pour le prix Strega, puis ces quelques mots : « *Very proud to have fed/hydrated my dear friend some years ago, at the very beginning of Cococo. Does it somehow make me part of his jewel ?* » Le ventre tambourinant d'une révolte intérieure, je retournai sur le site de Cococo et cliquai sur l'onglet « Histoire ». J'appris que le restaurant avait ouvert à la fin avril 2009.

Laura avait été une vulgaire maîtresse. Agostino l'avait rencontrée au moment où sa compagne vivait à Bruxelles. Agostino s'était entiché de Laura, elle lui avait fait courir des risques, il avait aimé ces risques. Mais Laura n'avait été qu'une maîtresse. J'occupais, dans l'échec de leur passion, une position négligeable : c'était Agnese, le vrai obstacle.

J'employai mes dernières forces pour retourner sur Facebook. Je m'étais jeté avec tant de fureur sur les pages de mes ennemis que je n'avais pas vu le petit « 1 » qui surmontait l'icône en forme d'éclair, en haut à droite de mon écran. J'avais un message de Valeria en attente.

« Parce que je suis vraiment une irremplaçable amie, je suis allée fouiller dans ma messagerie et j'ai retrouvé un échange de mails que j'avais eu avec Jason, après la signature. Il me disait que Laura n'était pas venue. »

Je courus à la salle de bains, mais il était déjà trop tard, j'avais du vomi plein les doigts.

Si Salvatore n'avait pas présenté Laura à Agostino pendant la lecture, alors son rôle dans leur histoire était plus effrayant encore. Ce rôle, j'allais devoir l'affronter. Au fond de la cuvette flottaient des morceaux de pizza presque intacts. Le coup de théâtre de *Rebus* m'attendait.

XXIV

Sur un coup de tête, le fils a acheté deux allers-retours pour Paris. Un ami installé en France lui a fourni les coordonnées d'anciens terroristes qui pourraient, il en est convaincu, l'aider à remonter la trace du père. Un soir, il vient chercher Rachele en bas de l'appartement où elle partage une chambre avec une esthéticienne. « Fais ta valise », lui a-t-il commandé par texto.

Pendant qu'il fait les cent pas en l'attendant, le fils prend un appel de sa mère. Celle-ci s'est inventé une nouvelle excuse pour réclamer la présence de son fils à ses côtés, tout un après-midi, pile au moment où le fils sera à Paris. Galvanisé par l'imminence de l'apparition de Rachele, qu'il imagine déjà franchir la porte de l'immeuble des mèches de cheveux dans la bouche, un sac jeté sur l'épaule et ce regard par en dessous qui lui donne l'air buté même quand elle s'apprête à s'ouvrir comme une fleur d'aventurine, le fils parvient à dire non à sa mère. Non, je ne pourrai pas, je pars à Paris après-demain. La mère flaire dans la voix de son fils une excitation qui la met en alerte. Seul ? Alors le fils lâche tout : Rachele, le père, le manuscrit retrouvé, le roman presque publié sur lequel il n'a jusqu'alors fourni que des informations évasives. Et la mère s'esclaffe. C'est de t'entendre fantasmer comme ça. Soudain, la cage d'escalier s'illumine sur toute sa verticalité. Rachele est en train de descendre l'escalier, il devine déjà ses jambes droites et fiables rebondir sur les marches. C'est de t'entendre fantasmer comme ça. Mais c'est ma faute, je sais. Elle rit encore. Brigadiste ! Puis elle change de ton. Je n'aurais pas dû imposer l'omertà autour de *lui*. Il ne m'a pas aidée, tu sais. Alors que le cœur du fils se pince, Rachele pousse la porte. *Figlio mio*, tu ne trouveras rien à Paris, pas plus qu'ici. Ton père a fait de la prison pour une tentative de braquage, c'est son seul héroïsme, il a rencontré des brigadistes là-bas qui lui ont raconté des choses, mais c'est pour un petit malfrat que j'ai perdu la tête. Enfin, tu peux toujours partir. *Parigi è bellissima.*

Dans le restaurant français où il a emmené dîner Rachele, sans lui parler des billets achetés ni du projet de voyage abandonné (« Reste chez moi plusieurs jours », a-t-il dit pour justifier la valise), le fils se force à avoir l'air heureux. Après tout, l'aveu de sa mère adoube son entreprise littéraire. Le seul père qui compte, maintenant, c'est celui qu'il s'est inventé. Et de retour à l'appartement, il regarde Rachele danser pour lui en ondulant des bras et des hanches, la voix langoureuse d'Isaac Hayes suggérant bientôt qu'elle se dévête debout, qu'elle lui offre un strip-tease maladroit pour couronner cette soirée qu'elle croit triomphale, qu'elle croit dédiée à leurs retrouvailles et au succès annoncé du roman.

Quelque chose le retient de rapporter à Rachele les propos de sa mère. Dans les Pouilles, elle a été le catalyseur de l'investigation et cette enquête a accouché d'un fœtus mort. Depuis l'avortement financé par Fabrizio, il sait qu'elle lui ment, qu'il n'a pas le pouvoir de lire en elle comme dans un livre ouvert. Au fond de lui, il s'en méfie. Elle pourrait lui cacher tant de choses. Mais elle est belle, quand elle danse, et l'amaro coule sous sa langue, amer et chaud, tapissant ses muqueuses de cet arôme si reconnaissable qui mêle la violence de sa mélancolie à l'intuition de son exception, ce même arôme qui le saisissait à la gorge lorsqu'il surprenait, petit, les conversations de sa mère ironisant sur sa jeunesse et son insatiable appétit de bourgeoise sortie des rangs, tombée dans le panneau d'un jeune loup en cage qui n'avait su lui offrir qu'un cadeau, et ce cadeau, le fils le savait déjà, c'était lui. Bien sûr que son père a fait de la prison, comment a-t-il pu l'oublier ?

C'est le tout début du mois d'avril. La chambre du fils donne sur un horizon de terrasses que le nouveau printemps a débarrassé de ses bâches en plastique. La nuit est bien avancée. Rachele l'a fait glisser avec sa langue, sa peau, la chaleur de son cuir chevelu quand le fils l'a attrapée par le crâne pour la guider à l'endroit où s'efface l'image d'un ex-taulard encore prisonnier de sa cellule, fantasmant la vie qu'il n'a pas eu le courage de mener. À la demande de Rachele, ils ont regardé de vieux albums photos. La mère est partout, le père, introuvable. Le fils s'est ému de l'émotion de Rachele. Alors vous ne vous fréquentiez vraiment pas, même quand tu étais petit ? a-t-elle demandé à plusieurs reprises, à tel point que le fils a songé que l'absence de son père la soulageait peut-être ; que savoir ce dernier étranger à son monde à lui, un monde de culture, d'« intellos », de « *secchioni* », lui offrait à elle aussi une marge de progression.

À genoux sur le lit, maintenant, ils se font face. Rachele a insisté pour qu'il la laisse rouler un joint, elle colle sa bouche à la sienne pour lui souffler la fumée directement dans les bronches. Tu es heureux ? demande-t-elle. Elle est nue, il a encore la force de la prendre, il l'agrippe par les hanches, il la fait rebondir contre son ventre, puis il s'abat sur elle longtemps avant l'orgasme, pour se sentir ancré en elle, pour puiser au creux de son ventre la preuve physique que toute cette histoire a bel et bien existé. Il ne sait pas qui elle est, il sait que leur relation est condamnée, il sait qu'elle le déçoit déjà, qu'il n'est lui-même pas à la hauteur des cimes qu'il s'est inventées en écrivant son roman, il sait que la fiction sera toujours plus belle que la réalité, il sait que son père a payé sa dette à la justice, qu'il n'a fait qu'emmagasiner les témoignages d'une épopée à laquelle il n'a jamais participé ; il sait que Rachele n'apportera aucune réponse à ses questions, qu'il devra se satisfaire du souvenir d'un père mangeant son miel, cultivant ses plantes, fumant ses joints et endormant sa douleur au Tramadol, et il répond enfin à sa question. *Non sono felice, sono vivo*. Vivant, Agostino l'est, au fond du ventre de Laura. Et Rachele le regarde avec les yeux de Laura, ses cernes luisant de sueur ondoient à la faible lumière de la lampe de chevet, elle caresse son front puis enserre son visage de ses deux mains au moment où la houle revient, et elle le fixe si intensément à chaque nouvel élan que le fils détourne le regard tandis qu'il sent remonter de ses genoux une charge de plaisir qui électrise ses cuisses, glace la surface de ses fesses et contracte ses testicules. Regarde-moi, ne sois pas timide, lui intime Rachele du fond de ses yeux de Laura. Et le fils s'arrime à son image au moment où il explose à l'intérieur d'elle, et Rachele alors dit : *Ecco, così, sei uguale identico a tuo padre.*

Après ça, les murs tremblent. Un bruit sourd leur parvient du salon, un cadre tombe d'une étagère, le lit frappe contre les cloisons de la chambre. Dans la rue, des centaines d'alarmes de voitures se mettent à hurler en même temps. Mais le vrai séisme qui secoue le fils ne fait pas de bruit : il est sûr que Rachele et son père ont fait l'amour. *Voilà. Comme ça, tu es « égal identique » à ton père.*

Moi aussi, j'avais vécu à Rome le tremblement de terre de L'Aquila. Mais c'était avec moi que se trouvait la vraie Laura. Laura ne connaissait pas Agostino le 6 avril 2009, mais elle connaissait Salvatore.

La première journée de mon supposé marathon était déjà presque achevée. Avant de me mettre au lit, je parvins à trouver le nom du journal dans lequel officiait Agnese. Je savais où la joindre. J'avais tant de choses à lui raconter.

Les quatre jours de traduction qui restaient furent intensifs. Je vécus la fièvre du fils dans *Rebus*, à ceci près que je n'y pris pas de plaisir et que je n'y soldai aucun œdipe. Quand j'eus fini de relire, corriger et lisser les cinquante premières pages, le sol ne trembla pas. Le vendredi matin, après une nuit courte, Clara reçut comme prévu par mail le fichier propre. Sept minutes plus tard, elle me proposait de venir au bureau pour quinze heures. Françoise et elle allaient faire passer la relecture de mon échantillon avant toutes les autres priorités, écrivait-elle. Je n'étais pas honoré. J'étais entièrement dévoré par un incendie dont je savais que pour l'éteindre, il m'aurait fallu trouver le moyen d'affronter Salvatore et lui demander quel rôle il avait joué. J'en étais incapable.

XXV

La pluie se mit à tomber à mi-chemin entre la maison et le métro. Drue, malveillante, une vraie pluie de début de printemps. J'aurais plus vite fait, calculai-je, d'aller m'acheter un parapluie dans l'une des quincailleries chinoises de la rue de Belleville que de remonter chercher le mien à l'appartement. Arrivé à la caisse, je m'aperçus cependant que je n'avais pas d'espèces et que je devais retirer de l'argent au distributeur trois cents mètres plus bas, ce qui rendait mon raisonnement caduc *a posteriori*, mais il était maintenant officiellement trop tard pour retourner chez moi. C'est dans cet état de toute relative sérénité que me cueillit le texto de Valeria :

« Comment ça va ? La traduction ? Tu es fort comme on avait dit ? Écoute, j'ai vu Totò. Il ne veut pas t'inquiéter, mais il a fait une radio aux poumons et ils lui ont trouvé quelque chose, un truc bizarre. Il va passer un scanner. Je ne me sentais pas de ne pas te le dire. »

Malgré mon retard, je décidai de stationner hors de la bouche du métro pour appeler Valeria – qui ne répondit pas. Je tentai une deuxième fois, en vain.

J'étais en train de lui envoyer un message quand Valeria me devança : « *Scusa, sono al colloque, impossibile rispondere.* » On allait faire un scanner thoracique à Salvatore, et Valeria était à son colloque. Je m'élançai dans l'escalier et sautai à bord du premier métro. Assis sur un strapontin, j'essayai de faire passer plusieurs iMessages, mais ils restaient tous bloqués aux trois quarts de leur envoi par une connexion internet récalcitrante. Quand j'essayai de les transformer en SMS pour déjouer les mystères de la 4G, c'était le réseau téléphonique qui avait disparu de l'atmosphère.

À Saint-Germain-des-Prés, la pluie semblait encore plus acariâtre. Je dépliai le parapluie dont l'une des baleines était déjà cassée et fonçai sur le boulevard sans quitter des yeux l'écran de mon portable. Mes trois textos partirent d'un coup, en même temps que m'en arrivèrent quatre de Valeria.

« *Non farti le paranoie, è solo un controllo.* »

« *Ju, stai tranquillo.* »

« Si tu veux, je t'appelle à la pause, dans 45 min. »

« Mais Salvatore est confiant, vraiment. Il voulait pas que je te dise. »

Comme souvent, les injonctions au calme eurent sur moi un effet inverse. Je ne voulais pas attendre les quarante-cinq minutes qui séparaient Valeria de sa pause ; j'engageai la conversation par iMessages.

« *Come l'hai saputo ?* »

« C'est lui qui me l'a dit, répondit-elle, je suis passée à la librairie hier soir pour prendre un bouquin pour le colloque. »

« Pourquoi il ne m'a pas appelé lui-même ? »

Elle réagit du tac au tac :

« Je croyais que tu ne voulais plus lui parler ?? »

« Mais ça, Vale, il ne le sait pas ! »

Silence soudain à l'autre bout de la ligne.

« Ou si ??? »

J'insistai :

« En temps normal, il m'aurait appelé pour me le dire. »

« C'est bien la preuve que j'ai raison de ne plus vouloir lui parler. »

J'étais intarissable. « Dis-moi, tu lui as dit que je ne voulais plus lui parler ?? » insistai-je pour forcer Valeria à me répondre. Il était si malaisé de taper d'une main tout en contrôlant où je mettais mes pieds que je décidai d'abandonner l'usage du parapluie. À présent, les gouttes de pluie atterrissaient directement sur mon écran, intervenant dans le choix des mots pour former des associations inattendues. « Avoue-le qu'il se dentiste coupable ! » rédigea mon clavier. Je m'arrêtai pour rouvrir le parapluie et frottai mon téléphone contre mon pull.

La vérité, c'est que c'était moi qui me sentais coupable. J'étais toujours puni. Toutes mes actions, à moi, portaient à conséquence. Je couchais une fois avec une fille, une nuit et un jour, et ma copine tombait amoureuse d'un autre, je m'éloignais d'elle un mois et demi, et elle devenait la protagoniste d'une histoire qui allait se prolonger plusieurs mois – plusieurs années peut-être –, je me faisais cocufier, et il fallait qu'un roman soit en passe de recevoir le plus prestigieux prix littéraire d'Italie pour l'avoir raconté. Et maintenant, Salvatore avait une *stranezza* au poumon. Je le soupçonnais depuis trois jours d'avoir commis la pire des trahisons, et il était déjà presque condamné.

« Parle clairement, stp », réagit enfin Valeria.

« Fais pas semblant de ne pas cmmtendre ! », insistai-je.

« Avoue qu'il se sent coucou »

« Pourquoi sinon il m'aurait pas appelé ?? »

« Pourquoi, jeune ?? »

« Putain de clavier »

« *Pourquoi, hein ?? »

J'étais arrivé.

Je n'eus même pas le temps de m'asseoir sur l'un des fauteuils de l'accueil : déjà, j'apercevais au bout du couloir le joli visage de Clara Brugnard dodelinant au rythme de ses pas pressés. Je passai une main dans mes cheveux trempés.

— Bonjour Julien, fit-elle d'un air enjoué en me tendant la joue.

Elle portait sur un collant noir une sorte de short à carreaux vichy fermement ceinturé autour de sa taille.

— On va s'installer dans mon bureau. Françoise est en rendez-vous, ajouta-t-elle après avoir regardé sa montre. Elle nous rejoindra plus tard. Tu veux un café ?

J'aurais plutôt voulu me vider la vessie. Mais je n'osai pas en faire la requête, aussi dus-je me contenter de l'accompagner à la machine à café. Je connaissais, pourtant, les vertus diurétiques de la caféine.

— On a lu ta traduction ce matin, dit-elle en me tendant le gobelet.

Ses ongles étaient peints en rouge. J'attendis en vain qu'elle précise que la traduction leur avait plu.

Je la suivis jusqu'à son bureau. Dès que j'entrai, je le vis : posé devant son clavier, un petit bloc de feuilles A4 dont la surface était recouverte d'annotations en rouge.

Les mains tremblantes, j'accrochai ma veste à la patère et la regardai faire de la place pour m'accueillir à côté d'elle. Debout devant son bureau, elle manipulait de grosses piles de dossiers en courbant à peine le dos. J'avais vue sur sa nuque, encombrée de quelques mèches échappées de son petit chignon.

— Voilà, tu peux t'installer ! Désolée pour le chantier…

Je pris place sur la chaise à côté de la sienne.

— Bon, ça va ? demanda-t-elle en se tournant vers moi avec un sourire plein de compassion. C'était pas trop chaud, de tenir les délais ?

— Ça, c'est à toi de me le dire.

Clara rit en soupesant son chignon.

— Non, franchement, c'est bien. Tu vas voir, on t'a suggéré quelques trucs…

Du coin de l'œil, je distinguai sous l'avant-bras qu'elle avait posé sur ma traduction d'énormes ratures impitoyables. Clara dut s'en rendre compte, car elle émit une seconde fois son rire mutin et, ramenant le texte entre nous, amenda ses propos :

— Bon, Françoise est intransigeante, c'est sûr. Mais je pense qu'elle était plutôt soulagée.

Je m'accoudai au bureau et penchai la tête sur la première page. Une grosse goutte ronde vint s'abattre sur un commentaire avant d'être bue par le papier. « Maladroit ! » était encore déchiffrable.

— Pardon, fis-je piteusement.

L'incident sembla la contrarier, mais l'espace d'un instant seulement.

— On commence ? demanda-t-elle en resserrant le bloc entre ses mains, comme pour imposer l'ordre à d'imaginaires pages éparses.

— Allez.

— Alors. Le tout début nous pose problème.

Elle désigna la phrase coupable de la pointe d'un stylo inquisiteur.

— « Il y avait la lumière. Il y avait toujours d'abord la lumière. » Attends, avec la version originale, ce sera peut-être mieux.

Elle se leva d'un bond pour attraper *Rebus* sur l'étagère derrière elle et, dans le mouvement, libéra jusqu'à mes narines une décharge d'un parfum que j'avais déjà appris à reconnaître comme le sien. Cette fille avait-elle déjà été clouée à sa chaise sous le poids d'une mauvaise nouvelle ? Je fixai le « Maladroit ! » dont l'eau avait allongé le point d'exclamation.

— Tiens, je te laisse suivre sur l'italien.

Je saisis le livre, comme un cancre à qui on aurait demandé de faire la lecture à voix haute, et l'ouvris à la bonne page.

— Donc tu vois, reprit-elle, on trouve ça un peu

raide. Je comprends ce que tu as voulu faire, hein, et je comprends comment tu es arrivé à ça, quand je regarde l'original, mais disons que de manière générale, ta traduction manque un peu d'huile. Là, c'est pareil, dit-elle en déplaçant le stylo trois lignes plus bas : « Il fallait qu'arrive le fils pour que sur le père se fasse lumière. »

L'entendre lire mes mots à voix haute allait au-delà de l'insupportable.

— On dit plutôt « faire *la* lumière », non ? Elle est un peu alambiquée, cette phrase.

Je compris avec quelques secondes de retard que Clara attendait de ma part une réaction.

— Ah… Oui, peut-être, mais j'aimais bien le rythme sans l'article. Ça serait pas tout à fait la même chose, « la lumière », « pour que sur le père se fasse *la* lumière ».

En réalité, le test révélait le contraire : avec ou sans article, c'était exactement la même chose. Par dignité, je me repliai sur un autre argument :

— Et puis je trouvais qu'ajouter l'article rendait un peu trop transparente l'intention de l'auteur. Dès l'incipit, la question de la révélation est essentielle, le fils arrive dans une énigme et il va essayer de l'élucider. Mais je trouvais que si je mettais « faire la lumière », j'insistais trop.

Clara me regardait me débattre avec une expression pleine d'empathie.

— Mais « *fare luce* », en italien, ça peut vouloir dire autre chose que « faire la lumière », dans le sens d'« élucider » ?

— Non, mais j'ai eu envie de jouer avec la marge que me permet le passage en français, justement. « Faire la lumière », je trouve ça plus banal, mais franchement, si vous préférez, je m'incline, hein, sans problème.

— Sûr ? demanda Clara pour la forme, en pointant déjà un autre accroc de ma traduction. Qu'est-ce que tu veux dire, là, par « Il avance pas à pas, les épaules recroquevillées sur lui-même, prêt à recevoir un coup sorti de l'ombre » ? Comment est-ce qu'on peut avoir les « épaules recroquevillées » sur soi-même ? Je ne suis pas sûre de voir l'image. Et puis, est-ce qu'on n'avance pas toujours « pas à pas », par définition ? Sinon, là, bon, c'est un détail, mais un objet ne peut pas « faire face ». Seuls les animés font face.

— Même si, comme ici, les objets deviennent des personnages de l'histoire ?

— Ça ne passera pas à la prépa de copie, on a des correctrices hyper pointilleuses.

Elle passa à la page suivante.

— « À travers la fenêtre, il aperçoit le squelette désarticulé d'un tancarville s'abandonner passivement à la dissolution. » On dirait plutôt « *par* la fenêtre », non ? Et pardon, mais « apercevoir » ne peut pas être associé à un infinitif. Il *voit*, si tu veux, il *observe*, mais pas « il aperçoit ».

Nous fîmes ainsi défiler quelques pages. J'essayai parfois d'argumenter en faveur de mes choix de traduction. La plupart du temps, cependant, je me contentai d'opiner du chef en lui donnant raison. (La plupart du temps, Clara *avait* raison : j'avais laissé passer des énormités dont j'avais peine à croire que c'était moi qui les avais écrites.) Le vague pressentiment qui chatouillait ma vessie à mon arrivée s'était métamorphosé en une envie très concrète. Si j'avais pu, je crois que j'aurais dit à Clara : allez-y, réécrivez comme vous voulez, finissez la traduction sans moi.

Nous étions arrivés au moment où le fils comprend que l'apparition de plaquettes d'antidouleurs vides aux endroits les plus incongrus de la maison ne peut pas être le fruit du hasard. Clara se mit à lire en accéléré, n'insistant que sur les passages qui lui semblaient problématiques.

— « Le fils se rappelle cet été qu'il a passé ici » blablabla… Pas la peine, ici, de mettre, le démonstratif, à mon avis un article tout simple suffit… « quand le père écoutait de la musique » blablabla « et composait encore parfois son numéro en quête de "nouvelles du front", les seuls mots de son père dont il garde un souvenir *infrangible* ». *Infrangible*, ça donne quoi, en italien ?

— *Inviolabile*, répondis-je, le nez sur le texte.

— Est-ce que « infrangible » en français, ce n'est pas plus soutenu que « *inviolabile* » en italien ?

Sur mon texte, quelqu'un avait barré l'adjectif en écrivant « Précieux » dans la marge. Je me sentis personnellement visé, comme si ma correctrice, en relevant cet écart de traduction, avait mis à nu l'armature friable de ma personnalité, qu'elle avait donné une pichenette à mon narcissisme ombrageux, mes fantasmes stériles, mes délires de succès littéraire alimentés à la dépréciation facile de ceux qui réussissent à écrire ; c'était comme si elle avait su qu'il me suffisait d'écouter du Paolo Conte à pleins tubes pour me sentir appelé à vivre des choses, qu'elle connaissait mon entêtement à n'entretenir de mon histoire avec Laura que les souvenirs dignes de figurer dans un mauvais roman, comme si elle m'avait surpris pendant les heures que je passais encore, à trente ans révolus, à googliser mon propre nom pour voir quels éclats de moi perçaient la croûte de l'anonymat.

— Peut-être, oui, je pense que j'ai choisi « infrangible » parce que ça ajoutait une couche lexicale qui m'a semblé intéressante, sur le moment.

Elle tourna quelques pages et poursuivit sa lecture.

— Attends… ah, voilà : « Ce monde s'était écroulé au moment où il transformait les promesses en utopie et, ce faisant, demandait à tous de s'en mêler. » Qu'est-ce que tu entends par « demandait à tous de *s'en mêler* » ? C'est comment, l'italien ?

Je posai le doigt sur la ligne et tournai l'ouvrage vers elle. Comme elle ne disait rien, je pris les devants.

— Je dois dire que la VO est assez sibylline. Le segment qui te chiffonne, c'est « *chiedeva a tutti di andarci di mezzo* ». Honnêtement, je n'étais pas très sûr de moi. « *Andarci di mezzo* »…

Je laissai l'expression se diluer dans le silence de la réflexion, comptant sur les sonorités italiennes que j'avais soudain fait sortir de ma bouche pour effacer la honte de ma traduction. La phrase française n'avait effectivement aucun sens.

— Disons qu'on ne voit pas trop le rapport, insista Clara, visiblement peu impressionnée par mon accent. Tu es sûr qu'il n'y a pas un sens idiomatique qui t'aurait échappé ?

C'était Salvatore que j'appelais, quand la langue italienne déversait devant moi des tapis de clous. Mais personne n'avait relu ce travail-là. Salvatore n'était plus mon sauveur. Il avait peut-être convoité une femme de trente ans sa cadette. Il l'avait peut-être eue. J'étais seul face aux pièges de leur langue.

Clara avait déjà lancé ses jolis doigts à l'assaut de son clavier. Elle tapait vite, la nuque droite, les sourcils froncés.

— Sur Reverso, je trouve « subir les conséquences », commenta-t-elle alors que je lisais l'écran en même temps qu'elle.

Mes prières pour que la faute vienne du texte d'Agostino ne furent pas exaucées. J'avais tellement envie de pisser que des flashs blancs s'imprimaient sous mes paupières. Ou bien était-ce l'humiliation. Ajoutée à la colère. Et à la peur. Et au scanner de Salvatore.

— Mais oui, bien sûr, m'écriai-je en toute insincérité. Je suis con.

— Ça se comprend mieux comme ça. Tu traduirais comment, du coup ? « Il demandait à tous d'en subir les conséquences »… ?

— Attends, il faut que je reprenne le paragraphe.

Je pris un stylo dans le pot à crayons et ramenai à moi la page fautive, sans ignorer la tragédie qui se tramait sous ma ceinture. Plusieurs phrases s'échafaudèrent dans mon esprit : « Tu m'excuses ? », « J'en ai pour deux minutes », « Je peux te demander où se trouvent les toilettes ? », mais aucune ne parvint à franchir mes lèvres. J'avais commis une faute qui remettait en cause ma légitimité de traducteur, j'avais voulu fanfaronner et mes lacunes en italien étaient venues faucher mon insolence. Une fois de plus, j'avais été puni. Je changeai mes jambes de position dans la vaine tentative de soulager ma vessie et poussai un long soupir involontaire. Dans la manœuvre, ma cuisse frôla celle de Clara.

— Tu en as marre ? fit-elle si vivement que je ne pus m'empêcher de penser que notre contact l'avait troublée.

— Non, non, pas du tout. Je me sens juste un peu con d'être passé à côté d'un truc aussi évident, alors que je la connais, cette expression – je m'obstinais dans mon mensonge –, je la connais ! Je comprends même pas que je me sois fait avoir comme ça.

— T'inquiète, on t'a demandé d'aller hyper vite, c'est normal que le texte ne soit pas impeccable.

Elle tourna la tête et me dévisagea quelques instants. Je sentis ses yeux couler sur mon front, mes yeux fatigués, mon nez, ma bouche, remonter vers l'angle de ma mâchoire et lécher le lobe de mon oreille. Je me demandai ce que je donnais à voir : étais-je le seul à me savoir rempli de gravats ?

— En tout cas, ajouta-t-elle maintenant sans me regarder, en tripotant ses stylos pour les rendre parfaitement parallèles au clavier de son ordinateur, c'est vraiment agréable de travailler avec toi.

Avait-elle rougi ? Qu'aurait ordonné Hervé dans de telles circonstances ? Que devais-je répondre ?

« J'ai super envie de pisser » fut tout ce que l'émotion réussit à provoquer.

À ce moment, Françoise Rahmy-Cohen entra dans le bureau sans frapper. Le corps de Clara se raidit comme si elle avait été prise en flagrant délit.

— Vous avez commencé sans moi ? lança-t-elle pour tout bonjour.

Je fus à nouveau frappé par ses cheveux bruns, tellement épais, tellement vivants qu'on aurait dit qu'ils se seraient mis à hurler de douleur si on les avait coupés. Vêtue d'un pantalon noir et d'une veste de tailleur orange, elle se dirigeait vers notre table de travail avec la précaution d'un char d'assaut.

— Où en êtes-vous ? Clara, vous avez dit à ce jeune homme qu'il lui faut assouplir sa traduction ?

Sans un regard pour moi, elle se laissa tomber dans la chaise posée en face du bureau.

— Tout cela manque d'huile, reprit-elle après un temps, en posant enfin ses yeux sur ma personne. Il faut huiler votre texte, il faut que ce soit beaucoup, *beaucoup* moins raide. La prose d'Agostino coule comme de l'eau claire, votre traduction est boueuse. Je savais que vous auriez du mal, je vois que je ne m'étais pas trompée. Heureusement que nous vous avons demandé ce rendu anticipé.

Clara examinait ses ongles. Maintenant que j'avais offert à ma vessie la perspective d'un soulagement imminent, mon organisme n'était plus en état de se soumettre à une activité annexe.

— Vous avez perdu le don de la parole ? Je ne voulais pas vous assommer, voyons !

Elle émit un bruit de gorge qui devait correspondre à l'idée qu'elle se faisait du rire.

— Alors, demanda-t-elle d'une voix maternelle qui disparut presque aussitôt, dites-moi à quelle page vous êtes rendus. L'idée n'est pas de tout revoir mot à mot, Clara, nous n'avons quand même pas annoté ce travail pour rien !

— En fait, on en est encore au début, répondit timidement l'intéressée. Mais Julien a bien compris, je crois, le sens de nos remarques.

— Tout à fait, fis-je dans un sursaut. J'allais justement dire à Clara combien j'étais heureux de voir l'attention que vous avez portée à cette relecture.

— Relecture… Vous êtes tendre avec vous-même ! Mais c'est vrai, ce sont les mots qu'on utilise, de nos jours. Vous savez… Julien, fit-elle après avoir hésité sur mon prénom, vous avez le défaut des jeunes traducteurs. Vous êtes tous obsédés par la fidélité. Fidélité par-ci, fidélité par-là… Les grands traducteurs sont infidèles, asséna-t-elle, comme les grands amants. Il n'y a pas d'histoire d'amour sans adultère. Clara, donnez-moi le texte.

Clara se leva comme si elle était montée sur ressorts et lui tendit la liasse d'A4 par-dessus le bureau. Nul « merci » ne sortit de la gorge de sa patronne.

— Voyons voir.

Françoise Rahmy-Cohen extirpa de sa tignasse une paire de lunettes que ses cheveux avaient engloutie et les passa sur son nez en un large mouvement du bras.

— Où est-il, ce passage sur l'enveloppe…

Sans ménagement, elle tourna les pages de ma traduction. Lorsqu'elle fit tomber sur le sol une troisième page du paquet, je compris que le geste n'était pas accidentel et qu'elle allait véritablement jeter par terre les pages qui ne l'intéressaient pas. Ma vessie était l'une de ces boules en coton percluses d'épingles qu'accrochent à leur poignet les couturières et que ma mère collectionnait dans sa buanderie.

— Voilà. C'est ce passage que j'adore. Dès que j'y suis arrivée, j'ai su que j'allais faire une offre. Le fils a garni une enveloppe pour ce mystérieux R. Il est persuadé que c'est un homme, et que c'est un dealer. C'est formidable, n'est-ce pas ?

Je ne compris pas si la question était posée à Clara ou à moi, car Françoise Rahmy-Cohen n'avait pas détaché ses yeux du texte.

— C'est vrai que le retournement de situation est bien amené.

— Oui, quel art de la narration. Il y a un suspense, on sent que…

— Je ne parlais pas de l'intrigue amoureuse, coupa Françoise Rahmy-Cohen, qui nous avait pourtant précisément interrogés dessus. Le ressort est assez banal, et s'il n'y avait pas eu la plume de l'auteur pour l'exploiter avec finesse, on aurait pu se croire en plein soap opera.

Dans une main les pages de ma traduction, dans l'autre les lunettes qu'elle avait déjà ôtées de son nez pour les secouer entre son pouce et son index,

Rahmy-Cohen se laissait gagner par la fièvre de l'orateur.

— Non, ce qui est formidable, dans le roman original, c'est la façon dont l'attente de R., la veille au soir, permet de figer le drame, d'imprimer d'ores et déjà sa tonalité tragique au roman. On est déjà dans le *fatum*, en vérité. Je dis « figer », mais c'est plutôt « sculpter ». C'est un sculpteur, Agostino… Son texte est gravé dans la pierre.

J'avais pourtant cru comprendre que son texte coulait entre nos doigts comme de l'eau claire.

— À partir d'une petite histoire de deal, d'une simple enveloppe remplie de quelques biffetons, il recrée une dramaturgie immémoriale.

À côté de moi, Clara opinait gravement du chef, comme si les mots de sa patronne venaient de lui dessiller les yeux, comme si, enfin, elle avait pris pleinement conscience d'une vérité universelle.

— Agostino prépare son terrain. Il est le seul, encore, à connaître la suite de l'histoire. Il nous prépare au coup de théâtre. Il pose les jalons. Et je ne parle pas de l'irruption de cette jeune femme. Cette jeune femme est un agent de l'intrigue, vous comprenez, elle est accessoire ! C'est la *tension* qui compte ! La tension. Et à ce stade, au moment où le personnage remplit de billets son enveloppe, on est déjà captifs. Si j'osais faire de l'analyse à la graisse d'oie, ajouta-t-elle en s'autorisant un sourire en coin, je dirais que c'est nous, lecteurs, qui sommes déjà dans l'enveloppe.

Clara interrompit son hochement de tête et laissa

échapper un « Haaa » d'admiration en haussant les sourcils.

— Je ne retrouve guère cette tension dans la traduction, jeta Françoise Rahmy-Cohen d'une voix soudain glaciale. Vous écrivez : « Tout autour, la nature guette. Marée de phalènes, grillons sur le qui-vive, moustiques pour lesquels il s'offre de lui-même en sacrifice. Barbelés dans la lumière du soir, les figuiers de Barbarie lui donnent l'impression d'avoir tout écouté. Témoins muets du désastre, dociles et traîtres sous la voûte céleste. »

J'étais déjà en train de chercher la page correspondante dans l'exemplaire de *Rebus*, mais Rahmy-Cohen m'interrompit d'une nouvelle menace de sa paire de lunettes.

— Qu'est-ce que je vous ai dit, sur la fidélité ? Je me contrefous de l'original ! Vous devez transmettre une atmosphère, voyez-vous. Là, je lis, je lis devant vous deux, et je devrais faire naître une atmosphère. Est-ce que je fais naître une atmosphère ? Est-ce que vous êtes tendus, en m'écoutant ?

Une bourrasque de pluie vint marteler la vitre, actionnant un nouveau stimulus du côté de ma vessie. Je n'aurais pas pu être plus tendu.

— Quelque chose ne va pas ? demanda Rahmy-Cohen après avoir scruté mon visage. Je vous sens tout raide sur votre chaise, tout embarrassé.

— Je…

— Françoise, intervint Clara, je crois que Julien a besoin de sortir quelques minutes. C'est au bout du couloir à droite, Julien.

Je n'étais pas le seul que le secours de Clara avait consterné : Françoise Rahmy-Cohen me fixait, bouche bée.

— Eh bien ! Allez-y, jeune homme, qu'est-ce que vous attendez ?

Je quittai le bureau d'un pas pressé. Après m'être délivré d'un nectar jaune foncé qui m'avait arraché un soupir de jouissance, je regardai mon portable. Valeria avait essayé de me joindre à plusieurs reprises et m'avait envoyé un long message dans lequel elle m'exhortait à ne pas « affoler » Totò pour deux raisons contradictoires : parce que ce scanner n'engageait aucunement son pronostic vital, et parce que Salvatore lui avait semblé très affaibli. Mais « moralement », précisait-elle, consciente sans doute du paradoxe. « Je pense qu'il a compris tout seul que tu es fâché contre lui », concluait-elle.

À mon retour dans le bureau, j'interrompis un conciliabule. Clara se cala au fond de son fauteuil en réajustant son chignon, et Rahmy-Cohen braqua vers moi tous les serpents qui sifflaient sur sa tête.

— Vous êtes soulagé ? me lâcha-t-elle avant que j'aie repris ma place. Il faut savoir s'imposer, dans la vie, jeune homme. Vous n'irez nulle part en regardant vos pieds !

Je m'assis et écoutai la fin de l'exposé qu'elle consacra au génie d'Agostino, à l'« incandescence froide » qui transparaissait dans chacune de ses lignes et que ma traduction avait bêtement « tiédie ». Pendant tout le temps que dura son réquisitoire, je m'efforçai de soutenir son regard. Quand elle eut fini, je n'avais pas la moitié d'une idée sur le moyen d'améliorer ma traduction.

— Vous avez vu ce qui se passe en Italie ? demanda-t-elle après avoir relâché sur le bureau les quelques pages qu'elle tenait encore au bout du bras. Les indicateurs sont au vert pour le Strega. Nous sommes ravis.

— J'ai aussi appris à Julien qu'Agostino allait être papa ! s'exclama Clara tout sourire, pour accompagner ce qu'elle avait interprété comme un radoucissement.

Rahmy-Cohen la foudroya du regard.

— Et vous lui avez transmis le fichier avec les nouveaux remerciements ?

— Oui, non… J'allais lui en parler quand vous êtes arrivée.

— Ne l'oubliez pas, Clara, fit Rahmy-Cohen, sans faire semblant de croire son assistante, c'est important. Agostino fait partie de ces rares personnes qui ont encore un sens éthique. Il s'apprête à entrer dans l'histoire du Strega comme l'un des rares écrivains à avoir reçu le prix pour un premier roman, il croule sous les sollicitations, mais il tient à faire savoir qu'il doit son triomphe à ses proches. Et il est tellement reconnaissant à la France – à notre maison, dirais-je, si j'étais immodeste – qu'il a voulu rédiger une page de remerciements inédite pour notre édition… Il est drôle, cet homme, qu'est-ce qu'il est drôle ! Je l'adore. Il faut l'entendre parler de son succès. Un coup du hasard, il dit, un heureux concours de circonstances.

Ah, je vous jure, certains de nos auteurs devraient en prendre de la graine… Il continue à aller partout avec son petit scooter, il mange chez sa mère tous les dimanches. C'est un homme vrai, oui, soupira-t-elle en laissant son regard flotter devant elle, un vrai romancier et un homme vrai…

Nous étions deux, à présent, à hocher la tête comme des petits chiens sur le tableau de bord.

— Bon, eh bien, je crois que je vous ai tout dit.

Au moment où Françoise Rahmy-Cohen posait ses deux mains à plat sur la table pour se relever, elle fut saisie d'une pensée qui la rassit aussitôt.

— Ah oui, surtout, euh, comment… Julien… attention aux contresens. Vous en avez fait un assez monumental dès les premières pages.

Elle souleva les pages devant elle avant de se souvenir qu'elle avait jeté le reste par terre. Du coin de l'œil, je surpris l'amorce d'un mouvement à ma gauche.

— Non, laissez, Clara.

Rahmy-Cohen considéra les feuilles au sol d'un air las.

— C'était une histoire de « payer les conséquences » que vous avez mal interprété.

— « *Andarci di mezzo* », oui, Clara l'a souligné, déjà. Je ne comprends pas comment j'ai pu passer à côté de cet idiomatisme que par ailleurs…

— Corrigez-le, d'accord ?

Elle me tendait déjà la main.

J'étais pourtant sûr de l'avoir entendue me dire, lors de notre premier rendez-vous, qu'elle parlait à peine l'italien.

XXVI

À l'exception des trois personnes qui s'affairaient à déplier des chaises et disposer sur deux tréteaux les denrées constituant l'alimentation de 99 % de l'édition française – bretzels et cubi de rouge –, la librairie était encore déserte. Même l'auteur invité à présenter son livre semblait encore absent. Ou bien figurait-il parmi les trois manutentionnaires. Je ne connaissais pas sa tête. À vrai dire, personne ne connaissait sa tête.

Parce qu'il était un auteur à moins de cinq cents exemplaires, Clara avait été chargée ce soir-là de représenter à elle seule les forces éditoriales de la maison qui le publiait. J'avais été ravi de l'invitation. Après le départ de Françoise Rahmy-Cohen, un lien entre Clara et moi s'était créé. Nous nous étions accroupis côte à côte pour ramasser les morceaux épars de ma traduction, nous avions tenté de nous remettre au travail comme si de rien n'était, mais nos paroles étaient comme sous-titrées dans une langue que la demi-heure passée avec Rahmy-Cohen nous avait enseignée en accéléré : celle de l'humiliation partagée. Nous n'avancions plus sur la révision et la fin de la journée approchait. « Si tu m'accompagnais ? » avait-elle lancé.

— Hellooo, fit une solide brune aux cheveux courts quand elle nous vit entrer. Tu es venue sans la patronne ?

— Françoise avait un dîner à l'ambassade du Brésil en l'honneur d'Ana Monteiro Fernandes. Mais elle m'a chargée de vous transmettre les salutations, les bisous, tout ça tout ça.

Clara libéra de son ciré à capuche son front frisottant de pluie.

— Sophie, je te présente Julien. C'est lui qui traduit le magnifique roman italien dont Françoise t'a déjà parlé. Et Sophie, ben… c'est notre irremplaçable chargée des relations libraires. C'est elle qui a orchestré la soirée de ce soir.

— Salut, Julien. Tu vois, quelle organisation. De quoi faire pâlir d'envie l'académie des oscars.

Nous nous fîmes la bise.

— Je vous proposerais bien de taper tout de suite dans le cubi, mais ça serait sympa d'attendre la fin de la lecture. Nicolas est en route, il a été retardé par sa baby-sitter. Si on est quinze, c'est bien. On a trente-deux participants sur l'événement Facebook, donc moins la déperdition habituelle… Marc, fit-elle en interpellant un quinquagénaire en sweat et chaussures à lacets en forme de ressorts, tu connais Clara Brugnard ? C'est elle qui siège à la droite de Françoise. Attention, ce n'est pas n'importe qui.

Clara s'esclaffa. J'allai poser ma veste sur le dossier

d'une chaise et cherchai à me faire oublier en passant en revue les tables de la librairie. Je retournai tous les ouvrages qui me passaient sous les yeux pour en lire mécaniquement les quatrièmes de couverture mais aucun mot ne parvenait jusqu'à mon cerveau. Je savais que si j'allais fumer une clope devant la librairie, je n'allais pas résister à l'envie de sortir mon téléphone pour en savoir plus sur l'état de santé de Salvatore.

Les premiers clients arrivèrent, ainsi que Nicolas, l'auteur, dont je découvris qu'il avait une gueule d'ange. Je continuai ma ronde. Par moments s'élevait un nuage de rires retenus qui agrégeait en lui toutes les caractéristiques de l'instant, la politesse des uns, l'embarras des autres, le trac de l'auteur, la bonne volonté du libraire. Je tenais entre mes mains un livre sur les meilleurs moyens de préserver sa flore intestinale quand Clara vint me tapoter l'épaule.

— Si tu veux être assis pendant la lecture, je te conseille de prendre une chaise maintenant.

En effet, la librairie s'était remplie. Des retraités du quartier qui paraissaient avoir inscrit la rencontre dans leur agenda depuis plusieurs semaines et attendaient le début de la prestation un bloc-notes à la main, mais aussi quelques personnes plus jeunes et mieux habillées, les lèvres frappées d'un sourire légèrement ironique. Sûrement des copains de l'auteur. Sophie avait été modeste : nous étions déjà plus de vingt.

Je pris place. « Tout d'abord, merci d'être venus si nombreux », commença le libraire aux lacets en forme de ressorts avant de dire combien le livre de Nicolas les avait émus, lui et toute son équipe. Je réalisai à ce moment que je n'avais aucune idée de ce dont le livre parlait. Le préambule du libraire ne m'aida pas à le découvrir, pas plus que la lecture qui lui succéda. J'étais bien plus intéressé par l'élégance négligée de l'orateur. Ne pas hésiter à associer la couleur de son T-shirt à celle de son gilet, notai-je mentalement. Assumer franchement sa calvitie. Se raser le crâne, peut-être. Puis je me concentrai sur Clara, que je voyais opiner du chef deux rangs devant moi. Cette fille savait décidément très bien opiner du chef. Et sa nuque était ravissante, surtout maintenant que la pluie avait libéré de son chignon encore plus de mèches tortillonnantes. Laura aussi rayonnait sous les intempéries.

Et *Rebus* aussi s'achevait sur une lecture en librairie, à Rome, et tellement bondée que le public fait le pied de grue sur le trottoir. Quelques jours plus tôt, le fils a appris que l'entrepreneur auquel il a vendu la maison de son père venait d'être mêlé à un immense scandale de corruption. Cette ironie ne lui déplaît pas. Les révélations apportées par le tremblement de terre ont mis un terme immédiat à sa relation avec Rachele, les mois ont passé, mais le fils continue de se sentir empoissé d'un secret qu'aucun rêve n'élude. Chaque matin, il se réveille le cœur battant entre des draps trempés, convaincu d'avoir commis un inceste.

Une salve d'applaudissements me tira de ma rêverie. Clara, radieuse, se retourna vers moi. Déjà, les rires avaient changé de tonalité. Sophie s'escrimait sur l'ouverture du cubi. Le libraire vint lui prêter main-forte, le vin surgit en même temps que les « ah ! » et les « bravo ». Clara s'approcha, tendant vers moi un gobelet en plastique.

— Ça t'a plu ? s'enquit-elle en choquant son verre contre le mien.

— Vachement, ouais.

Je bus une première gorgée de vin pour m'accorder le temps de la réflexion. Heureusement, Clara fut réquisitionnée par un lieutenant du libraire en chef. Je descendis mon verre en regardant une poignée de retraités se mettre docilement en file devant la table des dédicaces puis sortis seul fumer une cigarette sous l'auvent de la librairie. Sur mon paquet de Marlboro, un homme agonisait, des tubes plein le nez. *Fumer provoque une mort lente et douloureuse.* Salvatore allait mourir.

Clara me rejoignit en gloussant, accompagnée de Sophie.

— Le pauvre Nico, fit cette dernière en gobant la cigarette qu'elle tenait déjà toute prête entre ses doigts, il ne s'en sort pas ! Faut voir, y a des gens…

— Bon, mais il est content, quand même ? demanda Clara, la flamme du briquet illuminant tous ses bijoux. Il y avait du monde !

— Oui, mais j'aurais préféré qu'il y en ait plus, fit Sophie. Il le mérite, Nico. Son roman est vraiment bon. Bon, ajouta-t-elle en me faisant un clin d'œil, peut-être pas autant que celui que tu traduis. C'est quoi le titre, déjà… ? *Charade* ?

— *Rébus*, fis-je en souriant.

— Et c'est une histoire d'Œdipe, c'est ça ?

— Oh non ! sursauta Clara. Elle t'a tout spoilé, Françoise ?

— Ma chériiiie, tou sé pourtant qué la patronne elle mé dit tout !

— Et puis, si je peux me permettre, hasardai-je, je pense que c'est pas mal de lire le roman dans cette optique dès le début. Ça ouvre des perspectives d'interprétation.

— Je l'aime bien, ce garçon, asséna Sophie. Et ça va, la trad, tu t'en sors ? Si je me souviens bien, ces deux harpies t'ont donné des délais de malade.

— Oui, mais c'est important sur ce texte, répondit Clara sans me laisser le temps de placer un mot. Circonstances exceptionnelles. Il faut qu'à la rentrée ce bouquin soit sur toutes les tables en librairie. D'ailleurs, ça me fait penser que je ne t'ai pas envoyé les remerciements !

— Ah oui, tiens. Mais c'est quoi qu'il a ajouté, en fait ?

— Honnêtement, je n'ai même pas regardé le fichier. Je sais juste qu'il a écrit à Françoise en disant que pour lui, la publication en France revêtait une signification spéciale.

— Ah ouais ? intervint Sophie. C'est bon à savoir, ça, si je veux organiser une tournée en librairie. Et puis l'avantage, c'est qu'on a un gentil traducteur à portée de main, dans le cas où on aurait besoin d'un interprète…

J'étais trop paralysé pour réagir à cet appel du

pied. Pour Agostino, la publication en France revêtait une « signification spéciale ». Je me surpris à souhaiter que la mort de Salvatore coïncide avec l'arrivée d'Agostino à Paris, puis je songeai que si Salvatore mourait, Agostino l'apprendrait, et assisterait à son enterrement, et que j'allais de toute façon être obligé de le rencontrer. Et l'image de cet enterrement raviva le souvenir d'un autre, un autre auquel Salvatore avait assisté, et je fus de nouveau projeté face à cette question abyssale : et si Salvatore, comme le père dans *Rebus*, avait couché avec Laura ?

— La promo en France, je sais pas, fit Clara sans détacher les yeux de l'écran de son téléphone. Il va avoir un bébé à la fin de l'été, et je ne pense pas qu'il sera très mobile. Voilà, je te les ai envoyés, ajouta-t-elle à mon adresse en glissant son téléphone dans sa poche.

Nous suivîmes Sophie à l'intérieur. Devant la table des dédicaces, les retraités avaient laissé place aux amis de l'auteur. Le jeune lieutenant du libraire nous servit à chacun un gobelet de vin.

— On n'a pas été présentés, me dit-il en me tendant mon verre. Tu travailles avec Clara ?

— D'une certaine façon, oui, je suis traducteur.

— Ah oui, de quelle langue ?

— De l'italien.

— J'adore l'Italie.

— Je te comprends.

— Surtout Rome. Venise, aussi.

Un éclat de voix interrompit nos profondes considérations. Un retraité plus coriace que les autres s'en prenait à la préposée à la caisse au sujet d'un livre sur une ethnie rattachée aux Sioux dont il ne connaissait ni le titre ni l'auteur et qu'elle ne parvenait pas à retrouver dans sa base de données. Puis l'homme continua à bloquer le passage pour étudier une par une chacune des petites annonces qui ornaient, comme chez Salvatore, l'arrière de la caisse.

Le libraire m'interrogea sur *Rebus* mais s'ennuya vite. J'allai me resservir un verre au comptoir et plongeai ma main dans le saladier de bretzels. Clara réapparut à ma droite.

— Sophie est super grande gueule, mais c'est une fille en or. C'est top, ce qu'elle fait pour nos auteurs.

— Pas de problème. Et puis j'aime bien les grandes gueules. Quand elles restent gentilles. Ça doit pas être facile tous les jours d'avoir Françoise Rahmy-Cohen comme patronne…

Clara faillit s'étouffer avec son vin. Quand elle baissa son verre, elle dut rattraper de l'index une goutte qui lui coulait sur le menton.

— Facile, fit-elle en suçant son doigt, ce n'est peut-être pas le mot, effectivement, mais passionnant, oui. Françoise est un génie. J'apprends beaucoup avec elle. Aujourd'hui, ce n'était pas son jour. Mais je t'assure que quand on est toutes les deux, on a une relation vraiment basée sur la confiance.

Je fis mine de la croire.

— Tant mieux, alors. Moi, j'avoue que je ne m'attendais pas à ce lynchage.

— Je comprends, dit-elle avec une mine embêtée. Mais tu es content, quand même ? De traduire *Rebus*, je veux dire.

Un instant, je pensai tout lui dire. Sur le chemin de la librairie, Clara m'avait confié certaines informations personnelles qui avaient réactivé en moi des réflexes que je croyais emportés avec Laura. Clara avait grandi loin des beaux quartiers, elle s'était battue pour gagner sa place. Selon l'angle que j'adoptais, elle pouvait incarner ou bien une version aboutie de Laura, ou bien sa copie ratée. Un instant, je pensai tout lui dire. Un instant, seulement.

— Carrément. Oui. Bien sûr que je suis content. J'ai juste toujours du mal à comprendre que vous ayez pu faire appel à un bleu comme moi, sans me demander le moindre essai.

J'eus l'impression que ma réflexion mit Clara mal à l'aise. Elle regardait ses pieds en lissant les plis de son short. Mais le vin, quand je le bois trop vite, a toujours flatté mes penchants paranoïaques.

— Je bénis le gars qui a filé mon nom. Tu dois le connaître, d'ailleurs. Rodolphe Dupire…

— Ça ne me dit rien, non, mais je ne suis pas dans le secret des dieux. Et ce qui compte, c'est que tu aies été appelé ! Tu te débrouilles vraiment bien, sincèrement.

— Merci. Même si je me suis vraiment chié dessus avec ce contresens. Je ne me souvenais pas que Françoise m'ait dit qu'elle parlait si bien l'italien.

Sophie fit irruption entre nous, entraînant l'auteur qui avait besoin d'être rassuré sur sa prestation. Clara se chargea de lui dire qu'il avait été top et je parvins à m'éclipser. J'allai m'accouder en face du saladier de bretzels pour en gober les dernières miettes.

L'idée fut lancée de poursuivre la soirée dans un bar du bout de la rue. Je sortis attendre Clara et les autres devant la porte en fumant une cigarette. Par réflexe, je regardai mon téléphone. Valeria avait encore essayé de me joindre. Je la rappelai. Non, je n'allais pas parler à Totò de son scanner, la rassurai-je, sans plus chercher à en savoir davantage. Je proposai de lui envoyer l'adresse du bar. Dans la librairie, les gens traînaient. J'avais le temps de regarder le fichier de remerciements que Clara m'avait envoyé.

Dès la première phrase, mon pouls fit une embardée. « *Essere letto in francese per me vuole dire tanto* », écrivait Agostino, sans associer son anonyme traducteur à la satisfaction que représentait pour lui l'idée d'être « lu en français ». Peut-être croyait-il que les mots de *Rebus* pouvaient se transmuer d'une langue à une autre par le seul pouvoir de l'estime qu'il portait à ce « pays frère », à cette « chambre voisine » dont il guettait, « l'oreille sur la porte », les « échos » depuis qu'il était enfant. Dans le deuxième paragraphe, je compris qu'Agostino avait brandi ces considérations culturelles dans le seul but d'endormir notre vigilance : c'était bien vers lui, cet homme que les dernières années avaient mis face à des « épreuves sous-estimées », parmi lesquelles la rédaction de l'œuvre que nous tenions entre les mains, que convergeaient tous les rayons de sa fausse modestie. Agostino tenait à faire savoir qu'il avait souffert, en laissant toujours suspendu le doute quant à l'origine de ses souffrances. Écrire *Rebus* avait été douloureux, et plus encore que la publication italienne, le désir d'une grande éditrice comme Françoise Rahmy-Cohen de l'accueillir au sein de sa maison représentait la plus belle des récompenses. Car Paris avait joué un rôle dans la genèse du roman, lis-je. Il y a des voyages qui vous donnent l'impression de rentrer à la maison. À Paris, Agostino avait réfléchi, pansé certaines plaies, écrit. Dans les rues de cette capitale cousine, il avait trouvé la foi de continuer dans les moments d'abattement. Merci à Françoise d'avoir incarné ce rôle que désertent bien souvent les éditeurs de littérature étrangère : merci d'être une amie, une écoute, un relais dans cette annexe de mon cœur qui m'a permis comme aucun autre lieu de penser à celui que j'avais quitté – cette ville qui m'a permis de regretter la mienne, de l'aimer. Et donc, comment clore ces remerciements sans penser à toi, Agnese ? Toi qui m'as attendu, qui m'as soutenu, qui as su comprendre. Pendant toutes ces années. Toi qui offres la solution à chaque mot de cette énigme, et à qui je dédie *Rebus*.

« Tu vas être trempé, viens avec moi ! » Sophie m'arracha à mon écran. Recroquevillés sous son parapluie – j'avais bien sûr oublié le mien dans le bureau de Clara –, nous fîmes chemin ensemble jusqu'à un petit bar à l'ameublement anachronique. Clara nous suivait de près. Je me tournai vers elle dès que nous franchîmes le seuil.

— Je comprends, maintenant, pourquoi Françoise tenait à ce que je reçoive les remerciements… C'est carrément une déclaration d'amour ! Vous n'avez pas peur que ce soit un peu *too much* ?

— Il faut que tu saches quelque chose, Julien, fit Clara en libérant de l'emprise de l'élastique ses cheveux qui retombèrent en un nuage de boucles humides : Françoise aime le *too much*. Elle ne recule devant rien. Et elle a un peu pété un câble avec ce bouquin. C'est bien, hein, très bien, mais je ne l'ai jamais vue s'impliquer autant pour un livre étranger.

— Ils se sont déjà rencontrés en personne ? demandai-je, inquiet.

— Agostino est venu avec sa femme à Paris quand Françoise a décidé de le publier. Je crois qu'ils avaient déjà ce week-end de prévu…

— Vous buvez quoi, les jeunes ? demanda Sophie, alors que nous allions la rejoindre au comptoir.

Quelques minutes plus tard, j'étais assis en face de Clara à une table avec l'auteur et d'autres rescapés de la lecture. Nicolas interrogeait Clara sur son parcours dans l'édition. Dans sa bouche, les patrons de maisons d'édition n'apparaissaient plus que sous leurs prénoms. « Olivier est un homme très exigeant », « J'adore parler de politique avec Luc », « C'est grâce à Karine que j'ai publié mon premier texte. » Je m'autorisai quelques coups d'œil qui fortifièrent la complicité entre Clara et moi. Lorsqu'une cliente éméchée vint se poster devant notre table pour lancer

« C'est vrai qu'il y a un écrivain, ici ? », Clara me proposa de sortir fumer.

Je l'aidai à allumer sa cigarette en me rapprochant d'elle plus que les conditions climatiques ne l'exigeaient. La pluie avait cessé.

— J'ai regardé les remerciements tout à l'heure, fit-elle en recrachant la fumée. C'est vrai qu'il n'y va pas avec le dos de la cuillère, mais ce qui m'étonne, surtout, c'est qu'il ne cite personne, à part Françoise et sa femme. J'étais pourtant sûre d'avoir compris qu'il voulait remercier des gens. En fait, c'est juste un texte sur ce que la France représente pour lui, et a représenté dans la rédaction de son bouquin…

Mes sens se mirent en alerte.

— Il n'y a aucun remerciement dans le roman italien ? demanda-t-elle.

— Pas dans mes souvenirs.

— Alors il est vraiment tombé sous le charme de Françoise. Ce ne serait pas le premier, après tout.

Je fus tout à coup convaincu qu'Agostino avait demandé à faire ajouter les remerciements dans le seul but que Laura les lise. Mon téléphone vibra dans ma poche : « Et donc, cette adresse ? » Agostino avait voulu profiter de la publication de son roman en France pour atteindre Laura sur un territoire qui jusqu'alors n'appartenait qu'à elle.

Je répondis à Valeria et me décidai à amener Clara vers des sujets de conversation moins éreintants. J'eus enfin le courage de lui demander si elle vivait seule. Elle vivait seule. Je la laissai m'exposer les grandes lignes de sa relation passée en cherchant à déterminer si par « meilleure décision prise ces dernières années » elle voulait dire que c'était le mec qui l'avait quittée. Puis ce fut mon tour de dérouler mon parcours sentimental. Soucieux de me ménager une marge de manœuvre pour la suite, je lui parlai d'une « longue histoire chaotique » qui s'était « plutôt mal finie » : je pouvais incarner cet homme brisé incapable de s'intéresser à la même femme plus de trois nuits d'affilée, mais je pouvais aussi représenter un objectif stimulant pour une jeune personne dotée d'un minimum d'esprit de compétition.

« Les relations toxiques, je connais », dit Clara alors que j'espérais encore pouvoir faire semblant de lâcher contre mon gré des détails sur la personnalité de la jeune femme qui m'avait brisé le cœur : la double nationalité de Laura impressionnait toujours les filles. Avant le garçon terne avec lequel elle avait cohabité trois ans, Clara avait vécu une histoire avec un homme marié « beaucoup plus âgé » qu'elle – de combien, je ne le demandai pas. Nous convînmes ensemble de l'énorme perte d'énergie que représentaient les passions dévoratrices alors qu'il était évident que nous aurions vendu nos familles entières pour pouvoir nous sentir à nouveau embrasés de la pureté d'un amour malade, puis nous dérivâmes sur le sujet des signes astrologiques. Je connaissais le truc : Clara n'était pas la première à s'être hasardée à composer à l'aveugle mon thème astral. « Toi, tu m'as tout l'air d'un Taureau », déclara-t-elle sans que je réussisse à comprendre s'il s'agissait d'un compliment. Quand je lui appris que j'étais Verseau, elle hocha la tête avec un air entendu, les sourcils levés comme au souvenir d'un passé trop lourd pour être formulé. « Verseau… Ça alors, je ne l'aurais jamais dit. »

Nous étions adossés au mur coude contre coude, sous les nuées jumelles de nos cigarettes. Nous aurions dit les mêmes choses, fait les mêmes gestes, allongés sous un drap. Clara me chambrait sur l'attitude d'« ourson effarouché » que j'avais eue pendant la première heure de toutes nos entrevues. « Arrête de t'excuser d'exister ! » me dit-elle en me donnant l'occasion de la toucher, sur l'épaule, des deux mains, comme si j'allais la secouer. J'eus très envie d'allonger Clara sous mes draps. De découper la partie de mon cerveau qui continuait à revenir à Salvatore, aux remerciements, à Laura qui m'avait si souvent traité d'ourson, elle aussi, parce que c'était moi, son *orsacchiotto*, à cet homme « beaucoup plus âgé » aux charmes duquel Laura comme Clara avait peut-être succombé ; de découper ce lobe cervical putride pour me livrer à l'excitation naïve d'une première fois.

Quand Valeria débarqua avec Hervé, j'étais attablé avec Sophie, Clara, le jeune libraire, Nicolas, deux copains à lui. Nous avions enfin atteint ce moment de grâce qui vient lorsque l'alcool, amorti par l'heure tardive, semble avoir fluidifié la conversation aussi efficacement qu'une dose d'aspirine. Armés de deux pintes dont j'avais vu Hervé payer la totalité, mes deux amis s'étaient intégrés à la conversation sans en ralentir le débit. Tout le monde avait les yeux brillants et un coude posé sur la chaise de son voisin. J'en étais à ma troisième pinte et Salvatore et *Rebus* s'étaient enfin éloignés de moi. Ivre de bienveillance, je surpris la main d'Hervé sur le genou de Valeria sans me sentir trahi.

Le bar ferma, le gros des troupes prit congé, et nous nous retrouvâmes, Clara, Hervé, Valeria et moi, seuls dans une rue au pavé luisant. Je proposai de nous mettre en quête d'un kebab, ce qui n'était pas une mince affaire dans le 6e, aussi l'idée de partager un Uber jusqu'à Belleville fut-elle adoptée à l'unanimité.

Nous dévorâmes de la viande à l'origine non contrôlée dans une échoppe du quartier en ironisant sur les paroles de la chanson de R'n'B que recrachait un haut-parleur au plafond. Valeria et Hervé, surtout. Clara parlait moins, et je commençais moi-même à sentir descendre l'euphorie de la soirée. Incessamment, nous allions devoir nous plier à un rituel que nous avions trop souvent vécu pour croire qu'il nous ouvrirait la porte d'un conte de fées. Nous étions vendredi soir : Clara n'avait aucune raison de ne pas pouvoir passer la nuit hors de chez elle. Hervé chercha à ranimer la conversation en nous invitant à une comparaison raisonnée des différents types de sauces de kebab. Je défendis mollement les mérites de la samouraï, tandis que Clara prit fait et cause pour l'algérienne. Valeria mâchait en regardant son téléphone.

— J'ai appris un truc, dit-elle la bouche pleine. Sur Facebook, quand on te propose d'ajouter quelqu'un, quand on te dit « vous connaissez peut-être », ça veut dire que la personne en question va régulièrement consulter ton profil. C'est comme ça que j'ai découvert que je me faisais stalker par un ex de Cagliari.

— Tu viens de Sardaigne ? demanda Clara, aussitôt interrompue par Hervé.

— Mais non, c'est impossible. C'est parce que vous avez plein d'amis en commun. Désolé.

— Sauf qu'on n'a aucun ami en commun. Désolée.

Clara recommença à piocher dans ses frites. Elle semblait en proie au même questionnement que moi : ces deux-là étaient-ils en couple ?

— Mais vous étiez dans le quartier, en fait ? demanda-t-elle. Avant de nous rejoindre au bar ?

« Oui », dit Valeria au moment où Hervé disait « non ». Clara haussa un sourcil interrogateur.

— On est allés au cinéma, mais pas vraiment dans le même quartier, expliqua Valeria. On avait très envie de voir Julien. Les amis, ça doit être là.

Hervé secoua la tête en repoussant son plateau vide. Valeria me fixait avec insistance : *Elle est au courant ?* me demandait-elle avec ses yeux. Je détournai la tête.

— Et vous êtes allés voir quoi ? fis-je pour couper court.

— *The Revenant.*

— Ah ! Je l'ai vu, s'exclama Clara. J'ai adoré. Il est top, Di Caprio.

— J'ai détesté, répondit Valeria du tac au tac, les yeux toujours rivés sur moi.

— Non non, moi je n'ai pas détesté, modéra Hervé. Je suis d'accord avec toi pour la prestation de Di Caprio… Si il a pas l'Oscar, avec ça…

— Julien, tu viens fumer ? demanda Valeria.

— Tu comptes la baiser ? me demanda-t-elle dès que nous nous retrouvâmes à l'extérieur.

— *Vale, per favore. Come parli !*

— Appelons un chat un chat, Ju. Mais tu as raison, elle est mignonne. Et elle a l'air gentille.

Je connaissais la signification de l'adjectif, dans sa bouche.

— En fait, j'ai changé d'avis, pour Totò. Je pense que tu devrais l'appeler pour crever l'abcès. Dès demain matin. Sans lui parler directement de ses examens, tu es censé ne rien savoir, ni de *Rebus*, mais pour briser la glace, parce que ça lui ferait du bien, dans ce moment précis.

— Tu sais, j'en viens à me demander si je n'ai pas juste été son animal de compagnie, pendant toutes ces années. Moi ou un autre, tant qu'on l'admire et qu'on est là pour picoler avec lui…

— Qu'est-ce que tu racontes ? s'insurgea Valeria, la voix dure.

— Vale, je sais pas… Je me suis fait un film en relisant *Rebus*… Je me demande s'il ne serait pas possible… S'il n'est pas complètement délirant que… je crois que Totò a couché avec Laura.

Valeria avait une mine effarée.

— Peut-être juste une fois, ajoutai-je pour me faire pardonner.

— Bon, stop, là. Ça a assez duré. Tu t'es fait cocufier par une meuf que tu ne vois plus depuis mille ans, d'accord, c'est pas agréable, d'accord, mais il faut que tu fasses un travail sur toi, maintenant. Le passé, c'est le passé, et la fiction, c'est la fiction. Retourne voir un psy, merde ! Comment tu peux croire un truc pareil ?

— Mais merde, pourquoi toutes ces coïncidences ?

— Laisse Totò en paix, il s'est fait baiser au moins autant que toi, crois-moi.

— Parce qu'il s'est laissé impressionner par un connard d'écrivain de merde ! Parce qu'il a joué les courtisans au lieu de rester mon ami !

— Julien, rentre chez toi, m'intima Valeria en posant déjà ses mains sur la porte de l'échoppe. Romps avec Totò, si ça peut te soulager, mais je t'interdis de salir sa personne en insinuant des trucs pareils.

« Et il faut quand même que tu saches un truc, ajouta-t-elle en retenant la porte entrouverte : personne n'a jamais cru que ton histoire avec Laura allait durer. Personne. *Nessuno. Mai.*

Aux regards de Clara et Hervé à notre retour, je compris qu'ils avaient surpris quelques éclats de voix. Valeria récupéra ses affaires et nous fit une bise glaciale avant de tirer Hervé par la manche.

— J'ai dû louper un truc…, songea Clara à voix haute alors que nous regardions Valeria et Hervé s'éloigner sur le boulevard.

— Moi aussi. Tu viens boire un dernier verre ?

XXVII

Je lus le mail dans un demi-sommeil, l'écran sous la couette pour éviter d'éclairer la pièce et de réveiller Clara. Vincenzo m'invitait à son mariage, à la fin de l'été. « Un truc informel, surtout un prétexte pour faire la fête. » Je n'avais jamais assisté à un mariage en Italie. Le seul auquel j'avais été convié, trois ans et demi auparavant – celui de Pietro et Ilaria, deux anciens colocataires à Rome –, s'était tenu juste quelques semaines après la rupture. Les billets avaient déjà été achetés – dois-je préciser que c'est moi qui les avais payés ? –, notre venue, confirmée. Un après-midi, quelques jours seulement après qu'elle avait repris toutes ses affaires, Laura m'avait appelé, la voix blanche, pour me reparler du projet. « Tu es où ? » était tout ce que j'avais trouvé à lui répondre. Elle n'était pas loin. J'avais monnayé une résolution du problème contre une entrevue en chair et en os. Pendant les semaines qui avaient suivi notre séparation, le besoin que j'avais de voir Laura était primaire, physiologique, indépendant de toute expectative.

Nous nous étions retrouvés dans un café, hagards,

mal fagotés, des boutons plein la figure. En y repensant au lit ce matin-là, le corps de Clara comme une masse morte à l'autre bout du matelas, je réalisai que ce fut la dernière fois que j'avais vu Laura. Cette fin d'après-midi dans un café normal qui tournait normalement, avec son lot d'alcooliques au bar et RFM en fond sonore. Le verre de vin blanc que j'avais à peine touché. Mes yeux secs. Le poids que je sentais s'écraser sur mon cœur et sur mes épaules et qui me coupait la respiration. La conscience très précise que c'était vraiment foutu. Et tous ces passants qui n'arrêtaient pas de marcher, parler, téléphoner, se disputer, tous ces gens qui n'arrêtaient pas de vivre, de l'autre côté de la vitre.

J'avais tout de suite fait savoir à Laura que je n'avais aucune intention de me rendre au mariage. Elle non plus. J'avais pris sur moi la responsabilité de prévenir Pietro. Je n'avais aucun problème à étaler mon malheur devant les autres. Finalement, l'histoire du mariage avait été réglée vite et nous avions dû nous résoudre à nous redire au revoir, et je ne sais plus lequel était parti le premier.

Une dizaine de jours plus tard, alors que le mariage approchait à grands pas et que j'avais déjà écrit à Pietro, Laura m'avait envoyé un message pour me dire qu'elle avait changé d'avis : elle était terrassée de chagrin, mais il lui paraissait important de ne pas piétiner les « belles choses » associées à notre vie d'avant. Notre colocation romaine en faisait partie, notre amitié avec Pietro et Ilaria aussi. Elle achevait son mail en disant qu'elle m'avait fait un virement pour me rembourser ses billets et qu'elle espérait que ma mère allait bien. J'avais découvert sur mes relevés qu'elle m'avait versé bien plus : presque la totalité du prix de nos deux allers-retours. J'aurais pu la tuer pour tant de droiture rétrospective.

Clara poussa un long soupir dans son sommeil – plus sensuel que ne l'avaient été tous ses gémissements de la nuit réunis. Elle avait accepté de venir boire un dernier verre avec une facilité qui laissait peu de doutes sur sa disposition d'esprit : la perspective de coucher avec moi comblait un néant circonstanciel. Puisque l'issue de la nuit ne faisait plus le moindre doute, que nous savions tous les deux que l'idée d'ingérer encore une dose d'alcool n'avait été qu'un prétexte pour rendre socialement acceptable la présence de Clara chez moi, elle avait opté pour une tisane, et je l'avais accompagnée. Nous nous étions assis face à face, adossés chacun contre un montant de mon canapé, et je n'avais pas tardé à prendre entre mes mains l'un de ses pieds. C'était Clara, la jambe tendue dans une position dont je ne pouvais pas dire à coup sûr qu'elle était confortable, qui avait brandi la première les périls que nous courions en franchissant de la sorte les limites du flirt. « C'est n'importe quoi, ce qu'on est en train de faire », avait-elle dit en gloussant de plaisir, et j'avais compris qu'elle ne faisait qu'exprimer un désir à voix haute dans l'espoir de le rendre réel.

Clara se retourna dans le lit et me fit face, allongée sur le ventre, les mains ramenées sous l'oreiller. Je lui jetai un coup d'œil anxieux, priant pour qu'elle dorme encore un peu. Vincenzo ne se contentait pas de me convier à ses noces. Après mille détours, il me demandait l'autorisation d'inviter aussi Laura. Il avait très envie de réunir tous les anciens colocataires, mais il ne voulait pas que cela finisse comme au mariage de Pietro et Ilaria. Donc il me demandait à moi d'abord, parce qu'« un seul valait mieux qu'aucun ». Poussé par un besoin urgent, je pris le risque de me rehausser contre l'oreiller. J'écrivis à Vincenzo que j'aurais été ravi d'être de la fête mais qu'il ne m'était pas envisageable de passer toute une journée en compagnie de Laura. *Scusami, ma non ci penso nemmeno*, tapai-je en sentant déjà monter en moi une vague d'amertume. Un mariage sur deux, concluai-je, n'était-ce pas déjà fair-play ? Le message partit au moment où Clara ouvrit les yeux.

« Déjà sur Facebook ? » demanda-t-elle avec un ton provocant qui n'avait pas franchement caractérisé nos interactions de la nuit. Le dernier échange un peu piquant avait eu lieu sur le canapé. J'étais convenu avec Clara que nous étions en train de faire *n'importe quoi*, et j'en avais profité pour taper sur Françoise Rahmy-Cohen. « On ne peut pas tous être des robots. On ne peut pas tous être comme ta patronne », avais-je commenté en pianotant du bout des doigts le long de son mollet. « Quelle salope, cette femme. Avoue-le. Allez, dis-le. » Clara avait ri, puis elle avait articulé un « Oui » tout bas. J'avais gagné. Ensuite, je n'avais eu qu'à me pencher pour l'attraper par la taille et l'inciter à remonter sa bouche jusqu'à la mienne.

Clara avait fini à califourchon, elle avait continué

à murmurer que c'était « n'importe quoi » en ondulant son bassin contre ma braguette alors que c'était tout ce qu'il y avait de plus conventionnel, puis je l'avais emmenée dans ma chambre, inquiet. Ma bite avait du mal à suivre les aléas de ma pensée. Un coup, je repensais aux remerciements d'Agostino et à la façon dont, je le percevais d'autant mieux que j'aurais été tenté de mettre en place un stratagème semblable si j'avais eu son talent et sa discipline, ce dernier avait voulu faire souffrir Laura en rédigeant une page de remerciements à la gloire exclusive d'Agnese ; un coup, j'imaginais Laura au lit avec Salvatore, puis je m'en voulais de nourrir de tels fantasmes, et alors je me maudissais d'être aussi soumis aux diktats de Valeria. Tant bien que mal, Clara et moi avions fini sous la couette. La chambre était froide, et mes pieds n'arrêtaient pas de sortir de sous les draps tandis que, la tête entre ses cuisses, je tentais d'arracher à la jeune éditrice des gémissements qui auraient accrédité la thèse selon laquelle nous étions vraiment en train de faire n'importe quoi. Je n'avais qu'une capote à portée de main, les autres étaient dans la salle de bains, et l'idée de devoir traverser l'appartement nu, mon érection chancelante entre les cuisses, fit planer sur mes performances une obligation de résultats qui rendit mes premiers va-et-vient mécaniques. Je jouis tard, la tête enfoncée dans l'oreiller, après quelques passages à vide et l'habituel trio de positions qui ne sembla pas épuiser que moi. Je préférai ne pas chercher à savoir si Clara avait atteint l'orgasme.

« Je ne suis pas sur Facebook », répondis-je en déposant mon téléphone sur le parquet. Je me rapprochai de Clara et passai un bras par-dessus l'oreiller sur lequel elle reposait, ma bouche orientée dans un autre axe que son visage pour lui épargner mon haleine matinale. Nos pieds se frôlèrent sous la couette. Ceux de Clara étaient aussi chauds que deux pains au chocolat à peine sortis du four.

— C'est marrant, moi, je n'utilise presque plus Facebook, dit Clara. Tu n'es pas sur Insta ?

— Non… je suis pas très bon pour les photos.

— Pourtant c'est l'avenir de notre siècle, constata-t-elle, philosophe, en rapprochant de manière presque imperceptible son corps du mien. C'est fou, ce que disait ta copine hier soir, sur le coup de « Vous connaissez peut-être »… Elle est féroce, cette fille, fit-elle après un temps.

— Féroce, ça lui va bien.

J'avais commencé à remuer le pied et exerçais de très légères caresses sur sa voûte plantaire.

— Elle a l'air intelligente. Sympa, je ne sais pas.

Clara se retourna sur un flanc, si bien que son visage se retrouva collé à mon épaule.

— Je suis content, je viens d'être invité à un mariage à Rome en octobre. J'adore Rome en automne.

— Ah, juste après la sortie de *Rebus*. Tu pourrais prendre un café avec Agostino. Tu aurais sûrement plein de bonnes nouvelles de la France à lui apporter.

J'interrompis les caresses du pied. Clara dut s'en apercevoir, car elle replia sa jambe contre son ventre. Surprise : son mollet rencontra ma cuisse. Octobre était loin. D'ici octobre, Agostino n'aurait plus envie de me rencontrer.

— Peut-être, oui. On verra. Honnêtement, je ne suis pas sûr qu'il en ait quelque chose à branler, de son traducteur. Sinon, il aurait déjà voulu entrer en contact avec moi.

La parcelle de peau de Clara en contact avec mon corps faisait remonter de la chaleur le long de mes veines, un peu plus haut, toujours un peu plus haut. Je repris :

— C'est bizarre, d'ailleurs… Ce truc qu'il ne veuille rien savoir de moi. Je pense par exemple qu'il connaît sa traductrice de l'allemand, lançai-je pour voir.

Clara ne semblait pas vouloir discuter des raisons qui avaient poussé son auteur à maintenir son traducteur français dans l'anonymat. Elle produisit un son nettement identifiable comme un bâillement forcé. Dans le mouvement, sa tête remonta un peu plus, tandis que je tassais mon torse pour provoquer l'arrivée inopinée de sa tête sur ma poitrine. Mais la tête était encore sur l'oreiller.

— Tu es déjà allée à Rome, je ne me souviens plus ?

— Oui, je te l'ai dit hier soir ! Devant le bar ! Pour mes vingt-cinq ans, avec quatre copines.

Sur mon épaule, je perçus le frais froissement d'une lèvre humide.

— Ah oui, c'est vrai. Pardon.

— Tu ne m'écoutes pas, espèce de goujat ! fit Clara en enfouissant sa tête dans l'oreiller, provoquant un mouvement de tout son corps qui se retrouva soudain pressé contre le mien.

J'avais perdu sa tête mais j'avais l'entièreté de sa chaleur sur toute la longueur de mon épiderme. Clara était maintenant étendue sur le ventre, la tête dans l'oreiller, faussement fâchée. Je soulevai discrètement la couette pour admirer l'étendue de sa peau.

— Pardon, fis-je à l'arrière de son crâne en me relevant sur le coude.

Je frôlai ses omoplates avec la pulpe de mes doigts. Je perçus son raidissement. Elle se retourna de tout son long, ses narines pile dans l'axe de ma bouche.

— Bon, je te pardonne.

J'étais obligé de garder le silence. Je me rallongeai sur le dos et passai la main sous sa nuque pour inviter sa tête sur mon torse nu. Elle se recroquevilla dans le creux de mon aisselle, passa une cuisse par-dessus mon ventre, et nous restâmes quelques secondes dans cette position qui était tellement de Laura et moi que nous lui avions donné un nom : Clara m'« encrabait ». Puis nos gestes s'enhardirent. Nous descendîmes nos doigts au même moment, pratiquant sur l'un et l'autre un hésitant contrôle technique. Elle était mouillée, j'étais dur. Traverser l'appartement nu me sembla moins laborieux que dans la nuit. Cette fois-ci, je fus presque sûr de la sentir jouir.

Je lui servis un café et quelques biscottes ramollies. Nous parlâmes de la soirée de la veille, du bagou de Sophie, de la médiocrité du roman de leur auteur, du fait que Clara n'avait plus aucun mal à reconnaître devant moi la médiocrité des romans de ses auteurs, du vieux fou qui avait failli faire un esclandre parce que la libraire n'avait pas su lui trouver son livre sur les Mayas. Ou bien étaient-ce les Iroquois ? Nous plaignîmes les personnes qui avaient déposé des petites annonces et qui risquaient de recevoir l'appel de cet allumé. Puis nous revînmes sur le sujet de ma traduction, et nous accordâmes pour dire que j'allais devoir m'y remettre au plus vite. J'insistai sur ce point-là. Je ne voulais pas passer pour un cuistre, mais je connaissais les lois de mon transit matinal : il fallait que Clara parte. À mon grand soulagement, elle déclina la proposition que je lui fis de prendre une douche et me smacka maladroitement sur le seuil de la porte. « On se reparle bientôt, de toute façon ? », me dit-elle du haut des escaliers.

Vincenzo m'avait répondu. Il n'avait pas saisi ma dernière allusion au sujet du principe fair-play d'un mariage sur deux. Je relus le message. En fait, il avait très bien saisi mon allusion, seulement il n'y avait pas eu de partage équitable : Laura n'avait pas assisté au mariage de Pietro et Ilaria. C'était écrit noir sur blanc. Laura m'avait remboursé des billets qu'elle n'avait pas utilisés pour se rendre à la fête. Je me souvins qu'à l'époque, aucune photo du mariage n'avait attesté la présence de Laura, mais je pensais que les invités avaient volontairement filtré les photos visibles sur mon fil d'actualités par égard pour mon cœur brisé. J'avais surestimé leur délicatesse.

À toute allure, le souvenir des remerciements prit place dans mon raisonnement. *Come chiudere questi ringraziamenti senza pensare a te, Agnese ?* Agnese était déjà avec Agostino quand ce dernier avait rencontré

Laura, en 2010. Elle était retournée vivre à Rome en 2011 – je connaissais par cœur, désormais, la date de l'album « Welcome back Roma ! » –, mais qui me disait qu'Agostino n'avait pas continué à voir Laura après ? J'ouvris « Welcome back Roma ! » Fis encore défiler les photos. *Toi qui m'as attendu, toi qui m'as soutenu, qui as su comprendre.* L'expression d'Agnese, blottie contre Agostino sur le seuil de l'appartement : ce sourire fané par une inquiétude qui remontait le long des pommettes, ridait son front et redescendait entre ses sourcils pour déposer au cœur de ses pupilles une goutte d'encre plus foncée – ce circuit d'inquiétude qui déformait son visage si manifestement, à présent, qu'il me suffit de regarder la façon dont les doigts d'Agnese s'agrippaient à la ceinture d'Agostino pour cueillir la confirmation qu'elle avait peur qu'il s'en aille. *Durante tutti questi anni.* Qu'elle avait peur qu'il s'en aille à nouveau. Qu'il n'avait pas arrêté de s'en aller, *pendant toutes ces années.*

Je compris : Laura avait utilisé les billets pour aller voir Agostino. Et je sus instantanément que c'était lui qui lui avait fourni les moyens de me rembourser si généreusement. *Agnese, la solution à chacun des mots de ce rébus. Toi qui as su comprendre.* Le retour d'Agnese à Rome n'avait pas suffi à couper les liens entre Agostino et Laura. Depuis notre séparation, j'avais refusé de me pencher sur la bouillie de disputes qui avait tapissé notre dernière année. Éclairée par la conscience de cette entrevue clandestine, la bouillie prit forme, je revoyais avec une lucidité nouvelle Laura en larmes quand je rentrais au studio, commençant des phrases qu'elle ne finissait pas, vivant beaucoup trop intensément ce qui n'était pour moi qu'un passage à vide. Je sais, maintenant : ce n'était pas pour moi que Laura avait pleuré, toutes ces semaines, tous ces mois qui avaient précédé notre rupture. Depuis son avortement, Laura avait continué à être en contact avec Agostino.

Est-ce qu'Agostino lui avait pris tout son amour pour moi ? L'avait-il siphonné d'un coup ou bien l'amour de Laura avait-il fui lentement, goutte après goutte, comme d'une chaudière défectueuse ? S'étaient-ils écrit, plusieurs fois par jour ? Peut-être Agostino avait-il sauté dans un avion sur un coup de tête pour venir voir Laura à Paris – peut-être Laura lui avait-elle ouvert la porte de notre studio, pendant les longues journées que j'employais à réfléchir au plan de ma thèse sur les belles infidèles ? Peut-être avaient-ils baisé entre nos draps ? Ou bien avaient-ils passé des heures sur Skype, au téléphone, incendiant leurs forfaits téléphoniques, trouvant n'importe quel prétexte – une chanson entendue au supermarché, la parution d'un livre sur un des premiers sujets qui avaient alimenté leurs rendez-vous, un incident d'importance, de ce côté ou de l'autre de la frontière – pour renouer une conversation qui se prolongeait depuis plusieurs années déjà et dont le besoin était devenu bien plus impérieux que les rapports charnels.

Mais Agostino avait voulu faire du mal à Laura. Il avait écrit des remerciements dans le seul but de lui faire du mal. Dans le seul but qu'elle les lise après avoir entendu parler du livre en France. Qu'elle s'y brise. À présent, cette pensée m'enivrait. S'il voulait lui faire du mal, alors Laura lui en avait fait. Et si Laura avait fait du mal à Agostino, alors peut-être existais-je, moi aussi, dans cette histoire. Un tout petit peu, peut-être ?

Agostino voulait faire du mal à Laura. Mais ses manœuvres s'écrasaient contre l'évidence qui s'avançait cuirassée dans le clair de cette nouvelle journée : c'était à cause d'Agostino que Laura m'avait quitté. C'était à cause d'un homme avec lequel elle savait tout avenir impossible. À cause d'un homme qui vivait avec une autre.

XXVIII

Je m'étais remis à la traduction. La date butoir approchait à grands pas et j'allais vite, gonflé d'une détermination qui soulevait l'opacité des mots en même temps que se dessinaient en moi les contours toujours plus nets de l'histoire qui s'était tramée dans mon dos. Je traduisais bien.

J'étais sûr, à présent, qu'Agostino avait financé le vol Paris-Rome pour une dernière explication – car il ne pouvait s'agir que d'une dernière explication. Par la suite, Agostino avait épousé Agnese, il lui avait fait un enfant. Mais surtout, il avait écrit *Rebus*. J'étais trop plongé dans *Rebus,* je connaissais trop bien les stigmates laissés par Laura sur l'existence une fois qu'elle l'avait désertée pour penser qu'Agostino n'avait pas écrit son roman après – cet après dans lequel j'errais depuis trois ans et demi, cet après qui offrait du monde la tiède version d'un ersatz. *Rebus* était un roman de deuil. Et puis, il y avait les remerciements. *Rebus* était un roman de vengeance.

Une fois formulée, cette conviction – la vengeance – devint l'obsession qui innerva mes journées de travail : Laura avait fait souffrir Agostino. De ce constat, je tirai une satisfaction inespérée. Laura s'était rendue à Rome pour une dernière explication – bien sûr, le terme d'explication recouvrait des réalités qui proliféraient dans mon esprit à une cadence terrifiante : Agostino réservant une chambre d'hôtel dans le centre historique, prétextant un engagement universitaire, quittant le domicile conjugal avec une sacoche remplie de dossiers, enfourchant son scooter *il cuore in gola*, le cœur dans la gorge, comme seule sait le dire la langue italienne, retrouvant Laura sur la place d'Espagne, passante au sourire frêle parmi les hordes de touristes, silhouette amaigrie par l'épreuve de sa rupture parisienne, et l'hôtel, les draps froissés, les baises cruelles des dernières fois, le restaurant raffiné, l'assiette intacte, la saveur suave de la souffrance quand elle accompagne la séparation de deux personnes qui se désirent encore –, elle s'était rendue à Rome et contre toute attente, la dernière explication avait réellement été une dernière explication. Peut-être y avait-il eu des rechutes, des appels, de longs mails où la volonté de blesser n'était jamais aussi forte que celle de montrer l'étendue de sa sensibilité. Peut-être y avait-il eu des « j'espère que tu vas bien » qui signifiaient le contraire exact : j'espère que tu ne vas pas bien et que mon retour serait le seul moyen pour que ton état s'améliore. Peut-être s'étaient-ils revus, mais quelque chose s'était noué pendant ce séjour à Rome, j'en étais sûr. Laura était restée vivre à Paris, Agostino n'avait pas quitté Agnese. Et maintenant, il voulait faire souffrir Laura.

Rebus m'avait appris à me fermer au monde extérieur et j'affrontais une nouvelle semaine de travail intense. Clara ne m'était pas totalement sortie de la tête. Quand, à mon corps défendant, m'arrivaient des flashs de notre nuit, j'éprouvais un mélange de honte et d'excitation. Mon bas-ventre se contractait brutalement sur lui-même comme un pruneau et j'étais obligé de remuer les jambes.

Je n'avais pas non plus cessé de penser aux bronches de Salvatore. Dans la solitude de la traduction, pourtant, ma colère contre le roi de Sicile croissait. Tu ne voulais pas que je sache ? Eh bien, je sais. Mais ce ne furent pas ces mots que je lui réservai. Il essaya de me joindre une première fois : son nom sur l'écran de mon téléphone s'afficha dans le silence de mon appartement comme les lumières d'un feu de détresse. Mon esprit avait si longtemps associé son nom à la garantie de la bonté que je fus victime d'une sorte de court-circuit cérébral. Je ne répondis pas. Il réessaya plus tard dans la journée, puis m'envoya un texto : « *Caro, mi richiami ?* » Je relus le texto les mains tremblantes, décidé à n'en rien faire, puis me remis au travail, mais j'étais ralenti par l'irruption de Totò, je repensais à son état de santé, à sa complicité avec Agostino, à ce spectre affreux que Valeria n'avait pas totalement réussi à dissiper. Vaincu par les émotions qu'avait déclenchées en moi l'apparition fragile, vacillante, de son nom nu sur l'écran de mon téléphone, je m'étais décidé une fois de plus à obéir à ses ordres ; je l'avais rappelé.

— *Eccolo*, avait rugi Totò en étouffant une quinte de toux.

— Ouais. Ça va ?

— J'ai connu pire. Et toi ? On ne te voit plus ? Tu viens dîner à la maison, ce soir ? Vale a dit « peut-être ».

— Non, je ne peux pas. Je travaille. Mais merci.

— *Va bene*. Bientôt, alors ? J'ai un truc pour toi.

Tout était faux dans notre ton. Le français, l'absence de questions, la facilité avec laquelle Salvatore capitulait devant mon refus d'honorer son invitation. Mais maintenant que j'étais si près du but – je n'aurais eu qu'à dire : « Totò, c'est toi qui as présenté Agostino à Laura ? » –, j'en étais incapable. Et comme tout valait mieux que cette politesse, comme aborder le sujet de ses examens médicaux m'aurait contraint à admettre à moi-même que l'océan de mon ressentiment se réduisait à une flaque d'eau si j'acceptais le risque de le voir mourir, j'avais choisi la voie de l'agressivité.

— Je ne sais pas quand. J'ai des délais très serrés, je vais passer les semaines qui viennent à bosser. Tout le monde ne peut pas se permettre de se bourrer la gueule tous les soirs.

— Je ne parlais pas par force d'un dîner. Mais d'accord, rappelle-moi quand tu auras fini, alors.

— OK, faisons ça.

— *Te la cavi, per il resto ?*

— C'est dur, mais je vais y arriver. Faut que je te laisse, mon père essaie de me joindre.

C'était vrai : mon vrai père essayait de me joindre.

Mais Salvatore n'avait pas dit son dernier mot. Une heure après notre conversation téléphonique, il m'envoya un texto :

« Que soit dit clairement : je ne me bourre pas la gueule tous les soirs, et surtout pas en ce moment. En fait, je voulais te proposer d'aller faire un tour. Plus tard, alors. Bon courage pour la traduction, Julien. »

Totò ne m'avait pas habitué au chantage affectif. Nos relations avaient changé. Nous ne parlions déjà plus la même langue. Je ne répondis pas à son message.

J'avais traduit les trois quarts de *Rebus*. Je m'approchais du moment où le fils résout la dernière énigme, quelques secondes avant que la terre tremble. Privées d'adjectifs, les phrases d'Agostino se décharnaient, tendues vers une destination que maintenant je connaissais : Rachele allait se révéler sous sa vraie nature. Moi aussi, j'allais me révéler sous ma vraie nature. La terre allait-elle trembler une seconde fois lorsque Agostino apprendrait à qui la traduction avait été confiée ? L'horreur de cette coïncidence lui donnerait-elle envie de recontacter Laura ?

La fin de la traduction était un horizon que je pouvais presque toucher du doigt, et aucun des projets que j'avais bâtis pour la suite ne semblait résister à l'épreuve de la réalité. J'envisageais toujours d'écrire à Agnese, j'avais même songé à envoyer à Agostino une photo de Laura et moi pour lui révéler la coïncidence, j'avais cru que mon amour pour Laura s'effacerait à mesure que se révéleraient les ressorts de son amour pour Agostino, on m'avait promis que j'allais parvenir à me réapproprier mon histoire ; que j'allais, même, y prendre du plaisir. La vérité, c'était que j'étais juste un peu mieux habitué à la souffrance. Et, logée au cœur de cet état qui continuait chaque matin à glisser une poche d'hébétude entre le moment où j'ouvrais les yeux et celui où *Rebus* me revenait à la mémoire, il y avait cette obsession concernant la réaction d'Agostino lorsqu'il découvrirait l'identité de son traducteur.

Françoise Rahmy-Cohen m'avait encouragé à m'éloigner du texte original. Sans scrupules, je sabrai les différentes occurrences du verbe « dire » pour mêler au sein de la même pâte les discours direct et indirect. L'ironie de la situation aurait pu me plaire : le traducteur cocu multipliant les infidélités pour empêcher la répétition. Cependant l'idée même de cette répétition me terrifiait. Vraiment, tout cela risquait de se répéter ? J'aurais dû sentir s'éloigner l'histoire. Agostino l'avait écrite pour s'en libérer, et pour faire savoir à Laura qu'il s'en était libéré – sauf que c'était à moi qu'elle était échue, ensuite : le triangle n'était pas refermé. J'étais en train de le rouvrir et aucune des manipulations qui m'absorbèrent pendant ces quelques jours pour déplacer des groupes de mots, transformer des points par des tirets, exprimer le suc d'un « dit-il » dans l'étroitesse d'un « soupira-t-il » ne me permit de goûter à la moindre minute de sérénité.

« *Andare di mezzo* », le faux-sens qui m'avait couvert de honte face à Rahmy-Cohen, réapparut. Au beau milieu de la nuit, le fils a consenti à montrer à Rachele des photos de lui enfant. Elle tripote son pendentif d'aventurine et regarde les images, fascinée. Elle en embrasse même la surface glacée. Tu étais si mignon, tu avais l'air si intelligent. Un peu plus et elle lui dirait qu'elle veut pour elle un petit garçon identique. Mais il y a eu l'avortement : aucun des deux ne le mentionne, seulement l'atmosphère tourne soudain et *ne va di mezzo la grazia di quel Forse che irradia ogni coppia agli inizi.* La fin est proche. Nous aussi, nous avions *sacrifié la grâce de ce Peut-être qui irradie chaque couple dans ses débuts.* Nous avions connu le début et la suite, quand la lumière du *peut-être* s'éteint. Et la suite peut être longue, même si elle rapproche de la fin. La nôtre avait été interminable.

J'hésitai entre « sacrifier » et « compromettre ». Je repensai aux jours qui avaient succédé à l'avortement de Laura, puis aux mois. *Andare di mezzo : patire danno, avere pregiudizio, essere coinvolto.* Entre Laura et Agostino aussi, une ampoule s'était cassée. Laura avait vécu deux histoires d'amour à l'aveugle. *Coinvolto : part. di coinvolgere. Coinvolgere : trascinare con se. Implicare.* J'avais été impliqué. Quelque chose s'était cassé de l'autre côté et j'en avais essuyé les conséquences. *Traîner avec soi.* J'avais été traîné. J'avais été entraîné contre mon gré.

J'arrivai à la phrase fatidique : *Ecco, così sei uguale identico a tuo padre.* Le redoublement d'adjectifs était impossible en français. Pourtant j'aimais cette tournure, j'en abusais en italien, j'étais incapable de dire d'un objet ou d'un individu qu'il ressemblait à un autre sans avoir recours à cette emphase. À l'image de celui dans la bouche de qui je l'avais pêchée la première fois : Davide. Davide m'avait offert mes plus belles locutions, « *brutto come un debito* », « *per filo e per segno* », « *uguale identico* ».

Davide avait eu quelque chose à me dire, des jours plus tôt, sur Facebook, avant la soirée que j'avais passée chez moi avec Hervé, et j'avais quitté la conversation avant de l'entendre. Il fallait que je lui parle. Il fallait que je lui parle tout de suite. Je le trouvai en ligne sur WhatsApp.

« Davide », commençai-je.

« *Ohi !* Quel bon vent t'amène ? »

« Tu avais quelque chose à me dire sur Agostino Leonelli, la dernière fois ? »

À l'autre bout de la connexion, Davide fut « en train d'écrire » pendant ce qui me sembla une éternité.

« Oui ! Mais tu le sais déjà, je pense »

« Comment ça ?? », répondis-je.

« Bah… il te connaît ! »

« Il m'a parlé de toi. Il y a longtemps déjà »

« L'année dernière, genre au printemps »

« À un séminaire à la Sapienza »

« Si tu veux je peux retrouver la date exacte »

« Il m'a dit qu'il savait qu'on était amis, toi et moi »

Sur ma table, mon téléphone se convulsait.

« Il m'a demandé si tu allais bien, si tu avançais dans ta thèse »

« Si tu étais toujours avec ta copine »

« Et puis comme je n'avais plus de nouvelles, j'ai pensé que tu avais parlé avec lui, que tu étais au courant déjà »

Le téléphone s'immobilisa.

« Julien… *ci sei ??* »

XXIX

J'avais relu toutes les conversations que j'avais eues avec Davide depuis que m'avait été confiée la traduction. Attentivement, *per filo e per segno*, cette expression italienne qu'il m'avait apprise et à laquelle ne rendait pas justice son équivalent français « par le menu ». *Per filo e per segno*, c'était tout ce que je pouvais faire – m'entêtant sur les mots alors que les mots, depuis le début, m'avaient berné. J'étais passé à côté d'« *avventurina* », je n'avais pas rattaché le titre du roman d'Agostino à la chanson de Paolo Conte qui contenait pourtant déjà la réponse de l'énigme entre ses strophes, j'avais décortiqué la syntaxe de chacune des phrases que *Rebus* consacrait à la générosité compulsive du père sans y reconnaître Totò. Et je n'avais pas compris les premières allusions de Davide, dès notre conversation Facebook après mon dîner chez Hippopo, quand il avait ironisé sur ces pédés refoulés qui finissaient toujours par se rencontrer. Pas plus que je n'avais essayé de démêler les raisons pour lesquelles le commentaire de la traductrice allemande m'avait tant inquiété.

Agostino me connaissait. La vérité était triviale. Et

elle arriva à moi sans grâce. Elle me tomba dessus. Elle m'écrasa. Agostino avait voulu que je traduise son livre. Rodolphe n'avait rien à voir là-dedans. Agostino avait formulé la demande expresse que je sois le traducteur de son roman, il l'avait peut-être même fait inscrire au contrat. Et il avait ajouté une autre clause, il avait *forcément* ajouté une autre clause : l'entière confidentialité de son éditrice sur cette manœuvre. Il voulait que je croie jusqu'au bout que mon rôle dans cette publication avait été purement casuel, le fruit d'une machination qui nous dépassait tous les deux en faisant de nous les victimes mâles d'une malédiction féminine à laquelle nous ne pouvions pas nous arracher.

Je n'eus pas de peine à obtenir la confirmation de mes soupçons. Rodolphe était rentré de son monastère grec, son téléphone captait à merveille. Je compris tous les mots qu'il prononça, les mêmes qui avaient été écorchés par le réseau défaillant quelques semaines plus tôt et dont je m'étais naïvement satisfait. Oui, il connaissait Françoise Rahmy-Cohen. Qui ne la connaissait pas ? Il lui arrivait d'accomplir de menues missions pour sa maison d'édition, ils se croisaient à des endroits, ils entretenaient une correspondance sporadique – à vrai dire, plutôt à sens unique –, mais jamais il ne lui avait soufflé mon nom pour la traduction de *Rebus*. Quelques mois plus tôt, il se souvenait simplement lui avoir envoyé mon nom parmi d'autres quand elle lui avait demandé s'il connaissait des personnes susceptibles de faire des lectures en italien. Et puis, début mars, il lui avait écrit pour la prévenir qu'il se rendait dans un monastère grec et serait par conséquent injoignable pendant plusieurs semaines. Françoise Rahmy-Cohen n'avait accusé réception d'aucun des deux messages.

Clara me permit d'élucider les dernières zones d'ombre. Je n'eus pas de scrupules à lui proposer de nous revoir dans ce seul but. Nous nous retrouvâmes à 7 heures aux Folies de Belleville ; Clara arriva en retard, les lèvres fraîchement remaquillées, aussi pimpante que les fois précédentes. Le Nord-Est parisien était entré dans la période où les gens sont prêts à en venir aux mains pour obtenir une place en terrasse, mais je n'étais pas plus agacé par les poseurs des tables voisines que je ne fus ému par le souvenir de la nudité de Clara emballée dans de nouveaux vêtements. Le rendez-vous grinça dès le début. Nous parlâmes tout de suite de ma traduction. Je fus évasif sur mon rendement, Clara s'inquiéta – même en Ray-Ban, elle restait l'une de mes employeuses –, et pour couper court, je lui révélai l'objet de mes préoccupations. J'avais compris qu'Agostino me connaissait, et je savais que je n'avais pas été recommandé à sa patronne par le type que cette dernière avait mentionné : qu'avait-elle à me dire sur le sujet ? Le visage de Clara se décomposa et je n'eus qu'à creuser dans la matière tendre et malléable qui s'échappa de son expression pour tout me faire raconter.

Au début, Françoise avait pensé confier le texte au grand Pascal Canfricci, traducteur émérite de

Pasolini, Pavese et Sciascia qui exerçait sur le marché des traductions littéraires un monopole incontesté, puis, sans raison apparente, juste après le week-end où elle avait fait la connaissance de Leonelli, elle avait décidé de le détrôner au profit d'un traducteur inconnu. Clara s'en était étonnée, mais le choix des traducteurs avait toujours été la prérogative de la patronne. Rahmy-Cohen s'était contentée de dire qu'elle aimait « mettre le pied à l'étrier ». Puis cette dernière avait manifesté le désir de recevoir en urgence un premier échantillon de la traduction, et Clara avait été mêlée à un échange de mails avec l'agent d'Agostino dans lequel Rahmy-Cohen assurait que l'écrivain pourrait lire en avance, « comme prévu », les premières pages de son roman en français. Quand Clara avait demandé à Françoise Rahmy-Cohen si elle devait m'en parler, cette dernière l'avait tout de suite arrêtée. Pour mon bien, apparemment. Parce que rien ne mettait plus de pression sur les épaules d'un traducteur que de savoir sa traduction lue par l'auteur – surtout quand il ne s'agissait que d'un premier jet. Clara avait mangé tout cela sans problème. Après tout, le raisonnement se tenait, s'était-elle dit. C'est seulement lorsqu'elle avait vu avec quelle fureur Rahmy-Cohen se déchaînait contre mon texte, dans son bureau, qu'elle avait compris que la question de mon bien-être n'était pas prioritaire dans cette affaire. Apparemment, Agostino avait lu le début de ma traduction dès sa réception et fait un compte rendu à Françoise Rahmy-Cohen dans la foulée. À ce stade, Clara se sentait trop embourbée dans son mensonge pour rétablir la vérité, et la vérité aurait de toute façon été inutilement violente à mon encontre. Et puis, il y avait eu la lecture dans la librairie, la soirée après… Et tout ce que Clara n'eut pas besoin de préciser.

Je commandai une deuxième pinte. Je n'avais aucune intention de ramener Clara chez moi, aucun besoin d'économiser mes forces. Clara savait-elle comment Agostino avait pu déceler mon contre-sens ? Françoise Rahmy-Cohen avait pourtant insisté sur le fait qu'il ne parlait pas notre langue. Je voulais comprendre si Laura avait joué un rôle là-dedans. Et justement, Clara avait quelque chose à m'apprendre sur le sujet – quelque chose qui anéantit définitivement tout espoir pour la soirée à venir. Quelques jours plus tôt, pendant une réunion stratégique consacrée au lancement de *Rebus*, Françoise Rahmy-Cohen avait lâché qu'Agostino ne se déplacerait pour la promotion du livre que si *Rebus* décrochait un prix en France. Quand les participants de la réunion s'étaient autorisés à froncer les sourcils devant un tel accès d'immodestie, Rahmy-Cohen avait pris la défense de son poulain en rapportant qu'Agostino avait un rapport très élitiste à la France. Qu'il avait reçu une leçon d'humilité en arrivant à Paris, lors d'un séjour qu'il y avait fait bien avant d'écrire *Rebus*. Il était invité à un colloque, il avait rédigé sa communication dans le français scolaire qu'il n'avait appris que dans les livres, il avait fait relire et corriger son texte par quelqu'un, et il avait compris qu'il ne parlait finalement pas français. Il n'avait plus jamais essayé de prétendre le contraire. Personne n'avait osé demander à Françoise Rahmy-Cohen le rapport entre cette anecdote et l'ambitieuse condition qu'Agostino posait à sa venue à Paris. Je m'en foutais aussi. Le « quelqu'un » qui avait corrigé la communication d'Agostino retentissait dans mes oreilles comme un acouphène.

Je voulais que la soirée s'achève. Ce que j'étais parvenu à trouver mignon chez Clara, sa façon de secouer la tête à tout-va en répétant « non mais je vois très bien ce que tu veux dire » alors que moi-même je ne le savais pas, ses petits cheveux bouclés ramassés dans un chignon d'écolière, sa peau diaphane, la manière qu'elle avait d'exhaler la fumée de sa cigarette en tordant ses lèvres sur le côté, tout cela m'irritait, à présent. Je n'aimais pas comment elle avait fermé son chemisier jusqu'au dernier bouton, pas parce que j'aurais voulu apercevoir ses seins – minuscules –, mais parce que j'avais l'impression d'y voir se matérialiser l'assujettissement qui caractérisait son rapport à sa patronne et qui avait fait d'elle, sans qu'elle le sache, l'instrument de ma disgrâce.

Je me forçai à changer de sujet, mais toutes les amorces de conversation s'écrasaient au bout de quelques répliques comme des enfants pédalant pour la première fois sans les petites roues. Je prétextai le besoin de me remettre à la traduction pour rentrer dans les délais. À l'évocation de la déesse deadline, Clara se prosterna comme elle savait si bien le faire. Je promis de rappeler quand je serais en règle avec mon calendrier. Nous nous fîmes la bise pour nous dire au revoir.

Je remontai la rue de Belleville en sens inverse de la joie. En m'éloignant des Folies, les pièces du puzzle s'imbriquèrent les unes aux autres : Françoise Rahmy-Cohen avait lu *Rebus*, et du peu qu'elle comprenait l'italien, *Rebus* lui avait plu, l'avait émue, l'avait bouleversée, etc. Elle savait déjà à qui elle allait donner la traduction : pour un texte de cette envergure, Canfricci s'imposait. À l'occasion d'un week-end à Paris, Agostino et Rahmy-Cohen s'étaient rencontrés en personne. Le rendez-vous avait dû se dérouler en l'absence d'Agnese – peut-être Françoise Rahmy-Cohen avait-elle convié Agostino dans un café feutré de Saint-Germain-des-Prés tandis qu'Agnese flânait devant les boutiques de la rue de Seine en guettant dans le reflet des vitrines l'inexistante rondeur de son abdomen.

Je pensai m'arrêter chez When-Zhou pour m'acheter une brioche fourrée au bœuf mais je craignis de perdre le fil de mon raisonnement en attendant mon tour. Pendant ce rendez-vous, Agostino avait abordé le sujet de la traduction et invoqué une raison plausible pour justifier son désir de me voir confier le roman. Car Agostino connaissait par cœur mon curriculum. Les propos qu'avait tenus Valeria tandis que nous mangions notre kebab m'étaient revenus à la mémoire : plusieurs fois, l'algorithme de Facebook m'avait suggéré de devenir ami avec Agostino Leonelli. Agostino m'avait cherché sur Facebook.

Il m'épiait. Il m'épiait peut-être depuis le début de son histoire avec Laura. C'était comme ça qu'il s'était aperçu, lui aussi, que nous avions Davide comme ami commun. Mais il n'avait pas limité ses recherches aux réseaux sociaux. Il était sans doute l'un des seuls à avoir consulté la page dégarnie que me réservait encore le site de Paris 3. Pour cette raison, il ne savait pas que j'avais abandonné ma thèse. Il avait lu les rares fiches où mon nom apparaissait comme traducteur sur les sites de librairies en ligne. Fort de ces renseignements, il avait pu inventer que j'étais le meilleur pour remplir cette tâche. Mais la proposition ne devait pas venir de lui : me savoir élu par l'auteur du livre allait faire peser sur mes épaules une exigence qui aurait nui au roman.

Un clochard assis en tailleur à l'angle de la rue de Tourtille me demanda une cigarette. Je lui cédai la fin de mon paquet. Sous le charme, Françoise Rahmy-Cohen avait dit oui. Mentir, elle savait faire. Elle avait retrouvé ma trace. Grâce à mon inscription au syndicat des traducteurs littéraires, mon adresse mail apparaissait en trois clics sur n'importe quel moteur de recherche. Qui refuserait une proposition émanant de Françoise Rahmy-Cohen ? Et puis, quelques jours plus tard, ce vieux loser de Rodolphe Dupire l'avait contactée une nouvelle fois. Ce message étant écrit dans le prolongement d'un autre, envoyé des mois plus tôt, elle retrouva mon nom parmi la suggestion de lecteurs de l'italien que Rodolphe lui avait fait parvenir à sa demande. Ce dernier s'absentait de Paris, il allait être injoignable, elle pouvait tout lui mettre sur le dos, et cela lui épargnerait d'avoir à dire qu'elle admirait mon travail. Le pot aux roses ne manquerait pas d'être découvert, mais il ne froisserait personne. Qui se fâcherait d'avoir été élu parmi des dizaines de traducteurs plus réputés par l'auteur de l'œuvre originale ?

Puis Françoise Rahmy-Cohen m'avait rencontré. Elle m'avait trouvé médiocre. Au fond, Rahmy-Cohen devait se douter que les exigences d'Agostino avaient un fond louche. Mais comment un trentenaire fade pouvait-il se trouver impliqué dans un complot ? Elle en avait fait son affaire. Elle avait l'habitude de réécrire intégralement les traductions qu'elle commandait. Cette aventure l'excitait. Elle était excitée quand elle m'avait revu dans le bureau de Clara pour démonter mon premier échantillon. En la rendant complice de sa machination, Agostino avait contracté une dette envers elle qui l'honorait.

Il avait parlé de moi avec Laura. Agostino n'avait pas arrêté de parler de moi avec Laura. Cette idée m'assaillit alors que je montais les escaliers jusqu'à chez moi. Il connaissait mon nom, bien sûr, mon visage, les choses que je postais sur les réseaux sociaux, mais il connaissait aussi mes ambitions, il connaissait mes faiblesses, il savait ce que j'aimais en Laura, pourquoi nous nous disputions, pourquoi je ne pouvais pas la satisfaire. Il me détestait, pensais-je en enfonçant la clé dans la serrure. Il était jaloux de moi. Il avait voulu se venger. Comme il avait voulu faire souffrir Laura en ajoutant cette page de remerciements, il avait voulu me faire souffrir moi. Et veut-on faire souffrir quelqu'un qui nous est indifférent ?

Dans la pénombre de mon appartement, je restai plusieurs minutes à contempler les entrailles lumineuses du réfrigérateur en remâchant cette supposition. Agostino m'en voulait. Et sur cette nuit, une pensée s'épanouit : Laura avait donné à Agostino des raisons de me prendre pour son rival. Il pensait que j'étais celui qui s'était interposé entre Laura et lui. Pourtant je savais qu'Agostino avait revu Laura après moi. Laura était libre, quand elle était venue à Rome pour ces dernières explications. Il n'aurait eu qu'à la prendre. Quitter Agnese et cueillir Laura. Mais les retrouvailles ne s'étaient pas faites. Agostino avait demandé à Davide si Laura et moi étions toujours ensemble. Pour une raison que j'ignorais, Agostino avait dû renoncer à Laura et il était convaincu que j'en étais au moins partiellement coupable. J'avais déjà partiellement gagné.

Je déchirai la mie des tranches de pain Harry's en y étalant brutalement du beurre froid. Que devais-je faire, maintenant ? Pouvais-je me satisfaire d'avoir rendu Agostino jaloux ? J'avais été manipulé. Une manipulation se paie. J'étais bien trop avancé dans le travail pour abandonner la traduction en mettant Françoise Rahmy-Cohen face à son mensonge, d'autant que pour la première fois de ma vie, je me sentais sur le point d'atteindre un objectif. Agostino était un porc – non, un monstre. Un grand pervers. *Un gran cazzo di figlio di puttana*, affinai-je en décapsulant une bière. Mais grâce à ce fils de pute, j'allais enfin voir mon existence associée à quelque chose de valide. J'allais avoir mon nom imprimé dans des journaux. Grâce à *Rebus* et à l'accueil dithyrambique que tout le monde semblait déjà lui réserver, j'aurais enfin de quoi être un peu fier. On vanterait, peut-être, la qualité de ma traduction. On vantait souvent la traduction des bons romans. Agostino n'était pas qu'un *figlio di puttana* : il était aussi un génie. J'éventrai un paquet de Pépito. Il m'avait rendu redevable.

Je pensai à appeler Hervé ou Valeria. Je pensai même à envoyer un texto à Clara pour lui présenter mes excuses et l'inviter chez moi. Mais j'étais trop électrique. Je descendis ma bière sur le canapé. J'avais encore faim, mais aussi un peu envie de vomir. Je ne pouvais plus glisser dans une enveloppe pour Rome une photo de Laura et moi, pas plus que je ne pouvais contacter Agnese pour lui dévoiler l'adultère commis par le père de son enfant à naître. Agnese savait forcément déjà tout. Les remerciements le prouvaient. Agnese avait pardonné. Agnese avait « compris ». D'ailleurs Agostino n'aurait jamais couru le risque de mettre *Rebus* entre mes mains s'il pensait que je pouvais m'en prendre à son couple. Laura n'était plus en mesure de rendre Agnese jalouse. Agostino avait réussi à faire croire à sa femme que Laura appartenait à l'histoire ancienne.

Au réveil, le lendemain matin, je n'eus pas besoin de me rappeler l'ignominie : elle s'était déclinée en une série de cauchemars mettant tour à tour en scène Agostino, Agnese, leur bébé parlant déjà un italien impeccable, des séances de défécations publiques, Françoise Rahmy-Cohen couronnée de sa chevelure reptilienne, une armée de personnes malintentionnées déboulant dans mon appartement pour en faire ployer le plancher. J'avais puisé dans une source de résilience insoupçonnée et m'étais remis au travail quand Giuseppina m'appela, en fin de matinée. Je reconnus au fond de ma poitrine le caractéristique déclic de détresse qui accompagne le pressentiment d'une mauvaise nouvelle.

— *Julien, come stai ? Non ti fai più sentire ?* commença-t-elle pour m'amadouer, comme l'avait fait mon père chaque fois qu'il m'appelait en sortant des rendez-vous avec les oncologues, quand il commençait toujours par me demander comment j'allais, si j'avançais bien sur ma thèse, si Laura était contente de tel job à la con qu'elle venait d'accepter dans telle boutique.

Je bafouillai des excuses pour justifier son constat, mais c'était vrai : je ne me « faisais plus entendre ». *Che bravo*, dit-elle quand j'invoquai la traduction et le planning *demenziale* que l'on m'avait imposé. Quel sens de la discipline. Sauf que je n'étais pas *bravo* : ni « fort », ni « courageux ».

Passé quelques minutes de banalités embarrassées, elle s'éclaircit la voix. Mon cœur ne m'avait pas trompé.

— *Ce l'hai con Totò, vero ? Non ci vuoi più parlare.*

Bien sûr que j'étais « fâché contre lui ». Bien sûr que je ne « voulais plus lui parler ».

— *Sta male*, lâcha-t-elle, et j'entendis ces trois syllabes s'élever sur l'onde d'un sanglot.

Il n'allait pas mal à cause de notre brouille. Giuseppina n'aurait pas pleuré pour ça.

— *E cos'ha ?*

— *Lo sai cos'ha, Julien.*

Effectivement, je savais de quel mal souffrait Totò. Et Valeria l'avait dit à Giuseppina.

J'étais obligé de m'enquérir de son rendez-vous chez le médecin. Je le fis, avant de lâcher, presque en riant, *Fuma troppo !*, comme s'il suffisait que Totò arrête de fumer pour faire barrage à la mauvaise nouvelle.

— Oh, Julien…

En une seconde de silence affluèrent des images et des sons. *Julien, Marie-Pierre et moi, on a quelque chose à te dire.* La table du déjeuner, l'assiette de ma mère intacte. *Julien, viens t'asseoir.* Les pelures de clémentine que j'avais déchirées en morceaux minuscules et qui s'étalaient sur mon set de table comme une éclaboussure d'îles pacifiques.

Les médecins étaient inquiets. Le scanner ne s'était pas bien passé. *Ils doivent lui faire une biopsie.*

Je l'entendis remuer des papiers.

— « Nodule de plus de trois centimètres dans le parenchyme pulmonaire. » Et donc : « Fibroscopie en vue d'une biopsie pulmonaire transpariétale. »

— *Merda.*

— *Julien, ho paura.*

Je me levai et allai coller mon visage contre la fenêtre. Un gamin faisait une crise à sa mère en refusant de remonter dans sa poussette.

— *Perché non ci vuoi più parlare con Salvatore ?*

Pourquoi ne voulais-je plus lui parler, à Salvatore ? Passée dans sa bouche, la question me sembla à la fois dérisoire et vertigineuse.

— *Ma sì che gli voglio parlare*, tentai-je en vain de nier.

— *Non mentire. Non sono un'idiota.*

J'eus la conviction que Giuseppina savait déjà tout. Elle avait raison, je « mentais », et elle n'était « pas idiote » : je ne voulais plus parler à Salvatore. Je me résolus à aborder le sujet. Si Totò connaissait Agostino, s'il savait qu'il avait été l'amant de Laura, si c'était lui qui les avait présentés.

Giuseppina soupira longuement. Ce n'était pas ce que je croyais, dit-elle. Valeria – cette même Valeria qui m'intimait l'ordre de ne rien dire à Totò, ni de sa maladie, ni de son passé politique – était venue rue du Roi-de-Sicile pour tout leur raconter. Mais ce qu'elle avait appris en débarquant à l'improviste quelques jours plus tôt, échevelée et palpitante d'angoisse, c'était que Salvatore n'avait que faire de *Rebus*. Il se souvenait à peine avoir rencontré Agostino ; en aucun cas il ne lui aurait confié des informations compromettantes sur sa jeunesse. D'ailleurs – Giuseppina laissa échapper un rire triste – Totò n'avait aucune information compromettante à donner. Vale s'était inventé des histoires en cherchant dans *Rebus* des réponses aux questions qu'elle se posait toute seule. *Non ha fatto niente, Totò, non ha detto niente.* Totò n'avait rien dit, rien fait – rien d'autre que voir un cancer lui tomber dessus dans l'indifférence de ses disciples, obsédés par des signes qui n'existaient pas. Rien fait que nous envoyer de vains signaux de détresse.

Je te jure qu'il ne savait rien sur Laura et Leonelli, répétait à présent Giuseppina, qui me pensait toujours muet de colère alors que c'était à notre aveuglement que je pensais, à ce passé que Totò avait peut-être eu, peut-être pas, et qu'il emporterait dans sa tombe. J'avais cru que Salvatore me fuyait car il avait œuvré à mon drame alors qu'il se préparait déjà à mourir.

J'entendis Giuseppina étouffer un sanglot.

— *Quando gli fanno la biopsia ?*

— *La settimana prossima.*

— *E i risultati ?*

— *Entra a Cochin giovedì prossimo.*

— Ah.

Je connaissais bien Cochin. Je devinais déjà la suite. S'il n'y avait rien, nous le saurions au bout d'une dizaine de jours. S'il y avait quelque chose, en revanche…

— *Non ci sarà niente,* dis-je sans en croire un mot.

— *Speriamo, dai. Abbiamo così tanti progetti…*

La voix de Giuseppina se brisa à nouveau. Je ne connaissais pas les projets dont elle parlait. L'idée de la mort fait toujours naître des projets. À sa mort, ma mère avait laissé un début de trousseau tricoté pour le troisième enfant de mon frère.

— *Ci parlerai ? Lo chiamerai ? Julien, ascoltami : sono sicura che la storia non è andata come credi.*

J'entendis un froissement dans le téléphone, puis Giuseppina chuchota dans l'écouteur : je dois te laisser, je ne peux plus parler. Appelle-le, Julien. Appelle Totò.

Je suis sûre que l'histoire ne s'est pas passée comme tu le crois.

XXX

La storia non è andata come credi. Ce que je croyais, c'était que Salvatore avait été à l'initiative de la rencontre entre Agostino et Laura. Je savais maintenant qu'Agostino avait voulu me piéger. Qu'il avait perdu Laura et qu'il cherchait à se venger de nous deux. Mais ce que je savais surtout, c'est que Giuseppina allait sans doute revendre la librairie et retourner vivre près de son fils en Italie pour devenir l'une de ces *nonne* sans petits-enfants, faisant ses courses dès l'ouverture du supermarché, s'abîmant les yeux sur les mots fléchés de la *Settimana enigmistica*, mettant la table pour deux le dimanche midi avec le *telegiornale* en fond sonore. Garderions-nous le contact ?

L'histoire ne s'est pas passée comme tu le crois. Je me foutais de l'histoire. Salvatore allait souffrir, perdre des morceaux d'organes, respirer, manger et chier dans des tuyaux, puis il mourrait, la librairie fermerait ses portes, le Marais ne serait plus qu'un quartier vaincu par les touristes, et je me retrouverais tout seul, une fois de plus. Parce que soudain ce rébus me sembla dérisoire, parce que soudain je me moquai de savoir qui avait fait quoi et quand et pourquoi, je n'eus qu'à poser les yeux par terre, dans le coin de mon salon encore encombré de certains vestiges des caisses brisées, pour accepter de comprendre enfin ce que Clara m'avait déjà avoué sans le savoir.

Parmi le catalogue de qualités et surtout de défauts qu'elle tenait scrupuleusement sur sa propre personne, Laura se reconnaissait une fierté : son orthographe, infaillible dans les deux langues, malgré les notes dissonantes qui s'échappaient d'elle quand elle était soumise à des émotions trop fortes. J'étais convaincu qu'elle pouvait la faire fructifier. J'avais peut-être honte qu'elle se limite à des jobs de vendeuse, j'étais peut-être flatté à l'idée de la voir rejoindre le monde auquel j'aspirais dans une catégorie qui ne risquait pas de me porter préjudice. Je serais écrivain, elle serait correctrice. Nous avions rédigé le texte ensemble, dans cette forme tarabiscotée qui permettait de garantir le flou générique auquel tenait Laura parce qu'elle avait peur de recevoir des appels malintentionnés.

Bilingue italien-français, je corrige, traduis, réécris tout type de documents italiens ou français pour un prix modique. Me contacter au 06 75 24 35 87 ou sur l.sorace75@gmail.com

J'en avais imprimé une quantité astronomique, mais Laura n'avait épinglé que le panneau de liège derrière la caisse de Salvatore. Aucun pervers n'avait appelé, les semaines avaient passé, puis j'étais parti faire mes recherches à Rome, j'avais couché avec Teresa, et Laura m'était revenue aussi solaire qu'à nos débuts. Elle avait trouvé un job qui allait l'occuper six mois au moins, et nous n'avions plus reparlé des petites annonces.

En les apercevant, à présent, ces deux pages qui avaient résisté à ma furie destructrice, je me rendis compte que nous étions vraiment enfants. Bien sûr que Laura n'allait pas développer une activité juteuse, au noir, sans le moindre diplôme ni la moindre certification. Bien sûr qu'Internet aurait été une vitrine autrement plus efficace. Mais j'aimais le romantisme du papier – quel âge avais-je ? Vingt-trois ans ? J'aimais le romantisme de la petite annonce et ce romantisme m'avait eu.

Agostino avait trente ans passés quand il était entré dans la librairie, ce jour-là. Ce n'était pas la première fois qu'il allait flâner rue du Roi-de-Sicile. Il avait déjà rencontré Totò, autour de ce vieil ami gauchiste qu'ils avaient en commun, Mimmo Gambino, puis Agostino était revenu pendant la journée acheter des livres ou simplement humer l'air d'une terre familière au cœur de ce grand « pays cousin » dans lequel il avait élu domicile pour quelques semaines et qui lui donnait l'impression de devoir tout réapprendre. Il avait une communication à préparer pour le colloque qui avait justifié son départ. C'était le tout début de son séjour à Paris. Son français était scolaire ; son texte nécessitait d'être revu par quelqu'un.

L'annonce de *l.sorace75@gmail.com* était tombée sous ses yeux comme une bénédiction. Il avait arraché une bandelette. De retour dans la chambre que l'un de ses contacts riches et cultivés lui cédait le temps de son séjour, Agostino avait écrit à l'adresse mail au sexe non déterminé. *Rebus* racontait un malentendu semblable. Depuis tout ce temps, *Rebus* racontait tout.

La requête était urgente. Peu de temps avait dû s'écouler entre le moment où Laura avait reçu le message et celui où elle avait rencontré son employeur. Elle m'en aurait parlé, autrement. Peut-être avait-elle même voulu m'en parler, un de ces soirs où j'avais abrégé nos entrevues sur Skype pour me branler sur Teresa. Agostino lui avait écrit en italien, quelques lignes qui ne s'embarrassaient pas de séduction – une version à peine étoffée du texto que le fils envoie à R. Ils s'étaient mis d'accord sur un tarif, elle avait demandé peu, il avait envoyé son texte. Pendant ces brefs échanges, elle avait continué à signer de ses seules initiales.

Laura avait devant les yeux un texte intelligent mais bourré de fautes. Elle s'y glissa avec toute l'autorité que lui conférait son don orthographique. Pour la première fois, quelqu'un – un homme, un homme italien, un homme italien cultivé et plus âgé – lui donnait la possibilité de soumettre et non d'être soumise, de décider et non de se plier aux aléas d'une décision. Elle l'ignorait, mais elle était déjà captive.

Ils se donnèrent rendez-vous dans un café non loin de chez l'un des deux. Je préfère croire que c'était non loin de chez lui. Agostino avait préparé l'enveloppe contenant la somme dérisoire que Laura avait réclamée. Puisque Rachele débarque dans la maison du père les cheveux emmêlés, le short défraîchi, belle de sauvagerie et de vent sur les cuisses, j'en déduisis que Laura s'était préparée sans soin, pour conjurer le sort, pour ne pas donner à ses pensées coupables le loisir de s'affermir pendant une séance devant le miroir. Ni l'un ni l'autre n'avait jugé utile de livrer un détail physique permettant leur identification : ils ne l'avaient pas jugé utile, ou bien ils avaient voulu prolonger jusqu'au bout l'exquise hésitation. Laura, parce que, même mal fagotée, elle était sûre de ses effets ; Agostino, parce qu'il avait grandi dans un monde où la vie s'offrait à vous comme un roman.

Il était arrivé en avance. Le printemps était suffisamment avancé pour pouvoir guetter L. S. en terrasse, un livre fermé sur la table, à côté d'une tasse de café et de son texte imprimé. À cette époque, me souvins-je comme un coup de poing, Laura se déplaçait à vélo. Elle avait réussi à le préserver du vol six mois durant, assez pour rester éternellement inscrite en Agostino comme l'intrépide cavalière qui sillonnait les rues de Paris à contresens. Dans son roman, il n'avait eu qu'à augmenter d'un moteur son équipage.

Agostino observait la rue sans laisser transparaître sa nervosité. D'ailleurs, était-il nerveux ? Et Laura ? Était-elle la Laura hirsute qui insultait les automobilistes ou bien la Laura vibrante dont chaque mouvement semblait répondre aux commandements d'une nouvelle joie – une joie qu'elle ne se formula pas ? C'était la joie de rencontrer quelqu'un qui lui avait enfin donné l'occasion de se sentir non seulement moins nulle, mais douée. Elle avait réécrit le texte d'un professeur d'université, elle était belle, j'étais absent. Quand Agostino l'avait connue, Laura était-elle cette enveloppe de muscles, d'organes, de pulsions magnifiques qui avait traîné sa serviette jusqu'à la mienne ?

Une bonne dizaine de minutes après l'heure fixée, comme dans *Rebus*, Laura freina devant le bar avec tous ses muscles. Elle secoua ses cheveux et accrocha un rayon de soleil. *Il plissa les yeux pour la mettre à feu. Il la mit à feu. Il aima cet incendie.* Comme il l'aima, cet incendie. L. S. releva la tête. En un regard, elle avait écrasé son acronyme. Elle s'approcha de la table, tendit une main, s'assit dans cette posture alambiquée qui hissait toujours l'un de ses genoux à la hauteur du plateau de la table. Elle noua ses cheveux au-dessus de sa tête. Il avait tant de peau à regarder, et ce décolleté qui s'était frayé un chemin jusqu'à *Rebus*. Laura ne portait pas de soutien-gorge. À mesure qu'ils échangèrent les mots de secours que la bouche débite toute seule quand le cerveau résonne d'un millier d'alarmes enclenchées en même temps, Laura se sentit investie d'une chaleur qu'elle n'eut pas de peine à identifier. J'étais loin, comme j'étais loin. Le monde lui appartenait. Elle voulut cette bouche, ce menton noirci d'une barbe adulte, elle voulut cette intelligence, cette aisance, cet âge, et surtout, elle voulut qu'il la veuille.

Il la voulait. Il n'écouta pas ce qu'elle lui dit de ses origines, il ne chercha pas à savoir quel destin l'avait menée jusqu'à la librairie de Salvatore. L'enveloppe de billets reposait dans la poche intérieure de sa veste, juste au-dessus de son cœur. Ils burent, peut-être, je l'ignore. Mais je ne peux pas ignorer ce qui suivit. Avec quelle fureur ils finirent emboîtés l'un dans l'autre, dans l'appartement qu'Agostino occupait quelques rues plus loin, juste en dessous du soleil. Oui, c'était chez lui qu'Agostino avait descendu la petite culotte de Laura sans lui ôter sa jupe, chez lui qu'il l'avait hissée jusqu'à ses hanches à la seule force de ses avant-bras, chez lui qu'ils avaient ri, emmêlement de chairs trop conscientes de leur crime pour ne pas recommencer tout de suite, deux fois, trois fois, six fois ; qu'ils avaient ri quand entre deux coïts Agostino s'était enfin souvenu de l'enveloppe et qu'il avait tendu à Laura son dû. Il fallait que ce soit chez lui. Chez qui, sinon ?

Il était encore tôt, cette heure de mi-journée qui appartient aux projets et qui me sembla soudain insurmontable. La seule personne qui pouvait être blâmée, c'était moi. Je me laissai tomber de tout mon long sur le canapé. Moi qui avais insisté pour que Laura dépose ces petites annonces, mais surtout moi qui avais échoué à la satisfaire. Mais j'avais tort, là encore, bien sûr que j'avais tort. Je venais de passer trois semaines à m'interroger sur les lacunes de mon attitude vis-à-vis de Laura comme si elle était un chat sauvage autour duquel je n'avais pas su créer un environnement de vie confortable. Comme si j'étais nécessairement la raison pour laquelle elle m'avait trompé. J'étais incapable de voir Laura en dehors de moi-même.

J'eus besoin d'écouter Paolo Conte. Je me relevai et lançai *Wonderful* sans penser que le ton des premières chansons de l'album était rieur. Ironique. Agostino aussi avait cherché à faire entrer Laura dans son moule. Il se trompait sur elle. Il mentait. Dans *Rebus*, il en avait emprisonné une image rétrécie : celle d'un félin indomptable qui vivait avant de l'aimer dans le seul but de pouvoir figurer entre ses pages. Il l'avait *écrite avant de la rencontrer*. La phrase revenait comme un refrain. Sous sa plume, elle avait les yeux sales, une intelligence animale, des rouages de pensée qui tournaient à la surface de ses paupières. Les sentiments passaient sur elle comme des ondées sur un lac. Elle avait des secrets, mais le pire d'entre tous concernait toujours Agostino : avant de coucher avec le fils, elle avait couché avec son père. Il l'avait condamnée à sa lignée. Agostino s'était vu corriger un texte par Laura mais il s'était obstiné à la prolonger en une jeune femme inculte à peine capable d'écrire une phrase sans faute de syntaxe.

Paolo Conte s'amusait de la fin de l'amour, du naufrage des mariages, de l'étroitesse de la bourgeoisie provinciale. Agostino avait voulu faire entrer Laura dans son moule et, d'une façon ou d'une autre, j'avais nui à l'opération. C'était pour ça qu'il me détestait. Mais j'avais encore perdu. Agostino aussi. J'avais cru qu'elle m'avait quitté pour lui, il avait cru qu'elle l'avait quitté pour moi. Nous étions deux mâles vaincus qui se rejetaient la faute l'un sur l'autre sans être capables d'envisager Laura lancée sur sa route. Je n'avais aucune idée de la direction où celle-ci la mènerait. Je voulais savoir à quoi elle ressemblait, à qui elle appartenait. Je ne guérissais pas de Laura parce que c'était une Laura infirme qui pourrissait en moi. Agostino s'était sauvé, peut-être. Agnese n'avait aucune raison d'être jalouse : Agostino avait réussi à enclore Laura dans une boule à neige qu'il pouvait agiter à loisir quand il avait besoin de puiser en lui l'inspiration pour rendre sa vie plus intense, plus intéressante. Laura et Agnese ne se déplaçaient pas dans la même dimension.

Je laissai passer une dizaine de chansons sans rien faire. Est-ce que j'aimais encore Laura ? Est-ce que je l'aimais encore, quand elle avait pris la décision de partir ? Il me fallut parvenir à ce stade de la traduction, allongé sur mon canapé, écoutant Paolo Conte chanter la complainte d'un vieux célibataire – *Les femmes des autres ne m'aiment pas moi* –, pour me poser la question. Je m'étais fait un nid de mon martyre. La maladie puis la mort de ma mère m'avaient entretenu dans l'idée que j'étais le héros d'un destin hors norme fait d'injustices et d'arrachements, auquel les nouvelles préoccupantes sur la santé de Salvatore venaient d'apporter un ornement supplémentaire.

La séparation d'avec Laura avait garni ma palette, je m'y référais chaque fois que j'étais en manque d'inspiration pour élaborer ma tristesse. Et j'aimais ça. Je trouvais ça beau. Mais pouvait-on appeler ça de l'amour ?

Salvatore allait sans doute mourir. Il allait pourrir quelque part, comme ma mère pourrissait sous la terre humide d'un ingrat cimetière intercommunal de la petite couronne. Comme Laura pourrissait en moi depuis trois ans. Sauf que Laura n'était pas morte. J'allais affronter un troisième deuil, mais je ne pourrais plus me réfugier dans mon chagrin d'amour afin d'y ensevelir les tourments trop vastes, trop peu photogéniques pour être synthétisés en une bouffée de nostalgie euphorisante. L'idée de la disparition de Salvatore me plongeait dans cet état qui faisait palpiter mon cœur et laissait mes yeux secs. J'étais à court de réaction. Déjà, j'étais tenté d'attirer à moi des souvenirs de Laura en larmes, un sac-poubelle à la main, mangeant, jouissant, parlant, marchant, respirant – de muettes diapositives d'elle qui lui ôtaient toute liberté d'agir et d'exprimer ce que son anatomie préservait de mon observation. Mais je n'avais plus le droit, à présent. Car Laura n'était pas morte.

Qui était-elle ? Ni Agostino ni moi n'avions réussi à le savoir. Mais nous y étions-nous seulement intéressés ? Nous en avions fait un rébus. Nous l'avions sculptée de nos doutes, de nos espoirs, de nos deuils. Nous l'avions utilisée pour nous voir confirmées nos positions dans l'existence, nous lui avions fait porter la justification de nos échecs et de nos gloires. Nous en avions fait un rébus, mais les énigmes dont nous l'avions parée ne la concernaient pas. J'avais voulu qu'elle m'accompagne pendant la lente disparition de ma mère, qu'elle offre un visage à l'anonyme irruption de la mort, je lui avais fait porter le désastre de ma vie sentimentale. J'avais aimé la penser faible, dépendante. Ses limites m'avaient conforté, je l'avais enfermée. Et même depuis que mes projections avaient été désavouées, depuis que j'avais découvert Laura si vivante, vivante au point d'avoir vécu deux fois, j'avais passé plus de temps à essayer de comprendre ce qu'Agostino avait projeté en elle plutôt que ce que cette deuxième vie cachée de moi me disait d'elle. D'elle toute seule, sans lui, sans moi. D'elle telle qu'elle avait décidé d'être quand elle avait eu le courage de nous quitter tous les deux.

L'album touchait à sa fin. *Rebus* m'appelait. La couleur du ciel me permit d'espérer une pluie prochaine. Je fis un effort pout me lever, ouvrir le frigo, allumer la plaque, me livrer aux impératifs domestiques qui m'incombaient à moi seul depuis que Laura était partie. Soudain, j'eus l'idée de la façon dont je pouvais lui rendre justice.

XXXI

Une ombre, un spectre passé le long de la façade de l'autre côté de la rue, aussitôt disparu. Rachele ? Il s'est rassis avant d'avoir déplié ses genoux. Laisse courir Rachele. Fils. Il est redevenu ça : un fils. Pas un auteur, pas un amant. Un fils. Dehors, parmi les silhouettes des amis et non-amis venus en masse assister à sa lecture, il aperçoit un dernier rayon de soleil qui chatouille les rétroviseurs des vespas garées à la va-vite, entreposées là par des gens qui peuvent encore se déplacer comme ils l'entendent, et toute cette lumière lui éclate au visage alors qu'il palpe entre ses doigts les fibres d'histoire concassée avortée ratée pitoyable dont il s'est inventé une histoire. Mais l'histoire n'est pas plus compliquée que ça : il est un fils. Il n'a triomphé de personne. Il cligne des yeux, chasse une poussière, et reprend ses signatures.

Un souvenir lui est revenu depuis la veille : quand il était petit, encore trop petit pour savoir écrire, il demandait à son père de coucher sur le papier les histoires qu'il s'inventait au gré de ses fantaisies. Écris, papa. Écris que je suis Platini. *Et son père s'exécutait, tirant la langue comme il le faisait dès qu'il voulait mimer un effort animal. Bon vieux cheval de trait, les épaules pelant sous les petits doigts lorsque assis à califourchon sur ses reins de père velléitaire, le fils l'épouillait de ses coups de soleil. Est-ce que les gareurs de vespas ont connu l'aridité des Pouilles et les matins trop clairs, est-ce qu'ils ont vécu le naufrage de l'histoire sur une terrasse solitaire avec le rouge comme horizon ? Les rétroviseurs continuent d'orienter leur lustre vers lui, mais ce ne sont que des miroirs.*

Nicola avait raison : nul besoin de dédier le roman à son père. Rachele a dégoupillé leurs cœurs, puis le cœur du père a lâché, et le fils en a rattrapé les débris. C'était son plus bel attentat. Il le lui doit. Et la lumière des rétroviseurs l'attrape en plein cœur, le reflet de ce qu'il a enfin accepté de ne pas comprendre.

J'avais fini de traduire *Rebus* – *Rébus* avec un accent aigu depuis que je l'avais intégralement écrit – et j'en aimais la fin. Comme aucun autre passage du texte, que j'avais relu et corrigé de bout en bout plusieurs fois d'affilée, cette page m'était apparue mienne quand j'y avais mis un point final. Je sus que j'avais fait un bon travail. Je fus, brièvement, fier de mon œuvre. Et plus encore de ma vengeance.

L'envoi de mon fichier définitif réjouit également mes employeuses. Françoise Rahmy-Cohen se fendit d'un mail de plus de trois lignes dans lequel elle me félicitait pour ma traduction, dont elle eut l'audace de dire qu'elle ne doutait pas qu'elle satisferait Agostino. Je ne pris pas la peine de lui répondre. En Italie, comme tout le monde semblait s'y attendre, *Rebus* remporta le prix Strega. Je ne regardai pas la vidéo de la cérémonie.

Les corrections que je reçus sur ma traduction furent indolores. Je perçus sans m'en rendre compte le dernier versement de mon avance sur un compte en banque que la mort de ma mère avait de toute façon prévenu du découvert. Le texte était parti en composition et personne ne sembla remarquer mon forfait. Pas même Agostino, que je savais pourtant sur le qui-vive. J'avais réussi mon coup en le trahissant à l'endroit où il s'y attendait le moins. Celui que Françoise Rahmy-Cohen n'avait pas pensé à lui soumettre, car je m'étais arrangé pour faire parvenir deux fichiers séparés : Rahmy-Cohen n'avait pensé à envoyer que le premier. Nous étions quittes.

L'été était là et je me résolus à lui faire honneur. J'avais des projets pour le mois d'août, l'envie de partir ailleurs qu'en Italie. Hervé et moi évoquions depuis des années l'idée de faire un tour des Highlands à vélo. Le soir de ma libération, nous allâmes même jusqu'à consulter le prix des billets. Nous irions, peut-être. Peut-être irais-je aussi passer quelques jours dans les Landes avec mon père et la famille de mon frère. Entre-temps, j'avais du temps. Et j'avais ce roman qui grondait à l'intérieur de moi, ce roman dont *Rebus* avait modifié les chairs, comme j'avais modifié les siennes. « On ne guérit pas de l'amour » resterait ma première phrase. Allais-je rencontrer Agostino à l'automne, si la critique française estimait ma traduction digne de se voir honorée d'un prix ?

J'en étais presque à le souhaiter. Je nous imaginais face à face, je m'imaginais soutenant son regard lorsqu'il me demanderait comment j'avais osé.

J'avais osé. La manipulation ne m'avait demandé que quelques minutes de concentration. J'avais ouvert le fichier et j'avais remplacé les mots par d'autres. J'avais déjà commencé à écrire mon roman :

Comment achever ces remerciements sans penser à toi, Laura ? Toi qui m'as donné ta sève, ta vie, toi qui as accepté que je t'invente. Toi qui m'as laissé me nourrir à ta souffrance, toi qui m'as autorisé à rétrécir ton regard. Toi qui as su t'effacer quand je reculais. Toi qui n'as jamais cherché qu'à être toi. Et qui l'es redevenue.

La rue du Roi-de-Sicile scintillait sous l'éclat du soleil et aucune silhouette amie ou non amie ne me protégeait de l'éblouissement : j'avais oublié mes lunettes chez Clara le matin même. À l'angle de la rue Vieille-du-Temple, j'avais croisé Luca, l'aspirant réalisateur de La Spezia, un sac de livres au bout du bras. Ses récentes acquisitions nous avaient donné un sujet de conversation. Depuis qu'il avait découvert la librairie de Salvatore, il était devenu l'un de ses clients les plus assidus. J'avais proposé d'aller voir un match de l'Euro avec lui dès le lendemain, sans même penser au bar de Château-Rouge qui m'avait causé tant de tourments parce que Laura en avait peut-être fait son quartier général. Luca s'en souvenait, lui. Et il se souvenait aussi de cette Laura dont l'évocation avait jeté un froid sur la terrasse du bar de Pyrénées. « *Sai, la tipa che ti dicevo l'altra volta ?* m'avait-il lancé quelques secondes avant que nos chemins se séparent. *Non è lei, non è la stessa persona.* » La Laura qu'il connaissait n'avait jamais vécu à Rome, son prénom était le diminutif de Maria Laura, elle avait grandi dans le Frioul et s'apprêtait à passer son diplôme de kinésithérapeute.

Ma Laura, où était-elle, que s'apprêtait-elle à faire ? J'avais accepté de la laisser partir. Laura vivait sans doute toujours en France. Elle dînait encore parfois avec Jason, ses cernes brunissaient loin de Belleville, elle plaisait à de nouveaux hommes qui lui plaisaient en retour. Mais une autre Laura, la mienne, vivait toujours en moi. Cette Laura-là serait toujours à moi. Elle continuerait de laisser son corps griller sur une plage des Pouilles. Ses cheveux seraient toujours enroulés en un nid d'oiseau qui blondirait au soleil. Les regards qu'elle me lancerait au milieu d'une tablée de jeunes gens cherchant à se convaincre qu'ils savent déjà débattre ne cesseraient jamais de m'étourdir. Ce que Laura m'avait donné, nul ne pouvait me l'arracher. Les équipées sauvages sur les pavés de Rome. La tendresse des matins parisiens. Nos débats stériles sur l'usage de tel adjectif. Ses défis incessants, ses trésors d'humeur, sa main enserrant mon genou pendant les tristes déjeuners de banlieue parisienne. L'intérêt que toutes ces années elle avait manifesté envers mon passé stérile. La sensation qu'elle m'avait donné d'en valoir la peine. Laura aura toujours vingt ans, la rage au cœur et le vague à l'âme. De cette Laura-là, je ne peux guérir. Car cette Laura-là ne m'a pas cédé que des images : elle m'a changé, elle m'a inventé.

Salvatore me guettait depuis le seuil de la librairie, sa chemise à manches courtes dénudant ses maigres avant-bras repliés au-dessus de son ventre toujours aussi rebondi. Quand il m'aperçut au loin, il fronça le nez et passa une main sur sa nuque avant de lever le bras, la paume ouverte, comme un paysan sicilien interrompant son labeur pour saluer un promeneur. Je ralentis le pas. Là-bas en Italie, peut-être, Salvatore avait voulu faire la révolution. Il s'était pris pour un terroriste, peut-être. Il croyait en un monde meilleur, or ce monde meilleur, il l'avait fondé ici, entre les quatre murs d'une librairie qui peinait chaque année à boucler son bilan. Salvatore n'avait pas sauvé son pays de la barbarie capitaliste. Je le vis fouiller dans la poche de sa chemisette pour y repêcher son paquet de cigarettes. Salvatore n'était pas parvenu à renverser l'ordre bourgeois, il n'était même pas capable d'arrêter de fumer.

— *Mi sei mancato*, dit-il en m'attirant brutalement à lui.

Dans son dos, par la porte ouverte, j'entrevis une photo encadrée posée sur le comptoir : un agrandissement de mauvaise qualité du cliché que Totò avait pris ici trois ans plus tôt, quand ma mère était venue avec moi faire sa connaissance lors d'une de ses dernières promenades dans Paris. J'y apparaissais mal à l'aise et plus chevelu ; sur les lèvres de ma mère amaigrie flottait un sourire qui évoquait une gêne d'une nature différente, le malaise de l'amour quand aucun mot n'a essayé d'en dévoiler le mystère. Jamais notre ressemblance physique ne m'était apparue aussi distinctement. C'était donc ça, que Totò voulait me donner ? Cette photo de ma mère et moi qu'il avait pris la peine d'imprimer avant de la placer dans un vilain cadre en similibois ?

Comme il m'avait manqué, à moi aussi. Je lui rendis son étreinte et respirai à plein nez son odeur épicée. La biopsie n'avait révélé aucune cellule mutine. Salvatore n'avait pas le cancer.

PAPIER À BASE DE FIBRES CERTIFIÉES

Le Livre de Poche s'engage pour l'environnement en réduisant l'empreinte carbone de ses livres.
Celle de cet exemplaire est de :
250 g éq. CO_2
Rendez-vous sur
www.livredepoche-durable.fr

Composition réalisée par NORD COMPO

Achevé d'imprimer en France par
CPI BRODARD & TAUPIN (72200 La Flèche)
en août 2021
N° d'impression : 3044443
Dépôt légal 1re publication : août 2021
LIBRAIRIE GÉNÉRALE FRANÇAISE
21, rue du Montparnasse – 75298 Paris Cedex 06

16/5303/5